文学的秘密

17位中国当代作家的创意公开课

江玉婷 著

全国百佳图书出版单位

时代出版传媒股份有限公司

安徽人民出版社

图书在版编目（CIP）数据

文学的秘密——17位中国当代作家的创意公开课 / 江玉婷
著 . -- 合肥：安徽人民出版社，2025.3

ISBN 978-7-212-11658-3

Ⅰ . ①文… Ⅱ . ①江… Ⅲ . ①中国文学 – 当代文学 – 文学研
究 Ⅳ . ① I206.7

中国国家版本馆 CIP 数据核字 (2023) 第 211743 号

文学的秘密
——17 位中国当代作家的创意公开课

WENXUE DE MIMI
17WEI ZHONGGUO DANGDAI ZUOJIA DE CHUANGYI GONGKAIKE

江玉婷　著

责任编辑：周冰倩　　　　　　　　装帧设计：观止堂 _ 未氓
责任印制：董　亮

出版发行：安徽人民出版社 http://www.ahpeople.com

地　　址：合肥市蜀山区翡翠路 1118 号出版传媒广场 8 楼

邮　　编：230071

电　　话：0551-63533259

印　　刷：安徽省瑞隆印务有限公司

开本：787mm×1092 mm　1/32　　印张：12　　字数：262 千

版次：2025 年 3 月第 1 版　　　　2025 年 3 月第 1 次印刷

ISBN 978 - 7 - 212 - 11658 - 3　　　　　　　定价：48.00 元

序言

读，是一切的开始

小时候，我喜欢读小说，当时并不明白，为何会那样喜欢。现在的我知道了，这种"喜欢"里包含着迷茫——一个生命对生活的茫然。小说里，角色即将面对的情节是确切的，读小说让我感到踏实。那时的我，从没想过有一天能采访作家，还能出一本作家专访集。

读了大学，我开始在"人物"微信公众号看专访，有的文章会看许多遍。毕业后，我进入中国出版传媒商报社工作，有了稳定的收入，开始订《人物》杂志，连订了三年。前两年，我兴趣盎然地读着，到了第三年，忽然有写一写的念头。

在这里，我成了一个有"牌照"的媒体人。揣着记者证，如同揣着"通关文牒"，我敲开了作家的大门。登门前，我是读者，需要潜入作品，找出创作意图。于是，在真正见到作家之前，我就已经在文本里见过作者一面——在作者本人毫不知情的情况下。

在作家的讲述中，在他们的语调、表情、手势里，我回到了创作现场。我看见，他们如何写出了作品，以及在漫长的岁月里，"他们"何以成为今日的"他们"。当我写下作家的经历，也在告诉自己，告诉我亲爱的读者朋友们，"我们"将以怎样的面貌，成为未来的"我们"。我在写作家，也在写自己，写一个普通人生命中的璀璨与失意、澎湃与孤独。

人和人命运相连，万物休戚与共。文学席卷了生活的秘辛，作家带着揭示奥秘的钥匙。因为工作的缘故，我曾短暂地触摸到了这把钥匙。写稿过程中，我尽可能地还原钥匙的触感，希望更多读者看见它，握住它，从而在命运的风暴下，攥紧生活的扁舟。如是，我也算没有辜负这段经历。

在一次聚会上，我曾天真地说起，我想做中国版的《巴黎评论》。需要说明的是，我并不是对自己有信心，而是对作家有信心。我相信，他们中有像海明威、卡夫卡一样伟大的作家。这需要时间来"盖章"。到那时，世界读者会像我们读《巴黎评论》一样，痴迷地了解他们。

话音刚落，大家发出了爽朗的笑声。我有点摸不着头脑，不知道笑点在哪里。前辈们说，这件事太难了，不亚于精卫填海、愚公移山。时至今日，我的确了解到了它的艰难程度。我不得不承认，大家说的是对的。我就是"两小儿辩日"里的"小儿"。

2023年年初，时任安徽人民出版社总编辑的何军民先生联系我，想把我的采访稿集结成书。这给予了我巨大的信心和勇气。为什么书中只收录了17篇，而没有凑整儿？这是因为讨论出版时，我只写了17篇。在此，感谢出版方的慷慨与包容。书名是何先生的提议，我觉得很恰当。关于文学的秘密，我能做的，只有举例说明。

最后，感谢所有接受我采访的作家老师，感谢你们的信任和支持，感谢你们的坦诚和接纳。这本书铭记了我们生命中那一小段相交的时光。那时，文学照亮了生活。

注：17位作家采访不分先后，按姓名首字母排序。

目录 CONTENTS

INTERVIEWS 专访

阿乙

我不是传递真理的人，
只想讲一个故事

阿乙很容易疲惫。对着镜头录制了 47 分钟后，在摄像机换电池的间隙，他低下头，尝试摘下别在衣襟上的话筒。聊着天，他会把右胳膊支成 90 度，上半身顺势倒下，额头压在小臂上，趴在桌边，就像一名即将午睡的小学生。他需要中场休息，持续的谈话对他来说不啻一场马拉松，一旦体力耗尽，身体就会发出警报。

同为作家的孙一圣熟悉这样的场面。他们住得近，常约在北京朝阳大悦城附近的咖啡馆写稿。有一次，阿乙写累了，趴在桌面上。过了一会，他抬起头说："我觉着，有另一个我在没日没夜地工作。"以至于，真正的他筋疲力尽，只能天天睡觉。孙一圣把这句话敲进手机备忘录，打算以后写小说的时候用。

2013 年—2018 年，阿乙生了几场大病，在医院住了很久。躺在白色的病床上，病痛在房间里缠绕。手术后，引流管的一端扎进身体，另一端连着一个小桶，桶里是他的血浆。无论走到哪里，他都要拎着桶，这一度让他感到羞耻。一整夜抽烟、写稿的日子过去了，现在阿乙每天 23 点前入睡，戒烟、散步、骑自行车锻炼身体。

2021 年 4 月，译林出版社推出了阿乙的小说集《骗子来到南方》，9 月推出其随笔集《寡人》。接受采访时，阿乙手头正在写一部自传体长篇小说《未婚妻》，已经写了 23 万字。他每天保持写 800~1000 字——既不伤身体，也能感受到写作的乐趣。2022 年年底，《未婚妻》由人民文学出版社出版。

只想讲一个故事

"他喜欢把日常生活里的人摁到小说里。"《南方周末》记者宋宇说。"他"指的是阿乙。孙一圣直到拿到《骗子来到南方》样书，才得知自己被写进书里。"也不算是惊喜，就是惊吓。"翻开书，他在第一章找到自己的名字，发现篇幅不大，内容无褒无贬，那颗提到嗓子眼的心才放下。

阿乙把一次聚会写成了短章《用进废退》。孙一圣来得晚，所以花在他身上的笔墨少。那天一早，阿乙的妻子的确收拾衣服去武汉出差，他和朋友也确实在咖啡店见面。戒烟后，生活变得空荡荡，阿乙开始喝咖啡。他点了一杯卡布奇诺，当黏腻的液体在喉咙里作怪，满脑子全是点错咖啡的沮丧，只好有一搭没一搭地闲聊。书中，朋友拓跋晓春说的话真实存在，只不过他的名字和职务是编造的。现实和文学的交界地带，发生在走出咖啡馆的一刻：现实是两条鱼在玻璃缸里游；而在小说里，拓跋晓春和恋人在密闭的水箱里游泳，身体两侧是被割开的伤口。

《骗子来到南方》里有两篇挨着的寓言：《想学魔法的孩子》《追赶一只兔子》，主角都是一个不听大人话的小男孩，他们离家出走，但结局却截然相反——前者被孕妇推进热锅煮熟，剥皮拆骨吃下肚；而后者却意外撞破姑妈一家计划趁夜血洗自家的真相。作为一种文学体裁，寓言用故事揭示道理。但从一开始，阿乙就没这个打算。他说："我不是传递真理的人，因为真理不在我身上。我就是想让人得到一个故事。"

起书名时，阿乙和出版社达成一致：尽量轻快，容易引起读者注意。阿乙念了几个书名，《下面，我该干些什么》《阳光猛烈，万物显形》《早上九点钟叫醒我》。他的书都有一个共同点：富有动感，让读者快速获得一个清晰的认知。仅凭书名就可看出，《骗子来到南方》揭示了一桩事先张扬的欺诈案，将戏剧冲突推向高处，又戛然而止。

阿乙只写异常的人。《剩渣》是第二篇短章，书中铜浇铁铸、虎背熊腰的后生昭丐从县城来到北京，在酒吧与网友刚见第一面就迷失了自我。"从她开口说第一句话开始，我就像一条狗一样听从她了。"为了让爱人青春永驻，昭丐在抗衰机的运转下抽空了元气，最终成为一具干尸——听起来，像是一个带有科幻色彩的聊斋故事。

第三篇短章《表妹》的聊斋色彩更浓。暮色中，肉塔一般的表妹出现在小镇杂货店门前，她吃空了杂货店，在第二天清晨变成了一条蠕虫。"没有眼睛、头颅和四肢，只有一节节隆起的肉。"孙一圣把"表妹"看成一个容器，阿乙写出了人内心深处难以启齿的羞耻感。

勇敢地拥抱新生活

"火车穿城而过，你能听到它鸣起的汽笛声。"阿乙上中学时，火车每天从学校附近经过，汽笛声一度让他忧伤。"就是你被远方抛弃了，被遗弃在原地。"那时还没有作家阿乙，他还是在江西瑞昌长大的小镇青年艾国柱。

即便在瑞昌生活了很多年，他仍然对每一个终将到来的冬季心生抗拒。南方的冬天冰冷彻骨，树枝是冷的，桥是冷的，枯草是冷的，水洼是冷的，他的双手皲裂、长着冻疮。阿乙在《骗子来到南方》写道："我还记得一位养老院的老人不慎滚下床后，冻成冰柱。火化的时候，人们要用铁锨先把冰敲碎。"最难挨的不是寒冷，"父亲的脸和冬天一样冰冷，没有表情，只有简单的命令和无可挽回的裁决"。26岁的艾国柱想要离开，即便当时他有着一份父亲眼中的体面工作——警察，他还是决绝地辞职，家庭没能将他摁在原地。

当时，他身边有很多人为逃离做准备。有同事申请停薪留职，出去闯荡一两年，兜了一圈又回来了。更多的情形是，做足了逃离的准备，却迟迟没有离开。阿乙的结论是，当机会摆在眼前的那一刻，人内心生出的恐惧，致使人害怕拥抱新生活。他承认，他也害怕，自己是大专文凭，不会外语，从警校毕业，大致只能当保安。他说："当你要出门的时候，想的都是对自己不利的地方，不会想自己拥有的东西。"

辞职后，小镇青年艾国柱最大的梦想是有朝一日能在一家报社当编辑，"当一个普通的编辑就好"。然而这个近乎妄想的念头，在"出门的第一步"就完成了。他在一家体育杂志做了9年编辑工作。编辑艾国柱从没想过出书，当时的想法是"能在报纸的副刊上发表一些散文就行了"。32岁的艾国柱郑重地写下

第一篇小说《灰故事》，那时的他并不知道，未来的自己会成为专职作家，出版十几本书。"现在我对自己也不是很满意，但是如果以我 20 来岁的眼光看，现在已经超越了'他'的想象，简直没办法再好。"他用亲身经历证明，新生活并不可怕。

阿乙在《骗子来到南方》里描述了发生在小城市的"虹吸效应"。书中的红乌市通了高铁，修了飞机场，楼房越建越高，然而城市却没有如预想般腾飞——人才源源不断地通过高铁被输送到大城市。阿乙每年会回故乡一次，街道变化太大，陌生感愈发强烈。他从另一种角度看待小城市的人才流失。"开始看到的是人才流失，但最终看到的是一种向外的征服，越来越多的人向大城市进军、开疆拓土。人变得更有价值，更有可能性。"

记录生活的一面

当天，阿乙随身带了一本书，北京师范大学出版社 2020 年 1 月出版的《单行道》。书已经看完一遍，这是第二遍。他随身带了三支笔：一支红笔、一支蓝笔、一支黑笔，便于随时标注。"她像一朵盛开的花，处在一个快到边界的状态，但是没有突破，刚刚好，开得刚刚好。"阿乙钻研译者的用词，典雅、美感拿捏得恰到好处。

宋宇记得，每次见面阿乙都会带一本书，哪怕是在线下活动——他和几位嘉宾坐在台上，人群注视着他们，阿乙手边放着一本书。记者侯默在几次饭局上见过这一幕，阿乙是饭桌上唯一带书的人。采访时，5个人围坐成一圈，阿乙从交谈中起身，他走到临窗的座位坐下，默默翻书，像是独自来咖啡馆度过宁静午后的常客。过了一阵，他又走回了人群，像是从没离开过一样，重新加入对话。"感谢大家的体谅和宽容。"他说。在家也是一样，他常常边啃面包边看书。

阿乙离不开书，也离不开写作。对于写作，他更多的意图是，"让读者看到生活的某一块，或者某一面"。"生活滚滚向前，我们在其中浮沉，我扫描出其中一段。"他在《骗子来到南方》里这样写道。

在生活里，阿乙对消费缺乏想象。那天他穿的皮鞋明显偏大一号，棕色的鞋面像褪色的布料，深一块、浅一块。问鞋子穿了几年，他想了想，自己也记不清楚。阿乙不理解妻子进入家具城的热情，"就像猛虎见了羚羊"。几天后，有人敲门，"（沙发）送上来了，是在门外装，还是里头装？"说着话，几个男人开始穿鞋套，几万块钱的沙发买回来了。

《骗子来到南方》的腰封印上了格非的评论。责任编辑侯擎昊的解释是："因为阿乙崇敬格非老师，所以把这句话用在新书宣传上。"提起"格非"——这两个字好像有魔力，阿乙疲惫的脸上泛起笑意。他欠了欠身子，往凳子前坐了坐，上身紧绷起来，像一个在课堂上正襟危坐的学生。

"马勒、贝多芬在我耳朵里都是噪音。"阿乙不懂古典音乐，但是看完了解读文章后，"噪音"变得有迹可循，他摸到了古典音乐的大门。文字和读者之间需要一个第三者，由评论家来讲述文学的精妙。格非是一位高超的作家、评论家。他们曾经在会上见过面,"大概有五六次"。阿乙记得很清楚。但他从未鼓起勇气和格非展开对话,擦肩而过后,他只是远远旁观。"不想打扰格非老师。"阿乙说。

采访结束后,在商场一楼,阿乙在所有的面包店前驻足良久,像看艺术品一样隔着玻璃静静端详面包。他给面包拍了照,用微信发给妻子,得到否定的答案后,他走出达美广场,步行 30 分钟去朝阳大悦城,前往下一家面包店。

途中经过一家洗车店,阿乙录下洗车的声音,他举着手机,把手机出声口放在耳边,反复播放录音。分别前,阿乙说:"我现在累了,不聊了,回去得躺一两个小时才能缓解过来。"

他趿着一双略大的皮鞋,消失在十字路口。

对话

江玉婷:《骗子来到南方》好像讲述了人生的无常。比如《生活风格》里毕癸丑出门买肉,最后却变成了一堆肉块,儿子毕小虎还割了一块。

阿乙:你说得对。这种逆差或者落差,它其实是读者和作者都感兴趣的地方。希区柯克(被称为"悬念大师")的故事到结尾会有一个超大反转,读者不会空手而归。

我的很多小说,特别是短篇,有一个共同的特点,就是到结尾来一场风暴式的大逆转，甚至长篇也会这样。这是一种个人的爱好和趣味。反转不能太多，反转一次是最好的。

现在有的电影会多次反转，反转一次，再反转一次，再反转一次，就是否定，否定，再否定。三次以上的反转会陷入某种眩晕感。我的原则是，反转不能超过两次。反转一次能够产生巨大的冲击力，就像在万里无云的白天突然下了一场暴雨。

江玉婷：是给文学做减法吗？

阿乙：不是，是设定一个基本的公式。我的小说里，基本公式之一就是逆转，结局逆转。

江玉婷：小说中两个寓言故事，最后的道理截然不同。怎样理解？

阿乙：我不是传递真理的人，我不想传递真理，因为真理不在我身上。我只是传递一个故事，还有一种感受，一种人性的感受。甚至最简单地说，让人得到一个故事就好了。

我打算做一个实验，去掉所有的文学因素，故事里没有任何文学上的结构、修辞和讲究，就是赤裸裸地讲一个街边故事。我想做这样一本册子，大概要过几年再做。

江玉婷：可以讲讲写作状态吗？比如几点钟开始写，每天写多少。

阿乙：我一般早上起来，就焦虑地要开始，一般会磨到上午10点左右，在上午快要结束的时候写完。然后下午可以去玩，到咖啡馆或者书店看书。要么在中午前的两个小时完成，要么在中午后的两个小时完成，一般都是这样。

每天800~1000字，写到一个适合的状态，我就放手不干了，第二天再写。之所以这么干有几个理由:村上春树、海明威都说过类似的观点,写到一定量的时候,感觉写得很好的时候就停笔,你去玩,第二天再开始。

胡安·鲁尔福也说过这个话。他说,你每天有很多想法,誊到稿纸上只能誊一半,另一半隔天再誊,这样就可以保持一个"未熄灭的火炭",第二天可以重新燃烧,否则第二天还要重新生火。这个比喻非常恰当。

第二天要写的东西,实际上早就准备好了,我只需要把它从脑子或者笔记上誊到电脑文档上。这样我写起来快,而且不伤体力。

这和我目前的身体状态也比较吻合:坚持工作三四个小时就会极度疲劳,一两个小时正好能享受到写作的乐趣。一件事如果能给你带来愉快那是最好的。

江玉婷:您刚才提到海明威。我看《巴黎评论》,他也说不要全部写完。

阿乙:当天写完的话,第二天写什么呢?第二天就很痛苦。我以前写作有一个不是很恰当的方式,每天写十来个小时,把当天的精力耗光,第二天精力更差。人是一种有限的动物,要保护体力和精力,不能马拉松式地写作。

石黑一雄说,要趁着几个礼拜就把一个长篇写完。就是说,要用极端的方式去写。我的身体不能连续工作几个礼拜,只能慢慢写。

江玉婷:《骗子来到南方》是创作上的分水岭,可以讲讲前后变化吗?

阿乙：这本书逐渐引入自我显现的写作方式。我总结，有两种写作方式：一种是纺织女工，打毛线、编织，作家始终在用双手编织故事。还有一种方式就是自我显现，每天去井里舀一桶水出来，第二天发现井里又满了，然后不停地去汲取。具体到落实，就是先把故事的大纲、人物都列好，列清楚，然后通过一些辅助的方式显现，这听起来有点像巫术，辅助方式就是散步。

散步的时候，人不会注意到双腿，脑子是一种休闲状态。你在小说里，大脑就会产生一些内容。其实每天自动浮现的内容超过要写的东西。也就是说，还要减去一些不写。

年龄是给作者的一份礼物。一个作者到了 40 岁以后，他有大量的人生经验，看过大量的人，去过大量的城市，经历过很多事情，就比 20 岁、30 岁时人生经验丰富。

从编织到显现的转变，是自然而然的。哪怕你不动，生活也会自动显现出很多东西让你写，就是这么简单。

江玉婷：您以前做过记者，新闻会让您产生书写欲望吗？

阿乙：只有他给你致命一击的时候，才会有（写作冲动），但是大部分新闻不具备这样的特质。

2006 年，慈溪一户人家的阁楼上发现了一箱白骨，这间阁楼十多年不曾打扫。后来警方破案，这户人家的女儿杀了她当时的男友。在某个场合，一个当地人听说我是写作的，就讲了这件事。

这个故事一下就击中了我，因为这个故事跟我有关。我就想，为什么一米八几的男性，会被一米五几的女孩子给勒死。当然，他是吃了安眠药以后才陷入昏睡。

我猜测,案件的起因是门不当户不对——这对小城男子来说,是很敏感的一个词。比如说,一个地级市的女孩子,她一般会嫁到省城去;一个县里的女孩子,她会嫁到地级市去。如果反过来,一个县城的女孩子嫁给乡下的男孩子,那就是逆婚。

这个案件里女孩的家庭条件更好。也就是说,这个男孩子很大概率娶不到女孩,可能他心里又喜欢,走投无路之下产生争执。这个新闻击中了我,所以我把它写下来,写成了《阁楼》。

在我老家有一件很出名的案件,劳荣枝和法子英的连环凶杀案。尽管案子很大,但是对我来说产生不了写作冲动。

江玉婷:可以讲讲书名吗?为什么叫《骗子来到南方》?

阿乙:我做过新闻,我知道要让信息直达对方,最好用一些动词,用一个反映行动的标题来呈现给读者。

江玉婷:《骗子来到南方》好像讲了一种南辕北辙、适得其反的情形。高铁、机场建得那么好,但是来到小城的却是骗子。市民以为是投资,但其实是一个陷阱。

阿乙:你说得很好。我的感觉是,要把真相的一面尽量地说出来。我不会去向人揭示真理,但我喜欢向人揭示一些真相,就是事物发展背后的真相。我们可以直观想象,有一些东西它的背后是一个相反的真相。就像我在书里写到的,如果我们相信那些房地产商(小说里的更江南集团)的广告,我们就会丢钱,他们是南下的骗子。

一个小地方,它是容易被掏空的,因为人才流失掉了。火车每天经过几次,其实都是对当地人的一种羞辱。

江玉婷:羞辱感从何而来?

阿乙：火车里的人就像游客一样，他们安全地坐在火车里观看，就像进动物园观光游览一样。小镇里的人动不了，就像被圈养的动物一样。听到火车的鸣笛声，你就觉得自己被远方抛弃了。

江玉婷：您提到过，要去做喜欢的工作，和喜欢的人结婚，总之是要逃脱一种奴隶般的生活。

阿乙：人的一生就和这杯水一样（举起了手中的美式咖啡），喝完以后就没有了。所以在对待这一杯水的时候，要尽量多品尝。

如果你和一个人没有感觉，只是在别人眼里你们俩挺搭配，假设一个有编制，另外一个做老师，但是两个人天天在家里冷面相对，就这么捆绑在一起，到了 30 岁、40 岁、50 岁、60 岁。我身边有很多人这样，我不知道他们什么时候分手，走向幸福。也许只有某天其中一位死亡了，或者两个人都死亡了，他们把死亡的大门打开，才能终止不幸。

我在想 70 岁都来得及，如果只能活 73 岁的话，到 70 岁选择不跟对方过日子，也还有 3 年是自由的。我不喜欢不自由的生活，把自己和一份不喜欢的工作或者是一个不喜欢的异性捆绑在一起，太可怕了。

有人可能觉得，这样也挺好，分开以后可能也找不到更好的伴侣。但我想，人不应该恐惧新生活。

我在小说里有一句话，很多人恐惧新生活，不敢拥抱新生活，所以宁可抱着旧的东西，又天天咒骂它，但是又不敢离开，就像一条狗天天被主人打得要死，但不敢离开这个家，然后一想到新生活就害怕。这是普遍存在的一种保守心态。

江玉婷：为了离开小镇，您做了很多努力。

阿乙：很多小地方的人并不是没有做好准备，而是像古希腊神话里的伊卡洛斯，连用蜡做成的翅膀都准备好了，随时准备起飞，但是一旦机会摆在眼前，他心里就害怕起来。我也害怕，我大专文凭，外语又不会，我是从警校出来的，大致只能在外面做做保安，或者到律师事务所帮忙。当你要出门的时候，想的都是不利的地方，不会想到拥有的地方。

我出门之前，哪里会想到会成为今天这样？我对今天的自己也不满意，但是如果以当年20来岁的眼光看，现在的我已经超越了"他"的想象，简直没办法再好。

当时我想到报社，能做一个普通的编辑就好，其实这在出门的第一步就完成了。做了9年编辑以后，我哪敢说自己还会成为一个写作者？即便有幸成为一个作家，哪会想到能出十来本书？没有这种想法，没有。当时的想法就是，能在报纸的副刊上发表一些散文就行了。

20来岁的时候，还有一些特别虚荣的想法，就是娶一个城里的姑娘。这在当时是不敢想象的事，后来也都实现了。就是这样，当时觉得不可想象的事情，以后都会实现。

江玉婷：所以您想通过这本书告诉读者，要有一点勇气面对新生活？

阿乙：是这样。我们的愿望，还没到难以实现的境地。你想要什么东西，并且为此做了勤奋的训练，我觉得你就应该去拥抱。

江玉婷：您在很多场合说起自己读完了《追忆似水年华》这部书。它有什么特殊的意义吗？

阿乙：它算人生的一个成就。就像好多人去了长城，觉得这是一个成就。我读完这部书也是一个成就，就像到了一个文学景点打卡，就是这么简单。

江玉婷：阅读会对写作产生影响吗？

阿乙：关系太大了。阅读就像气候一样影响当地的居民，像龙卷风，或者是极度干旱的天气。我现在写长篇，意识流占了重要部分，这是阅读带来的影响。

江玉婷：能讲讲《育婴堂》吗？这是《骗子来到南方》的最后一篇。我没太读懂。

阿乙：吴德虎偶然闯入一个拐卖儿童的犯罪集团。他非常清楚自己要被灭口，因为很害怕，所以不停逃避——做梦，梦见自己在医院做手术。我把在医院的细节写得特别细致，只有这样他才能让自己相信这不是在做梦。

比如，我们俩现在是在梦境里，我在你对面坐着。要怎么样才能让我相信这不是梦？我只能说，阳光打到玻璃镜片上，镜片上的光折射在面庞上，脸上有一道横线，就像地平线上的那一道返程的红线。我看到了你，我告诉自己这是真实的。

所以我要把细节写出来。有读者读不懂，我不认为是缺少阅读的智慧，只是没有耐心。

故事最后，犯罪集团的老大坐在轮椅上，他最瞧不起逃避的人。他说："即使现在有一幢屋朝我倒来，我也不躲避，躲避使我厌恶自己。"

这是一个讲逃避的故事。你要真实地面对生活，而不是一味逃避。

江玉婷：书里，毕癸丑出门之前，已经丧失了人性。他因为嫉妒邻居，打死了陪伴自己多年的老狗。老狗的死是否预示了毕癸丑的结局？

阿乙：你说得很好。他打狗是为了发泄，因为他不能打邻居，也不能打儿子。他无处发泄，只能发泄在狗身上。就像有人在外面受气了，回家打老婆孩子一样，就是这种心理。

江玉婷：与外界交流，会是一种消耗吗？

阿乙：生病以后，说久了会累。特别是老了以后，出去做活动，一讲讲两个小时。回到宾馆，躺在床上，就跟一具尸体一样——头脑是清醒的，但是动不了。

江玉婷：生活和工作的主旨是什么？

阿乙：写作就是生活的一部分，生活就是活命，活下去。每年也要想挣钱的事，因为现在没有大的开销，所以量入为出，一年挣个几万块就行了。

江玉婷：您的小说里好像经常描写失常？

阿乙：写小说，就像爱伦·坡，或者像希区柯克，他们笔下没有一个是正常人，否则就不值得一写。小说最容易进坏人，陀思妥耶夫斯基笔下哪有一个正常人？就像福克纳的小说一样，越是理性的人越残酷。

江玉婷：您好像经常在微博上分享书？微博有 20 万粉丝。

阿乙：平均一个礼拜发两条，实在没事干的时候才会发。

江玉婷：写作的过程中会有挫败感吗？

阿乙：接受的打击太多了。从开始写作，每年的打击就像雪片一样飞来，出门就是嘲讽和羞辱。当一个作者满腔热血地想获得一些好评的时候，往往来的是差评。后来我想，写作到最后能坚持下来，全靠忍。

江玉婷：怎么去消解伤痛？

阿乙：没办法消解，全靠自己慢慢消化。有一次，消化了一年之后，觉得人家说得也没错，就开始有针对性地进行调整。调整以后，又有新来的人说：这个人背叛了自己的写法。接着又是一顿凶狠的指责。

我现在彻底是一个"无赖式"的做法——不看，每天只要自己写得开心就行，已经完全不管外在的评价。

江玉婷：会有回到家乡的打算吗？

阿乙：你要离开的地方就是故乡。

大考与午后

采访对象：阿乙
采访时间：2021 年 8 月 8 日

采访阿乙是一场大考。《骗子来到南方》里，我有两篇没读懂，这两篇恰好是作者在意的。这跟期末试卷最后一道大题，老师重点都划了，但偏偏答不上是一个道理。直到见面前最后一刻，我都抱着书试图读懂。

阿乙很容易疲惫。我第一次见到一个成年人因为说话累得趴倒在桌子上，就像跑完男子 3000 米体测，带着急促的喘气。前两年，阿乙生过一场大病。如果在社交媒体上搜索他的照片，有的胖——刚出院，受药物影响；有的瘦——恢复一段时间后，整个人消肿，瘦了一圈，判若两人。

一行五人坐在咖啡馆，阿乙拎了一只红色无纺布袋，里面装着从超市买的花生。花生没成为突破点，他只是觉得好吃，偶尔会买，并未和写作形成一种特定关联。聊累了，他会离开人群，走到一边，独自待一会，翻翻书，看看窗外。调整好了，过一会，他会重新回到座位。对于这样的场景，阿乙的朋友们很习惯，一切如常，气氛融洽。

初出茅庐的我始终面带微笑，然而内心正在经历一场小型崩溃——问题没问完，采访对象离席。天哪，还有比这更让人崩溃的事吗？我捞住左手边的作家孙一圣聊天，就像抓住一根救命稻草，把大圣当作旁采对象，将采访进行到底。采访持续了四个多小时，其间主编提了两三次结束，我愣是坐住，一直没起身。无论如何，还要再坚持一会，我这样想着。

即便是去地铁站的路上，我也紧紧跟着阿乙，看他把手机拿出来录音，听他谈论路边的修车店。阿乙很适合作为写作对象，他的经历带有高浓度的故事性。当一个小镇青年决定出走，他和命运缠斗，与病痛抗争，没有什么能把他摁在原地。他存在的本身就在向你证实着一个确凿的道理——只要努力，一切都能实现。这里有等待、孤独和勇气。

很多媒体前辈写过阿乙。采访之前，我自己做功课，搜索到

一篇特稿《GQ 报道 | 阿乙：作家、病人，父亲的葬礼》。这是一篇可以用"史诗"来形容的报道，当时我就知道，我做不到这个程度。那我还能做什么呢？我想，只能记录下当时那一刻的阿乙，这也许是我唯一能做到的事，这也是我在去见他之前就知道的事。

或许是因为时间过长，阿乙足以从疲惫里休整过来；也许是因为我点了一杯一样的美式咖啡；也许是因为我不够矜持地吃掉了很多花生；也许是因为我在聊天时随口背出了《用进退废》里的原句"我常为如何用掉自己犯愁"；也许是因为，刚一见面我就老实交代了没读懂"大题"的实情；更重要的原因或许是，阿乙和朋友们聊得很开心；还有一种可能是，他本身就是一位心慈手软的"考官"……总之，这一程我拿到了足以安心写稿的素材，有惊无险地度过了一场大考。

感谢那个午后，和桌前的我们。

付秀莹

写小说是因为对生活
有话要说

专访

不久前，付秀莹的新作《野望》出版。她在办公室接受采访，屋内挂着一幅一人高的书法作品，上书黄庭坚诗："似僧有发，似俗无尘。做梦中梦，见身外身。"桌上摆了一盆绿萝，枝叶茂盛，茎蔓搭着桌沿，一直垂到地面。掉了的枝子，也被付秀莹单独收起来，插在一个束口圆肚绿瓷瓶里养着。

　　《野望》与付秀莹的第一部长篇小说《陌上》是"姊妹篇"，续写了"芳村"里的事儿。当付秀莹从河北省石家庄市无极县的一个小村庄远走，在他乡写下巨变中的故土，她就实现了精神上的还乡。

《野望》出自《陌上》

2016年,付秀莹的长篇小说《陌上》出版。她未曾预料到《陌上》在家乡引起了关注,多个微信公众号发了新书消息。"无极味道"持续连载《陌上》,一连发了9期。读者在文章下留言,讨论"芳村"是南汪村还是郭吕村。网友"从不吃人的老虎"说,"这是我村的骄傲";"菜园子张清"留言,"想起了邻居婶子在房顶上骂街";"刘青-ups"则感慨,"我买了本,看完了!件件都是现在村里天天发生的事,每个人物都能看到村人的影子"!

《陌上》的出版方找到付秀莹,告诉她不能再连载了,会影响纸质书售卖。付秀莹联系对方叫停。为此,"无极味道"特地发了一篇题为《敬告读者》的推送,大意是因为出版社授权章节限制,只能刊登到此。3年后,还有读者在留言区问,《陌上》连载的栏目还有吗?

《野望》也是如此。这部小说最初在《十月》杂志连载,杂志上市没几天,"无极味道"就发布了4500字的书评。作者王晓攀的理解是:"野望,有田野的地方就有希望。哪怕是墙根儿底下的野蒿子也有春天。"末了,他推荐大家购买杂志,"25元一本,一盒烟、二两白酒的价格,就能享受到惬意的家乡题材的文学作品,真是无限超值"。

大学毕业后,付秀莹一直生活在北京,离家近30年,与故乡远别。《陌上》出版后,一度散失的发小、老同学、老邻居找到了她,重新建立了联系。父亲是地地道道的庄稼汉,不了解女儿的创作,但也觉察出了变化。比如,再到镇上赶集,就会有人说:"他家闺女写的。"那段时间,姐姐家时常来人问付秀莹什么时候回来。最近,姐姐告诉付秀莹,村里要来人,可能是武汉一所大学的师生。电话打到村主任那儿,问付家是不是在这,家里还有什么人,他们要来采访。村里人很惊慌,不知道要怎么接待。姐姐疑惑,问:"他们怎么知道村主任的号码?"

还有一次,附近村的一位老人托人找到付秀莹的姐姐,她想找付秀莹。姐姐不认得老人,但还是告诉了妹妹。付秀莹打过去,两人聊了一个多小时,手机都烫了。老太太说:"我特别想当一回主人公,你能不能写写我?我把我的一辈子都告诉你。"这些话老人从未和子女说过,曾经的苦难无从说起,但她觉得付秀莹能理解。付秀莹至今也没和这位老人见过面。她想象老人平日里走在街上的场景,日出日落,人来人往,老人心中的海啸无人知晓。

"心态更好了,我知道是怎么回事了。"付秀莹提到,和写《陌上》时相比,现在不再从技术上思考如何修饰文字,而是"我手写我心",写自己真正想写的事儿。她认为,《野望》就像庄稼一样,不太引人注目,但它是自然的、朴实的、诚恳的,确实属于那片土地,也只有那片土地,才能长出这株庄稼。《野望》的新书发布会上,评论家贺绍俊说,这是只有付秀莹才能写出来的小说。

乡土正在松动

《野望》从翠台吃罢早饭走到父亲院里讲起。这天是小寒,风又冷又硬,把脸蛋子割得生疼。父亲抽着烟,翠台通开炉子,添了两块煤,屋子里暖和起来。两人有一搭没一搭地说着话。书里有一段翠台的内心独白,她想,"如今在芳村,小子多,闺女少,闺女家金贵得不行,娶媳妇就像过火焰山,千难万难。"

中年妇女翠台正在火焰山中。儿子与儿媳吵架,爱梨带女儿回了娘家,家庭分崩离析。大寒这天,翠台一早到土地庙烧香、磕头,她念叨,自己一辈子没做过出格的事,这个坎儿,老天爷怎么也得叫她迈过去吧。

"在农村,在母亲的心里,这是个很大的事。"付秀莹解释,翠台是付出型的女性,她把目光投入家庭内部。这还是一笔经济账,如果小两口离婚,她要重新给儿子娶媳妇。为了这门亲事,翠台倾尽所有,还欠下了外债。在农村,谈婚论嫁就是谈条件,女方要彩礼,要金首饰,要改口费,还要"一动一不动"——"一动"是车,"一不动"是县城的一套房,前后相加得几十万。粮食卖不上价,翠台的丈夫养猪,年底遭了瘟,几百头猪全死了。

几周前,付秀莹在北京雍和书庭签书。现场,一位年轻读者说:"感谢你写出了90后农村父母和农村孩子的心声。"他从小在农村长大,后来到城里生活。因为还没结婚,家里天天逼着他相亲。在农村,娶媳妇是件天大的事。如果没有对象,或者是娶不上媳妇,父母觉得丢脸,都不愿意出门。子女离婚也一样,村里人会议论，令父母抬不起头。

费孝通在《乡土中国》里写道，乡土的"土"指的是泥土。向泥土讨生活的人不能老移动，在一个地方出生就在这里生长下去，一直到死。然而，安定、稳固的乡土正在松动。翠台骂儿子懒，天天赖在家，只知道玩手机。大坡说，我不是懒，我就是不想种地。然而，新的出路还未出现：村里的皮革厂因为污染关停，做生意要有本钱，出去打工要托人，活不好找。丈夫挣不来钱，妻子闹脾气，日积月累，矛盾就像果子，愈长愈大。

农村是熟人社会，人们天长日久地住在一起，家家都能攀上亲。关系就像丝线，密密地织成一张错综复杂的大网，翠台被"关系"包裹着，她在网中央。例如，翠台去广聚家，路过一户人家，门里出来一个妇女，明晃晃地笑，叫她嫂子。翠台一看，是团聚媳妇。类似的描述在书中频繁出现，当翠台看见一个人，她首先想到的是关系，而不是姓名。

"女人在家里是没有名字的，到现在也是一样。"付秀莹平静地陈述，继续说："她靠什么来表示自己的存在，是男人，男人是坐标。"直到现在，付秀莹回老家，人们见了她，叫的都是"付家闺女回来了"。短篇《小年过》里，爱梨刚过门，翠台觉着"梨"与"离"谐音，不吉利，动了让儿媳改名的心思。早年间，媳妇进门，要是名字和长辈冲撞了，得把那个字改掉，新名字一叫就是一辈子。不只是女性，随着人愈渐衰老，男性也会在家庭中隐没。短篇《迟暮》里，付秀莹写了一个迟暮老人。他疑惑，不知道从何时起，人们天天起立长起立短，只叫他起立爹，好像忘了他的名字，似乎他一开始就是起立爹。

土地包容一切

每到休年假，付秀莹就会回老家待上一周。刚到家，她能感受到亲密关系中的疏离——家人把她当客人，空调打开，水果摆上桌，殷切地问冷气凉不凉。"你是远道来的，你就是客人。这个时候姿态就很重要。"付秀莹抬手，把披肩发拨到背后，继续说："我就把头发一扎，穿上平底鞋蹬蹬蹬跑来跑去，喷香地吃家常饭，东家串西家走。"她强调，绝不能说普通话。"一口普通话那还了得，那是拒人于千里之外。"

村里人注重人情往来，看重言行举止，在处事上很精细。"他们不是就过自己这一代人，还要考虑下一代人，甚至是后面几代人。"付秀莹解释，家家世世代代住在一起，如果上一辈人有恩怨，就会影响这一辈人的相处态度。人与人的交往是确定的，没有模糊地带。不同辈分之间以何种语气说话，红白喜事要随多少礼，家家都有一本账，不能随多，也不能随少。

《野望》里有这样一段情节：翠台与妯娌香罗产生龃龉，但为了给儿子找工作，翠台压着火给香罗打电话、送凉皮。付秀莹见过太多这样的母亲，那些人生中的尴尬与不堪，她们只能默默吞咽。在农村，男主外，女主内，女性要打理一切家务事。姐姐对付秀莹说过："别看你读了那么多书，还在杂志社搞管理工作，真要是来农村不懂这一套，你还真不行。"付秀莹微微仰头，眼睛睁得圆圆的，过会儿才直愣愣地蹦出两个字："是吗？"她明白姐姐的意思，熟人社会里言行都摆在台面上，把一碗水端平不容易。

在芳村，无论红事儿白事儿，都图个热闹。人越多越热闹，主家越有人缘越有脸面。付秀莹的老家也是如此。遇上白事，人们就去串门，有吃饭的、喝酒的、下棋的、抽烟的、打牌的、推牌九的。有的人家还会请戏班子，院子里咿咿呀呀地唱，人们痛痛快快地玩几天。"民间文化对生死看得很开，还要吹唢呐，又喜庆又悲凉的调子，唱戏要唱大戏，要娱乐、要热闹，不能冷冷清清。"付秀莹看到的是，人们用喜剧的形式表达悲伤。

走在路上，付秀莹遇到了村里人，他们会笑眯眯地说话，讲起谁家生了个胖小子，谁家死了人，语气如常。生与死都只是一个再普通不过的信息。每到这时，付秀莹都会受到震动，属于作家的那根弦迅速绷紧。她将其归结为乡土的包容性，土地能够容纳生命中的怒潮。人与草木没有分别，都是生下来，活着，再死去，死亡是日常的一部分。

付秀莹喜欢写景，《陌上》《野望》里有大段大段的风景描写。书里，翠台异常焦虑，她只有在带孙女的时候才忽然感受到血脉亲情；又或是在独处时，面对田野庄稼，才能收获片刻宁静。只有在这些时刻，翠台才能从各种关系中抽离。付秀莹喜欢乡间风景，哪怕是在旅途上，火车路过村庄，她都会探到窗边看。乡间的风物是湿润的、迷人的，能够予人激情。

"物比人长久，风景比人长久，这里有很多意义。"付秀莹举例，一棵树能活一百年，河水可能流几百年才会干涸，村庄永远存在，但物是人非，里面的人已经更迭了。每当见到草木繁茂，付秀莹都会想到人，想到生活在其中的人。一回家乡，她就产生一种异样的感情,她的祖父、爷爷、母亲与脚下这片土地融为一体。付秀莹提到了成语"视死如归",不是指勇气,单从字面理解,死亡确实像回家一样。她猜测,所以村里人才会对死亡如此坦然。

远走与回乡

当记者问到用哪种颜色形容童年,付秀莹几乎脱口而出:"金色,最起码是淡金色。"在她的童年时代,父母在堂,上有大人遮风挡雨,下有两个姐姐照看,付秀莹是家里最小的孩子。姐姐心疼妹妹,老幺又喜欢看书,姐俩就把农活抢着干了。儿时,付秀莹和玩伴在田野里奔跑。几个孩子在麦秸垛里捉迷藏,乐此不疲地藏来藏去,麦秸垛是一个巨大的谜。她在短篇《爱情到处流传》里写过躲藏游戏。前一阵回家,父亲还对她说:"你没吃过苦。"

"好在我内心比较敏感,能够感知到周边的善意、温暖。他们爱我,那么我要更多地去爱他们。"四五岁时,付秀莹就知道有好东西要分享。她讲起"三个苹果"的故事。婶子家有果园,给了付秀莹三个大苹果,苹果大得少见。女娃抱着苹果,沿街颠颠地往家走。有邻居好奇地说,这苹果可真大,或者逗她,作势要拿走一个。有人问,付秀莹就给,结果路上全送出去了,空着手回家,一进家门大哭。这件事沦为"笑柄",至今家里人还拿它打趣。

一个更大的背景是，付秀莹出生在20世纪70年代中期，再过几年就是改革开放。那时，改革开放春风浩荡，新风席卷神州大地，国家整体往上走。即便在农村，年幼的付秀莹也感受到了变化。日子肉眼可见地变好，家里成了万元户，村里像她一般大的孩子开始上学。父母的观念也在发生改变，眼光是向外的。"人对世界的看法是向外敞开的，它是非常不一样的。"付秀莹的人生也是遵循这样的轨迹，到县城求学，考上北京的大学，在外地工作，不断向外扩展，从家乡走向远方。

离家后，付秀莹开始对家乡牵肠挂肚，哪怕是在出差，也要天天给父亲打一通电话。她知道父亲的一日三餐，知道每户人家的婚丧嫁娶，熟悉村庄的每一声咳嗽、每一声叹息。虽远在北京，然而父亲的愁眉、姐姐的哭泣、村人的奔波都在她心里肿胀。父亲说，邻居大爷怕无人发现，自己挪到大街上，当众喝了农药。大爷七十多岁，儿孙满堂。村西一家婆媳纠纷，婆婆给儿媳妇跪下了。为了给儿子娶媳妇盖楼，有人去非洲打工，一去五年，不敢回来，路费太贵。父亲还说，村里闹离婚的越来越多了，人情凉薄，有钱就是爷。

"时代风潮涌动中，藏在华北大平原一隅的那个小村庄，那个村庄的人们，他们的内心，都经历了什么。大约，一个乡村妇人的内心风暴，一点都不比一个城市女性为少。甚至，或许更为猛烈和凶险。只不过，她们不会表达。我想代她们写出来。"在《陌上》的创作谈中，付秀莹如是写道。从某种意义上说，她也在写出自己的另一种命运。如果没有出走，付秀莹也会是芳村中的一员，为了儿子的婚事愁白了头；为了二斤鸡蛋，亲姊妹反目；老病相逼之时，为了不拖累儿女，走了绝路……芳村里所有人的命运，都将是她的命运。

从《陌上》开始，付秀莹对乡土的写作不再带有对旧时光的深情回望。用她的话说，"那是对旧时光的温柔抚摩，诗性的，忧伤的，浪漫的，带着一种读书人特有的自恋"。潜入置身时代洪流中的芳村，付秀莹写当下正处于矛盾旋涡中的人和事。"小说是什么，小说就是小声说话。它要说家常话，要找到生活中细小的缝隙，然后慢慢撬开。"付秀莹写街巷的飞短流长，写普通夫妻的平凡日子，一盒过期点心会引发家庭风波，一条发错的短信也会导致爱恨纠葛。这些隐约心事同宏大的时代语境相呼应，就有了深长意味。

人与物交织

儿时，家门前有一棵柳树。付秀莹记得，父母总说，等柳树长大了给姐姐做嫁妆。姐俩老拿柳树打趣。柳树在门口，每次走过总会看见。付秀莹常看柳树，树长得很慢，就像童年漫长得没有边际。人和树生活在一个屋檐下，人会在树上寄托着梦想。看着树，她想象姐姐将来嫁一个怎样的丈夫。后来柳树长得很粗，被锯下来劈成木板盖了房子。

在农村，一草一木都有用处。院子里的树可以打柜子，可以做屋顶的檩条，也可以打成小桌子。一家人在院子里吃饭，围坐在一张桌子上。大树还可以乘凉。有时，付秀莹给老家打电话，如果没接通，她就知道，家人在外头乘凉了。儿时，她喜欢在月亮下乘凉，古老的月光照耀在大地上。流星划过，左邻右舍的大人讲牛郎织女，讲王母娘娘。这是付秀莹最早接受的文学启蒙。星空和大地永恒，夏夜迷人，亲情和神话萦绕，成为她心中的永久画面。

付秀莹对翠台有着深厚的感情。在采访的后半段，她说起，自己把两个姐姐的身影揉进了这个人物。小说的事件是虚构的，但人物有原型。姐姐带着传统的底子，关心家人多于自己，永远为家庭奔波。付秀莹说："我觉得，她应该有更好的生活，要活得更好、更开心、更如意，我希望她这样。"翠台在《野望》里前半本里是紧绷的，越到尾声眉头越逐渐舒展。

翠台是新旧交替中的一代人。上一辈人已能安然面对世事，下一代人适应了变化，她处在新旧碰撞的持续震荡中。过去的经验不再奏效，"翠台们"必须蹚出一条新路，完成从旧到新的转变。村里的墙面刷上了标语，广播里播着移风易俗、建设美丽乡村的通知，村上带头建规范化的新型养猪场，县里建了产业区统一管理小厂子。环境润物细无声地变化，推动着人往前走，往前看。

《野望》全书 27.3 万字，付秀莹花了 3 年写完。这是她一贯以来写长篇的节奏，以 3 年一部的频率产出。她把写作时间放在早上，五六点钟起床，醒了就开写，状态好的话一两个小时写2000 字，多的时候能到 3000 字。写完小说，付秀莹坐地铁上班，开始一天的工作。在中国作家出版集团的大楼，她是《中国作家》杂志社副主编，3本杂志里要终审2本，有大量伏案的编辑和审校工作。上午接受采访，下午参会，最近她关心的议题是如何把期刊在新媒体渠道推广。

付秀莹不抽烟，不熬夜，晚上留给家庭，平时睡得早。她有跑步的习惯，每天至少跑40分钟，这让她的气息更匀长。如果天气太热，或是连降雨，跑步会停一阵。这几年，付秀莹突然喜欢上了京剧，一边跑步，一边听戏。正坐在椅子上，付秀莹大段大段地背起《锁麟囊》："我只道铁富贵一生注定，又谁知人生数顷刻分明。想当年我也曾撒娇使性，到今朝哪怕我不信前尘。这也是老天爷一番教训，他教我收余恨、免娇嗔、且自新、改性情、休恋逝水、苦海回身、早悟兰因。"

"平时可能不自觉，到了一定年龄，忽然就喜欢（戏剧）了，这在以前是不可能的。"付秀莹还沉浸在经典唱段里，连说了几遍"太好了"。她不懂戏，"人生数顷刻分明""休恋逝水、苦海回身、早悟兰因"这样的唱词让她重新感知了时间，面对人间悲欢时不再那么惊慌。和亘古不变的土地、风物、仲夏夜与月光一样，戏曲像一块凝固着时间的琥珀，和她体内某处文化因子共振。创作时，这些丝线交织在一起，她织出了一块花色独特的布。

对话

编辑工作与创作，互相补益

江玉婷：能聊聊写《野望》时的状态吗？

付秀莹：几乎每天都写，再忙也要写，保持手热的状态。每天写多少不定，有时会逼自己一下，比如一天必须完成2000字，完不成不休息。这样积累下来，数量就很可观。一早把活干完，心情舒畅，然后再热情饱满地投入工作。我这人很奇怪，闲下来不行，越忙越写，挤出边角料去创作。

写小说，我从不熬夜，不影响工作，也不会为了写作影响做家务。该干吗的时候就干吗，统筹好时间更游刃有余。要是以创作为中心，家人都受不了，对吧？一样乱了，样样就都乱了。定力也很重要，写长篇不是一天两天的事，甚至要写几年，天天焦虑肯定不行。跑步是为了锻炼，要保持一个强健的身体状态，生病、情绪都会影响写作。

江玉婷：编辑工作会影响创作吗？

付秀莹：我总觉得，没有影响，反而互相补益。天天看稿子，视野就会宽广，心里就清楚每代作家都在干什么，写到什么程度了。一直在当代文学的第一线，看到更高的山，了解思潮和创作风向，就找到了自己的方阵，不会妄自菲薄，也不会妄自尊大，能更客观地看待自己。

看稿看多了，就知道什么是好的，什么是坏的，眼光得到磨砺，看文学作品也会更刁钻，这时往往会眼高手低。当然，审完稿都会写审稿意见，但我会及时调整、及时清空，只有这样才能开始自己的创作。

江玉婷：从哪一刻开始，您觉得自己可以吃作家这一碗饭了？

付秀莹：我的写作开始比较晚。毕业后，在中学教书，当英语老师，后来是跑文化口的记者，整天大汗淋漓地跑采访，做报纸。那时候，写作是业余的事情。

确实有一个明确的时刻，2009年。那年，短篇《爱情到处流传》出来了，几家杂志转载，引起了关注。大家很惊讶，没听说过这个人，好像是突然冒出来的。现在想想，那可能就是我的成名作。对我来讲，这篇小说带来的冲击是很大的，相当于无意间写的东西收获了肯定，突然意识到，我是可以写的。

这个时候，大门就敞开了。约稿接踵而至。原来需要到处投稿，现在这么多约稿来了，我也受到了激励，想着要好好写。所以那几年有很多中短篇小说出来，人也更自信，更从容。

江玉婷：上大学时，《红楼梦》是您的枕边书。《红楼梦》对您的创作有影响吗？

付秀莹：《红楼梦》写日常生活，写得太好了。不厌其烦地写生活，写头饰、衣裙，写吃的、喝的，有人调胭脂，有人抹口红，宝黛闹脾气，都是生活里的来来往往。我的写作也会受到影响，觉得这是一种考验作家功夫、耐力的描写能力。

曹雪芹写人情世故、世道人心，关系写得多好。大观园里人与人之间纹丝不乱，每个人都有自己的面目、表情，谁跟谁都混不了。再高一层就是，大观园的生活是烈火烹油、鲜花着锦，非常讲究、辉煌，但有一个空在里面。最后它是一场衰败的悲剧。

就像《好了歌》里的诗："世人都晓神仙好，只有儿孙忘不了！痴心父母古来多，孝顺儿孙谁见了？"《红楼梦》最后是一个空，又上升到形而上的哲学层面。虚与实的关系，对我影响也很大。《陌上》中，我就处理了虚与实的关系，《野望》更多是在实的层面，虚的层面少一些。

江玉婷：阅读和创作是怎样的关系？写不下去怎么办？

付秀莹：阅读和创作之间的关系，应该是滋养。阅读滋养创作，创作反过来会滋养阅读。但有时候读的太多，反而难以下笔。这也是一个悖论。我的写作习惯不娇气，想写坐下就写，不大受环境影响。实在写不下去，有时会放一下，过后再写。也有时就是硬攻，苦思冥想，做困兽之斗，也会有意想不到的惊喜。

江玉婷：写长篇和短篇有什么区别？

付秀莹：长篇的好处是，对人生经验有巨大的吞吐能力，是大江东去，泥沙俱下，有一种强大的裹挟能力。长篇是过瘾的，写完一部长篇，仿佛是过了一生。这可能也是我迷恋长篇的原因吧。

理解中国农村，必须深入其中

江玉婷：读《野望》时，我突然想找一家媳妇的名字，前后翻了半天没找到。村里，大家平时都是这么称呼着聊天吗？

付秀莹：乡村是一个熟人社会，这一点跟城市有很大不同。一个村庄里，人们祖祖辈辈生活在这里，各种关系盘根错节，枝蔓缠绕。理解中国农村，就必须能够深入其中，理解其中错综复杂的关系。只有深刻理解并且准确把握好这些关系，才有可能写好中国农村。你真敏锐，一下子就抓住了"关系"这个关键词。乡村的日常生活中，当然也是这样称呼，这样说话。对于他们，这是自然而然的事情。

江玉婷：《野望》是长篇小说，我总觉得"小说"的成分很稀薄。你对书写乡村的欲望要高于写小说。冲突不多，村里的大事似乎只有婚丧嫁娶。

付秀莹：生活中能有多少惊天动地的大事呢？更多的是日常经验，震惊性经验毕竟是少数。我始终认为，对于翠台这样一个农村妇女，生活中更多的恐怕就是柴米油盐，平凡甚至平淡但同时却也是伟大的日常，日月流转，而亘古如新。在这时节转换中，一些东西正在悄悄发生新变。二十四节气循环往复，而万象更新。我想写出新时代中国乡村的常与变、传统和新生，写出这种新变中的种种，记录下深刻的时代履痕和国家记忆。

江玉婷：书里有好多的俗语，看着很新鲜，恰切又幽默。"她们姐俩好呀，要好了一辈子，胳膊不离腿""这世上谁长着前后眼""立客难打发"等等。能讲讲取材吗？

付秀莹：这些语言都是乡村俗语，鲜活的，生动的，带着晶莹露珠，带着新鲜泥土，活泼泼有生命力。平时，我很注意语言表达，也总是被这样的语言吸引。

在乡村，每个人都是语言大师。大街上随便一开口，就是这样生动活泼的民间调性、民间味道。有时候，有一阵子不回去，我就会打电话、打视频，他们开口就是这样的语言。我总是暗暗记下来，并且暗自惊叹。我真正理解了为什么说要向人民群众学习语言，为什么说生活是创作的不竭源泉。

江玉婷："一时无话"在书里出现过好几次。翠台和父亲聊天，或者是和妹妹素台聊天，会出现"一时无话"。我看到这儿，觉得很真实，这是对话中的"空隙"。

付秀莹：写人物，就要钻进人物内心里去，洞悉人物的喜怒哀乐，哪怕最细微的情绪的涟漪都要善于捕捉，并且有能力用有效的艺术方式表达出来。比如，你说的"一时无话"，其实就是人物之间的一种真实表达。

往往是越熟悉越亲近的人之间，对话中才可能有更多停顿、空白，甚至沉默，这沉默中有很深的默契。这个时候，沉默也是一种语言，更丰富，更富有意味。但是你看，如果是陌生人，或者不太熟悉的人之间，双方就不敢有停顿，更不敢沉默。双方必须不停说话，才不至于尴尬或者冷场。

江玉婷：《野望》写出的亲人关系很真实。有一处，翠台心里暗骂妹妹，说得一针见血，狠辣独到。骂归骂，心里骂完，立马撸起袖子给妹妹家搞卫生。

付秀莹：亲人之间的关系，因为血缘连接，更加微妙、丰富、复杂，一言难尽。翠台和素台既有姊妹深情，又有性格上的差异和价值观上的分歧，为人处世，待人接物，有很大不同。又因为经济状况的悬殊，债务关系的存在，她们之间也存在着很多难言之隐，在老父亲跟前、在村人面前也有争高下、论短长的心理。

翠台家的关系，应该算是比较典型的一种。亲人之间就是这样，纠结缠绕在一起，是非恩怨，往往说不清道不明，一言难尽，说起来只能一声叹息。

江玉婷：您写风景时，似乎有一种无法抑制的畅快，与人物对话、动作描写时的克制截然不同。景色为何值得一书再书？

付秀莹：乡村与城市最大的不同，就是乡村中万物生长，万物有灵，草木庄稼田野露水，星辰大地明月溪流，都是有生命的存在。这些大自然风物，和生活在其中的人们一起，彼此滋养，彼此培育，彼此教化，可以说是同呼吸共命运。写乡村，风景是不可回避的，不经意间它们就会在你笔下流淌、生长，流淌成河，长成乡野阡陌。

江玉婷：《野望》里，翠台极度焦虑，时刻处于崩溃边缘。但我觉得，您是理解她的。

付秀莹：在中国乡村，翠台这样的女性很多。她们勤劳、善良、坚韧，几乎是全身心付出，为了家庭、为了儿女、为了老人，其实是为了生活。正如同乡村大地一般，她们强韧、包容、宽阔、深沉，生长万物，又有巨大的涵纳能力。

《野望》结尾写到野蒿子，朴素寻常，而又生命力强劲，正是乡村以及乡村女性的真实写照。我敬重翠台这样的女性，千千万万个翠台们，同她们脚踏的土地一样，沉着生活，认真劳作，勤奋创造，才有了生生不息的民族史诗。

花开两朵，各表一枝

江玉婷：每当看到香罗，我总想到王熙凤。散发着脂粉的香气，别人平不了的事，她能平。香罗代表了新事物——她会开车，穿细高跟鞋，在城里开超市，甚至"雇用"妯娌照顾母亲。我甚至认为，"香罗"也是"女主角"，她和翠台互为映照。

付秀莹：香罗是当下乡村另一种人物代表，甚至代表着当代乡村的新势力、新力量、新形象，是新趋势。而翠台，恰是中国乡村传统的代表，农村妇女所有的美德都在她身上集中体现。这两个女性互为映照。

你认为香罗也是女主角，这观点很有意思，也很有意味，我深受启发。对于香罗，我有一种发自内心的喜爱和欣赏，她不同于我们熟悉的中国传统女性，身上有更多丰富的新质，新的可能性。甚至翠台内心深处何尝不想成为香罗呢？

香罗是新时代乡村中的新女性，少传统束缚和羁绊，更多向着新世界、向着未来敞开，有蓬勃的生命力和茂盛的生长性。香罗身上，有着时代新变的光影闪烁。

江玉婷：您写女性角色，常常是一对——姐妹或妯娌。《小年过》里写翠台和香罗，"用芳村的话，这妯娌俩，一个金盘，一个玉盘，一碰叮当响，真是好听得很"。为什么这么处理？

付秀莹：写的时候没意识到（写了这么多姐妹），创作首先是感性的、混沌的。你提出来了，我就在思考。"姐妹"确实是一组对照的镜像关系，正如同一枚硬币的两面，在一面镜子里相映成像。对照表达了现实和梦想，白天和黑夜，一个人的内心深处，大约有很多不同的自己。

有时我们哭，有时我们笑，有时我们善良，有时也难免有恶念。有时我们想成为他人，有时他人想成为我们。这是矛盾，也是悖论。正是因为这矛盾和悖论，才使得我们更加丰富、更加复杂、更加立体、更加幽深宽阔。文学是人学。文学应该努力发掘人性的幽微曲折，真实呈现人性的本来面貌。

江玉婷：《野望》写的或许是乡土困境：种地不挣钱，就业机会少，娶媳妇"烧钱"，年轻人出走或"啃老"……社会问题一且放到日常生活中，尖锐的部分就被冲淡了。

付秀莹：个体有时是脆弱无助的，但当时代洪流滚滚而来，个体与时代之间丰富、复杂的关系由此产生和建立。翠台一家的生活和命运，以及村庄里其他人的生活和命运，正是因为时代的强大力量介入和左右，才有了新的生机，发生了新的变化。

《野望》写到乡村真实现状，写出了一些乡村发展难题，但这是发展中的难题，是新变中必然遭遇的难题。不仅有现实物质层面难题，还有精神层面的心灵难题。我想真正写出中国乡村的新变，以及新变的革命性和深刻性。只有深入到文化积淀和人际关系之中，深入到这新与旧、变与不变的辩证关系的土壤深处，才能看到新变之所以为新变、新时代之所以为新时代的内在逻辑。正如《创业史》中我们只有深刻理解了梁三老汉的心理重负，才能更深刻理解梁生宝所代表的方向。

《野望》中，种种新变的出现，根植于乡村厚重历史与文化风俗，因而才是可贵的，也是可信的。中国乡村正在发生着翻天覆地的巨变。我更愿意深入到这个过程中，写出山河大地一草一木在时代风潮中的种种情状，写出人在大时代激流中奋力前行的面影。

比如对于新媒体，不同的人有不同的态度。有人会开直播，有人拧巴，开超市的会有危机感，网购给实体商业带来冲击。大学生返乡，也是新鲜事。翠台无法接受在外上大学的女儿返乡，让女儿脱离泥土生活是她毕生的愿望。女儿不这么想，她意识到在城市生活是一种漂泊，自己的意义在老家。再比如养老问题，养儿防老和住养老院，这之间有观念转变，甚至有伦理问题。

这都是新时代新乡村需要面对的。我想写出这些问题春风化雨般逐渐破解的过程,写出前因后果,为我们这个时代提供一些旁注。

江玉婷:提到养老,我想起《迟暮》里的老大爷。他满脑子想的都是"屋里人",吃着儿媳包的饺子,想的还是亡妻包的"青筋大蛤蟆"(大馅饺子)。

付秀莹:他就面临了一个养老问题,早年盖了房子,给儿子娶了媳妇,准备含饴弄孙、颐养天年。结果,一天小两口说,他们要去城里生活。他忽然发现,自己的人生不是那么回事。养老也有心理层面,他需要安慰、陪伴,但家里就剩他一个人了。

子女和父亲看似有亲情,但是儿女的时代已经不属于他了。他怀念自己的时代,又因为深刻的隔阂无法诉说,凄凉,没法说,只能思念亡人。他的历史被妻子带走了,面临的是子女的世界。这个世界又那么新,还没有完全接纳他,或者说,他还没有勇气跨过去。

绿瓷瓶

采访对象:付秀莹
采访时间:2022 年 8 月 5 日

有一天,领导问我,付秀莹的稿子写得怎么样了?

我说,提纲还没写,书还没读完。

《野望》确实读了很久。6月22日拿到书，我大概看了一个月。中途住了几天院，在医院里，我看完了《野望》。看得慢的原因是，书里语言稠密，像一锅粥，看多了，就会"撑"。我惊奇地发现，精神上的"撑"会引发生理上的"撑"。

《野望》里的长句特别多，特别长，密集地出现，像毛毛雨。我觉着，作者身体一定很好。不管是默读、朗读，还是用键盘打字，还是用笔在纸上写，断句的节奏，基本上和呼吸匹配。气息长，又稳，很可能有健身习惯，比如跑步、游泳。我猜对了，付秀莹跑步，几乎每天跑。

一个人如果气息长，那么说话声音，相对来说，就会比较小。我们在电视剧，或者电影里，经常会看到角色喊叫，说的通常是短句，比如说："你走""别说了""叛徒"，一句话没几个字。

见到付秀莹之前，我猜她说话声一定很小。见了面，果然是这样，甚至比我想象中还小。采访过程中，我好几次陷入恐惧，怕录音笔录不上。她说话像风一样。录音笔固然能录下人语，但又怎么能录下风声呢？一想到这，我的恐慌再一次加剧。

我一直不会读景物描写，基本上是大致看一眼，因为细看也咂摸不出味儿。《野望》里有大段的景物描写，我必须读下来。她的回答说服了我——环境为角色服务，人会在环境里释放，田野让人从紧绷的人际关系里抽离。我突然意识到，景物描写真是太棒了。

在稿子开头，我专门写了一段景物描写，像小学生给语文老师交的作业。我写到了付秀莹的办公室，墙上挂着书法作品，上面写着黄庭坚的诗，桌上摆着绿瓷瓶，里面养着绿萝残枝。我特地找了一个词描述瓷瓶——束口圆肚绿瓷瓶。这让我想起《西游记》里观音菩萨的玉净瓶。黄庭坚的诗写了慈悲，写乡土某种意义上也是写慈悲——村里每个人的命运，都是另一个未离乡的"我"的命运。人、物、事融合统一，真实存在。

付秀莹当过老师，当过跑文化口的记者，又成为作家，从事杂志管理工作。我做过功课，大致了解作家的经历，但亲耳听到，还是会惊叹，惊叹她超人的勇气。我们只聊了两个小时，细节充沛且完整，写稿足够用了。

刚开始写的时候，我写的句子特别"付秀莹"。并不是说我写得如她一般好，而是她的语言风格太强势，我完全被侵蚀了，整个人跟着跑过去，就像一个模仿付秀莹说话的人，写了一篇关于付秀莹的文章。意识到这点以后，我赶紧把句子在水里过了几遍，把我的话洗出来。为了靠近她，那段时间，每晚刷完碗，我就出门跑步。不过写完之后，我就没再跑了。

郭宝平

历史上真实的范仲淹
到底是什么样的人

专访

和作家郭宝平约定的时间在12点,我们都提前了半小时到。包间里,我们边吃边聊,聊起他的新作《范仲淹》。提到范仲淹的某一段人生经历,郭宝平如数家珍,他能流畅地说出对应官职、功绩和诗。直到门被推开,服务员探出半个身子说,客人已经到了——他们预订了晚上的包间。我们几乎同时拿起手机,看了一眼时间,完全没有意识到,已经聊了6个小时。

　　结束了这场漫长的对话,走在去地铁站的路上,我在想:为什么讨论一个古人令人如此兴奋?直到在键盘上敲下这一行字,我忽然得到了一个也许并不准确的答案:在《岳阳楼记》之外,范仲淹提供了一种"人生样本"。

　　在小径分岔路口,他选择了一条少有同伴的路,从而决定了一生的道路。《范仲淹》带给当下的启示:或许,我们也能这样活。

盛名未起忧苦扰

完稿是在夜里，第二天醒来，郭宝平感到失落——一本书写完了，不能接着写下一本，中间的"空档"让人心里发慌。过惯了"一睁开眼睛，就知道该干什么"的日子，突然到来的空闲，让他无所适从。"时光白白流逝了，就想活着没啥意思，就是这种心情。"这时，郭宝平理解了那些退休后要求返聘的同事，倒不是为了挣钱，就是有点事干。他相信，充实的人生才是幸福、快乐的，"别的都很难说，人就怕空虚"。

《范仲淹》一共 65.6 万字，郭宝平写了两年，从 2020 年冬天一直写到 2022 年春天。除了必要的遗迹寻访，他都在书房写作，一天写十几个小时，从早写到晚，不接电话、不应酬。在创作谈里，他用"呕心沥血"来形容。8 月中旬，郭宝平一家去北戴河待了几天。回家后，看到桌上的《范仲淹》，他有点发怵，忽然觉着累。"当时是怎么写的？"郭宝平低声念叨。直到写完书，松弛下来，他才感到疲惫。

郭宝平没打算写范仲淹，写刘娥时情节需要，才找来《范仲淹全集》读了一遍。读完之后，他改变了想法。范仲淹在西溪镇任监当官时写过一首诗："饱去樱桃重，饥来柳絮轻。但知离此去，不用问前程。"他羡慕蚊子，吸饱了血就走，不用忧心前程。此时，范仲淹处在人生低谷，人至中年，一家老小在穷荒绝岛过活，官微俸薄，前程无望。郭宝平想，这和现在的职场人有什么区别？天不亮就起床挤地铁，看到猫咪悠闲，心生羡慕。

故事从一个大雾弥漫的清晨开始。20岁上下的男子迷了路，走错了方向。他改变了路线，到了醴泉寺，问法师自己将来能否成宰相。法师摇头。他又问，那能否为良医？法师仍摇头。男子惶惶出寺，不知如何面对母亲。

"大雾"是隐喻。他和大多数年轻人一样，在人生需要选择时迷茫。男子叫朱说，其父朱文瀚任正九品幕职官，家中兄妹众多，生活窘迫。母亲想让儿子经商，他不忍拒绝，便想出此法。"因为他母亲信佛，信得厉害，如果抽签应了，他回去好交代。"郭宝平说。

朱说决意参加科举，住在寺院复习。每晚煮一锅粥，粥凉凝冻后划成四块，上午吃两块，下午吃两块，掺上野菜果腹。郭宝平写到朱说的饿，"咕噜噜"的声音在腹中回荡，不多时，前肚皮贴着后肚皮，无力感蔓延周身，伴随阵阵心慌，手开始发抖，虚汗从额头冒出……

"他想的是，我已经这么大了，还要家里供养，实在心里不忍，所以克己，减少到最小的程度，能维持生命就行。"郭宝平完全能体会这种心理。高考前10个月，住校时没吃过一顿饱饭，饿得眼冒金星，"开始也饿得受不了，没有一点办法，后来慢慢适应。"这件多年前的事，郭宝平没和家人说过。"倒不是因为穷，只是想减轻家庭负担，这可能和朱说当时的想法相似。"他说。

三月十八日殿试，隔两日公布成绩。皇榜共列进士197人，朱说排第97位。透过栏杆空隙，朱说首见天颜，他眼眶一热，流下泪来。"君父"，他在心里默念。"你一定要相信，他一定会流泪。范仲淹是一个自幼丧父的人，看到皇帝就像找到了父亲。"

郭宝平讲起自己16岁上大学，在北京见到当时的国家领导人，激动得掉泪，心里想的都是"好好学习，报效国家，一点不能耽误时间"。

朱说就是范仲淹。直至继父病重，朱说方知身世。当年，其母谢氏花期已误，26岁嫁范墉填房，生子范仲淹，家中行六。仲淹不到15个月，范墉在徐州逝世，谢氏携子回亡夫故乡。在苏州，谢氏母子处境艰难。此时，朱文瀚原配去世，膝下有4子，正欲续娶。守丧期满，谢氏带范仲淹改嫁朱文瀚。以上都是《范仲淹》书里的情节。第二章结尾，朱说得知真相，远走求学。临行前，他跪倒在母亲面前，发誓十年后接她到身边奉养。五年过去了，诺言即将兑现。

出世反引浪与潮

写范仲淹，首先要搞清楚宋朝官制。郭宝平合上手机壳的翻盖，说起读过的一篇文章，作者写范仲淹一当官就进了军营，依据是他的官职"广德军司理参军"。事实上，"军"是地方建制，"司理参军"是司法官，管审案，进士及第初授官，多授此职。郭宝平还写到一个情节，范仲淹相中了李三妹，要有"插钗"仪式。按当时婚俗，双方相亲，相中，男子把金钗插进女子冠髻，没相中送手绢，谓之"压惊"——若伤心垂泪，就用手绢擦擦。"不知道这些，就写不了细节。"写刘娥时，郭宝平就把这套写惯了。

当然，更重要的是阅历。写范仲淹时，郭宝平长期在体制内工作，像大多数人一样经历升职、调岗。渐渐地，他摸清了一些事，就像掀开一个机器的外壳，看见大小齿轮咬合转动，精密准确。踮起脚探身，往里看了一眼，底部有一个零件发出"吱吱"声，郭宝平知道，这是一个新零件。刚入职的范仲淹，就是这个新零件，那时他还叫朱说。"新人的心理我太清楚了，因为我就是这样过来的。"他说。

院外传来擂鼓声，广德县徐氏上状。她的丈夫、儿子相继亡故，无子继承，所遗财产全部充公，她想拿回陪嫁。广德县判决未许，故而擂鼓。朱说接手此案，他翻阅朝廷条例，找到了《景德编敕》，上面写明嫁妆可登记在女子名下。朱说拟了判词，嫁妆归徐氏，其余充公。本以为会得赞许，没想到太守大为不满。郭宝平解释，"这就是新入仕途的人，有时候觉得自己特聪明，你看我找了一个新依据，可以推翻过去的做法，没想到领导不高兴，我就经常遇到这种事"。

在西溪任监当官时，范仲淹提议修筑捍海堰。沿海一带地势低洼，雨水丰年，秋季涨潮，冲毁屋舍，人畜丧亡；退潮后，海水倒灌，淹没良田。百姓流离失所，壮年背井离乡。海岸线绵延数百里，筑堰是个大工程，范仲淹是个小官，本职工作是管理税收。反对声很大，有说筑堰影响排水导致内涝，有说范仲淹越权言事，想出风头。范仲淹坚持，多次上书。在发运副使张纶的推动下，垂帘听政的皇太后准允。

范仲淹主持筑堰，开工后突遭暴风雪，死了两百多人。消息传到朝廷，成了溺死两千余人，朝廷震怒，要惩罚原议者。"'即日开工'，范仲淹断然道，'不然，对不起死难者！'"郭宝平写道。后在张纶的主持下，长达一百五十余里的捍海堰竣工，百姓感念，为张纶盖生祠，邀范仲淹写颂。写到这一段时，郭宝平主要依据范仲淹写的《泰州张侯祠堂颂》《堰记》。他到了当地，堤坝遗迹还在，海却不见了，"站那里看不到海了，都是楼房，中间还有一条省道"。

入职多年，"新零件"范仲淹仍旧固执。皇上要率百官在会庆殿为太后庆生，范仲淹上书，言此举不妥。刘太后权势正盛，范仲淹提议太后还政，成为"敏感人物"，便自请外放，离京赴任。履职不久，见沿途多舟船运木，木料用于修寿宁宫，他又提醒太后毋兴土木。刘娥去世，官家亲政，范仲淹成了天子近臣。皇上要废后，范仲淹认为皇后罪不至废，上书劝谏，被贬睦州。"范仲淹心软，见不得别人受委屈，见了不公平的事就要打抱不平。他就是这么一个人。"郭宝平解释。

势起势落人难料

北宋强敌环伺，这一年，党项首领李元昊率大军突袭延州，西北战事吃紧，年过半百的谪官范仲淹奔赴前线。朝廷主战，运送粮草的部队开拔，然而范仲淹主张防御，多次上疏反对主动进攻。郭宝平喝了一口茶，说："范仲淹反对深入进讨，历史、现实的理由说了很多，他推测进讨可能全军覆没，所以坚决反对。"

范仲淹一面抵制进讨西夏的军令，一面私下给元昊写信，试探和平。因触犯人臣无外交禁令，朝廷解除了他的边帅职任，官阶由郎中降为员外郎。"贬他是对的，说老实话，当时宋夏处于交战状态，手握重兵的边帅私下与敌方通信，这可不得了，这是杀头的大罪。"郭宝平解释。当时，宋仁宗和宰相吕夷简对范仲淹很看重，贬了不到3个月就重新起用他做边帅。

介绍完背景，郭宝平笑了。他说："范仲淹很有意思，做边帅时，他和朝廷的节拍总是合不上，甚至相悖。"朝廷下令进讨，范仲淹反对，主张和谈；双方和谈时，范仲淹又主张攻取横山，向朝廷上了"横山策"。从始至终，范仲淹没有丝毫迎合、讨好谁的意识，完全根据事实分析、判断，提出主张。为此，他甚至不惜否定此前自己的意见。

在前线，范仲淹见百姓受苦，心如刀割，想的还是如何减轻百姓负担。他主张防御，但驻军越久，军耗越大。于是，范仲淹大力推行屯田实边，鼓励驻军开垦土地，不但可自用，还可贩卖。后期，他推行庆历新政，有一条就是修武备——废止募兵制，恢复唐代府兵制，很大程度上也是基于减轻百姓负担的考虑。

写范仲淹，绕不开《岳阳楼记》，而要读懂《岳阳楼记》，不能不提到滕子京。滕宗谅字子京，是范仲淹的同榜进士、好友，当年修筑捍海堰，两人是"战友"，结下深厚友谊。得益于范仲淹的举荐，滕子京担任了边帅。滕子京豪爽，花钱大手大脚，引人不满。范仲淹主持庆历新政刚开局，弹劾滕子京的奏章就呈达御前，指控他侵吞公款16万贯。朝廷派人核查，滕子京烧毁账册，3000 贯公用钱去向难以查明。《刑统》明定官员将公用钱入私，数额达 40 贯处死刑。因滕子京烧毁账册，只能认定他私吞 3000 贯，这是要杀头的重罪。范仲淹孤独地为滕子京辩护。"范仲淹主要讲情理，他也知道滕子京错了，就从顾大局、稳军心的角度去辩护。"郭宝平解释。

在范仲淹的保护下，滕子京被贬到岳州。当时岳州还是蛮荒之地，百姓日子艰难，朝廷把他贬到穷乡僻壤以示惩戒。滕子京上任后，重修岳阳楼，托范仲淹写碑记。一年后，范仲淹才动笔，写下"庆历四年春，滕子京谪守巴陵郡。越明年，政通人和，百废具兴。乃重修岳阳楼，增其旧制，刻唐贤今人诗赋于其上。属予作文以记之。"初始四句交代背景，也是回应争议。郭宝平说："不止是当时，直到现在也还有学者认为，滕子京是搜刮民脂民膏，修岳阳楼搞形象工程。"名篇《岳阳楼记》出现在第 49 章，全书共 52 章，范仲淹已步入生命终章。

新书问世后，郭宝平给友人寄去，不少人一撕开薄膜就找《岳阳楼记》。有朋友问郭宝平，范仲淹到底登没登上岳阳楼？郭宝平认为这不打紧，"他写的是宦海，宦海浮沉，是对人生的一次回顾，不是真写的洞庭湖。"说完，他的茶杯也空了。

后人评说见分晓

每回寻访古迹，郭宝平最爱去墓地。2020 年 8 月，乘车前往范仲淹墓。他记得很清楚，那是一个晴天，风清气朗，古树枝蔓如华盖倾下，微风拂过，树影婆娑，绿海生波，簌簌作响，更显静谧。郭宝平穿着短袖，一身运动装，站在一人高的墓碑旁，默默无语，伫立良久。

置身其间，郭宝平清晰地感受到，自己不是在写一段历史、一个故事，而是在写一个人。故事的主人公正在这里，隔着墓墙，隔着生死，真实存在。"距离一下子拉近了，就觉得都是人，他也是一个人，跟我们一样，在世界上生活过一段时间。突然就有这个想法。"郭宝平翻阅史料，书上记载人时，往往是几句话，或是几个字。可在他的脑海里，却会浮现出许多场景，仿佛看到了个体的无助和挣扎。此刻，风云散去，一切趋于平淡，归于尘土。"我们这些后人来看你了。"他在心里说。

郭宝平还去了江苏省苏州中学，这所学校是省重点中学，一进大门就是范仲淹的塑像，墙上写着大字"先忧后乐"，亭中立碑，上刻"府学"。千年前，范仲淹在此办学，校址未变，格局基本保留。学校所在的街道，以前叫卧龙街，现在叫人民街，路也没变。"苏中影响很大，培养了很多人才。"郭宝平和当地人聊天，出租车司机、饭馆老板、挑担而过的商贩，大家都知道范仲淹在这办过学。

范公镇位于江苏省东台市，因范公堤得名。捍海堰旧址上建起了大桥，桥叫"范公桥"，建设单位为范公镇人民政府，施工单位为范公镇水利管理站。镇上处处是"范公"，小区有"范公人家小区""范公供销社小区"，饭店有"范公人家"，道路有"范公南路""范公北路""范公中路"，宾馆有"范公招待所"，超市有"范公书店超市""范公健康超市",学校有"范公中学""范公幼儿园",街边汽修店挂着"范公汽车检修"的招牌。当地还新塑了范公像,通体皎白,基座用了黑色大理石。郭宝平与雕塑合影,他近一米八的个头,肩膀正抵基座上缘。

在这里,"范仲淹"成了一个符号,一个标志,一个象征。郭宝平谈不上喜悦,反而有点失落,因为"很多历史的真相被遮蔽了"。范仲淹上书筑捍海堰,提议能通过主要缘于张纶,张纶在沿海任职多年,深知筑堰挡潮利大于弊。事故发生后,张纶力保范仲淹,不仅提议复工,还亲自监督捍海堰直至落成。正因如此,百姓给张纶造了生祠,这在当时是极高的褒奖。如今张纶不再被提及,光环都加在了范仲淹身上。

"美就意味着真实,虽说真实的东西不一定都美,可是最美的东西永远是真实的。"郭宝平提到了法国作家福楼拜的名言。他想从一个人的视角写范仲淹,而不是一个无瑕的圣人、一个遥远的神明。"人都有七情六欲,有七情六欲就会有纠结和挣扎。他写谏疏的时候,内心一定有起伏、有恐惧、有摇摆,这才是一个人。"透过重重光环,郭宝平想写一个真实的范仲淹,即便那并不完美。

红日西垂,焦黄的夕阳摊在桌面上,缓缓移动。郭宝平忽然明白,自己为什么能写宋朝。他在开封出生,在那里度过了少年时代,街上广播放豫剧,大人们爱听《包青天》《狸猫换太子》,"太子"就是宋仁宗。半大孩子在街上玩闹,御街、繁塔、包公湖,到处是宋朝遗迹。开封最繁华的街道叫马道街,宋朝时叫马行街,时至今日,街道走向、宽度几乎没变。

因缘际会望今朝

从少年时代起，郭宝平就喜欢文学和历史。参加工作后，业余写作没有中断过，"躲进小楼成一统"，他在写作里找到了安慰。工作之余，郭宝平用9年写完《谋位》，一共35万字，写完就放着了。搁了几年，想着稿子放着也无用，他就把全文贴到网上，免费供人看。没想到，出版社编辑看到了，辗转找到他，把《谋位》出版了，还支付了几万元稿酬。

在单位，郭宝平绝口不提写作，他把工作和写作完全隔开。十几年前，他带一个检查组去浙江出差，一行十几人候机。机场有书店，《最有权势的读书人：张居正》摆得醒目。几个年轻人一看，书上印着领导名字，于是每人买了一本，让他签名。郭宝平推了，说重名而已。

还有一次，郭宝平的同事被调到外地任职，经常回北京开会。候机时买了一本《谋位》，一口气在飞机上读完。他兴奋地拿着书，对郭宝平说："你这本书写得真好。"郭宝平不承认。他又翻开书页，指着飘口处的作者简介，上面写着开封人。郭宝平还是不承认，说开封也不只有一个郭宝平。

"没必要，和业务也没关系。"郭宝平不想把写作掺进工作里。2017年年初，离退休年龄还有7年，已经担任相当级别领导职务的郭宝平申请提前退休。朋友得知，纷纷来劝，他不为所动。郭宝平说起，硕士研究生毕业后，系里曾挽留他留校，他可以教书、搞创作，安稳度日。但在老家的认知里，只有进入机关单位才是"光耀门楣"，于是他选择了进机关。"我在本质上就是一介书生，念念不忘的还是写作。"回忆起过去的工作经历，他认为这对创作历史小说大有裨益。全职写作后，郭宝平进入了"高产期"——四卷本《大明首相》、两卷本《大宋女君刘娥》、《范仲淹》陆续问世。

不久前，中国作家协会书记处书记邱华栋写了一篇文章，题目是《进入时间深处，倾听历史声音》。邱华栋对郭宝平历史小说创作一直比较关注，他认为"读郭宝平的书，我们能看到遥远时代的历史人物，以及他们的智慧、他们的人性的呈现、他们在历史中复杂的表现。这对于那些'脸谱化'的历史演绎写作来说，是一个很大的突破。这是郭宝平历史小说写作的一个重要取向"。

对话

先忧后乐

江玉婷：小时候光背课文了，一直不知道"滕子京"是谁。这回可算知道了。

郭宝平：滕子京确实犯了错误。烧账本是大错，御史抓住不放不是没道理。接替范仲淹担任西北军帅的郑戬，是范仲淹的连襟，他对滕子京大手大脚花钱、强制低价从百姓手里买牲畜宰杀后犒劳范仲淹部下很气愤，就收集了滕子京的一些"罪状"，委托御史弹劾他。范仲淹替滕子京辩护，是从大局考虑，但不能说没有掺杂私情。郑戬的指控和范仲淹的辩护，各自都有一定道理，不能光听一面之词。最后，宋仁宗折中处理，把滕子京贬到了岳州。阴差阳错，才催生出了《岳阳楼记》。

范仲淹与滕子京是同榜进士，当时称同年，但早期关系一般。修捍海堰出了海难，滕子京处理得很镇静，范仲淹认为他有大才，遂引为知己。我基本上是按照范仲淹对滕子京的记载来写滕子京的。滕子京请范仲淹写《岳阳楼记》，他没立刻写，而是拖了一阵。我推测范仲淹可能担心，滕子京之前出过这类问题，花钱大手大脚，又爱出名，不愿再为他背书。后来，滕子京来信，说楼成之日，他痛饮一场，凭栏大恸。一看"凭栏大恸"，范仲淹心有戚戚，相信滕子京不是搞形象工程，于是触发了他对往事的回忆，便借题发挥，以"先忧后乐"自勉而勉天下士。

江玉婷：第50章，范仲淹用"荒政三策"解决饥荒。这让我挺意外。

郭宝平：这段历史现在开始受到重视。有经济学家研究，说范仲淹是"凯恩斯主义的鼻祖"。现在看，在经济管理上，范仲淹是超前的。当时谁也理解不了，流民移路，道有饿殍，物价飞涨，结果范仲淹在那吃吃喝喝，起高楼，赛龙舟。孙甫是转运使，他气得不行，弹劾范仲淹。朝廷也有争论，我没全展开写。后来一看，效果出来了，孙甫知错，还邀范仲淹观钱塘潮。他俩有和诗，范仲淹集子里都有。

他是以工代赈，借大兴土木之役，饥民有了饭碗，既纾缓了灾民流离之苦，又修缮了建筑。纵民竞渡，是为了促进贸易、饮食、工技从业者就业。故意大张旗鼓提高粮价，是向市场传达信息，商人纷至沓来，粮一多，价格就降了，保证了粮食供应。三策下去，抚恤灾民，予民以利，确实比常规的开仓赈灾高明。

范氏义庄也超前，这也是范仲淹首创。你可以理解为是一种福利制度，只针对范氏家族。到了晚年，范仲淹用一生省吃俭用攒下来的钱建义庄，周济范氏大家族，他自己并未营建住宅。义庄好比一个基金会，族人有婚丧嫁娶、生儿育女、外出求学都按标准发补贴。这样一来，生活基本能保障，孩子踏实学习。范氏家族保持几百年不衰，范仲淹之功也。义庄的研究很多，因为历史很长，涉及的人很多，一本书都写不完。

事实上，当初他到苏州认祖归宗，却遭拒绝，最后保证不觊觎范氏家财，才勉强被接纳。这件事对范仲淹的刺激很大。后来他哥范仲温带范仲淹去看地，让他买块地盖宅子。他没想在那住，但不买好像还惦记老宅，于是就在那儿办学。范仲淹自己也说，苏州风俗凉薄。他没把母亲埋在苏州，而是埋到伊川，他在姚崇墓旁边买了块地儿，把母亲葬那，还说自己以后也埋那。范仲淹对应天府有感情，他在那求学，书院给他很多帮助，后来他把职田划在应天府，没划在苏州。他在应天府安家，他的妻子，包括大儿媳，都是应天府人。

范仲淹办"义庄"是要作一种示范。当年你拒绝我，今天我就来让你们看看，做人应该这样做，而不是那样做，为了点财产，连血脉都不要了。范仲淹是一个改变风气的人，国家的风气能改变，家族风气也能改变。这是我对范仲淹办义庄的研究。

江玉婷：范仲淹早期就挺传奇，"划粥割齑"传那么广。

郭宝平：如果他后来没成名，一定不会有那么多佳话。历史就是这样，普通人没有故事。范仲淹是很苦，只能喝粥，但有人更苦，连粥都喝不上。范仲淹有才情，会抚琴，会作诗，但会写诗的人太多了。在应天府上学，有人给范仲淹送了一桌好菜，他一口没吃，最后都放坏了。为什么不吃？他不敢吃，吃了一顿好的以后，有了对比，就会觉得野菜粥难以下咽。如果这么去理解，你就会觉得，范仲淹其实挺可爱。

尽职充诚

江玉婷：每次看到范仲淹上书，我都提心吊胆，总觉得他要惹祸、挨罚。

郭宝平：有人评论，范仲淹老管皇帝的"家务事"。儿子要给妈过生日，他要管；儿子长大，母亲当家，他要管；两口子闹离婚，他还管。范仲淹有他的逻辑，古人讲究惯例，皇帝办事往往要查先例，如果你这样做了，就是开了一个先例。所以他说"轻一死而重万代法"，他不是只看当下，更看长远。废后也是，皇帝和宰相吕夷简几个人一商量，私下定了。一方面，皇后确实没犯大错；另一方面，废后是大事，这么大的事不能搞"密室政治"，所以他有意见。

宋朝前期"守静"，士大夫以冲晦自养。范仲淹以直言谠论倡于朝，开议论之风。他数以言事动朝廷，又呼吁兴利除弊，同时还大厉名节，从而扭转了官场的风气，天下议论相因而起，士大夫以钳口失职为耻。宋朝的议论之风、改革之风、忠义之风，都是范仲淹倡导起来的。欧阳修、苏舜钦等官场新进受此影响，每感激论天下事，奋不顾身。所以在范仲淹周围形成了一股新势力。正因如此，他屡屡受到结朋党的诟病。

范仲淹被后世普遍推崇，是儒家树立的一个标杆，在不断累加中成为一个符号化的人物。如此一来，为他立传很容易脸谱化。虽然范仲淹名气很大，但以他为主人公的文艺作品相对匮乏。这也是为什么我这部小说一出来就受到文学界、史学界和广大读者高度关注的原因所在。

江玉婷：范仲淹是"办学狂魔"，连戍边都不忘办学。为什么这么爱办学？

郭宝平：范仲淹出生时，五代十国最后一个政权——北汉灭亡才10年。经过唐末五代百年战乱，庠序失教，官学无存，宋朝建立后忙于混一四海，办学的事还没有提上日程。宋朝启动大规模办学，是范仲淹主持庆历新政时的事。在此之前，求学是奢侈事，能够延聘教习的家庭非富即贵。像范仲淹、欧阳修这些低级官员子弟，求学相当不易，中进士、入仕途后，往往被视为出自寒门。当然，范仲淹求学艰难，也与他的身世、性格有关。他得知身世后离家出走，发誓自立门户，失去经济来源，求学之路就显得格外艰难。

这里有时代背景，也有个人原因。正因如此，范仲淹热衷办学，他每到一地任职，总要设法办学；主持庆历新政时，更推出州县普遍设立学校的重大举措。这与范仲淹的治国理念有关。在他看来，治国理政，重在教化。由于唐末五代以来的战乱，再加上佛教的冲击，在范仲淹生活的时代，儒学并不是主流意识形态。范仲淹接过韩愈的旗帜，大力复兴儒学。办学以兴教化，就是其中措施之一。

江玉婷：他书教得很好，为什么不选择当老师？

郭宝平：范仲淹早年仕途受挫时，有过以教书育人遂报国之志的想法。但那时候"学而优则仕"的观念很牢固，而且确实是有了权力和地位，才可以做更多、更大的事。教一万个学生，也比不过教帝王一个学生的作用大。做帝王师，致君尧舜上，非要进入朝廷不可。

范仲淹虽然没有做太子或是皇帝的老师，但他经常以帝王师的口气和皇帝说话，有时还会激怒皇帝。但更多的时候，皇帝听了他的话，改变了决策。激怒皇帝，为他赢得了声誉，皇帝听他的话，为他施展抱负提供了机遇。这是做教书匠难以企及的。比如州县普设学校，这件事，哪一个教书匠有此等能量？实际上，范仲淹虽然当老师的时间不长，却被王安石赞为"一世之师"。就是说，范仲淹是为官者的师范。

江玉婷：宋仁宗似乎是犹豫的性格？比如说，他支持韩琦进讨，却又同意范仲淹不出兵的请求。

郭宝平：宋仁宗在历史上口碑很好。但在我看来，可能由于身世和成长环境的关系，仁宗皇帝缺乏杀伐决断的气魄，而且耳根子比较软。他在刘娥身边长大，刘娥很强势，垂帘听政多年。所以范仲淹连篇累牍上疏，很多内容是告诉仁宗如何做皇帝，其中一个核心观点是希望他有主见、敢拍板，不要事事推诿他人。

我认为范仲淹对仁宗是有不满的。仁宗可能也意识到了这一点，所以有一次听信传言，差一点贬范仲淹到蛮荒之地。但仁宗是仁德之君，他和范仲淹也算相互成就吧，就像范仲淹在《严先生祠堂记》里写到的严子陵与光武帝一样，互相成就。

江玉婷："迥与众流异"，这几乎是范仲淹官场生涯的缩影。怎样理解他的"异"？对当下有哪些启示？

郭宝平："迥与众流异"，是初入仕途的范仲淹发出的感慨，也是一种保持初心的宣示。年轻时的范仲淹被官场视为"怪人"，晚年仍非议不断，以至于他去世后欧阳修受托写神道碑，一直为如何判忠邪而绞尽脑汁，迟迟难以动笔，甚至还引发了范氏后人不满，双方甚为不快。这主要是因为宋朝前期奉行黄老之学，推崇无为而治，人人因循，重笃谨行，不复奋励。范仲淹是改变风气的勇者，所以显得与众不同。

谈到启示，我认为有三点：

第一，保持初心。范仲淹初入官场写过一首咏瀑布的诗，其中有"下山犹直在，到海得清无"之句。那个时代的读书人，初入仕途，大多抱有一腔忠君报国、康济黎庶的热忱，但一番曲折离合、摸爬滚打，由初迄终，名节无疵者，凤毛麟角。范仲淹"迥与众流异"，没有动摇过，王安石称赞他"由初迄终，名节无疵"。

第二，尽职充诚。身为官员，是百姓供养，混日子是绝对说不过去的。范仲淹初入官场就打定主意要"尽我职，充我诚"。他有个习惯，每天睡觉前都要算账，看看一天伙食费花了多少，自己做的事是不是对不起伙食费，如果觉得对得起就安然入睡，如果觉得对不起就辗转难眠。

第三，自律守正的人，会赢得尊重。官场上，对自律守正的人，你可以不喜欢他，但内心一定是尊重他的。范仲淹为什么被树立为标杆，原因也在这里。

赤子之心

江玉婷：怎么那么坚持提前退休？

郭宝平：有人说，你等退休再写，或者边工作边写，我都做不到。像《大明首相》那么长，一共 130 多万字，白天上班，晚上回来写，写到后边，前面的人物都忘了。我也担心，退休后再写心劲没了，所以给自己施加了很大压力。写《范仲淹》确实需要投入，整个人要进入宋朝的氛围。写的时候，我就在现场，看见晏殊和范仲淹在屋里，我可能是那个倒水的小厮，也可能是其他人，总之在他们身边，听他们说话。甚至晏殊生气，他眉头一挑，我都能感觉到。这需要完全沉浸。有时出一趟门，回来要几天才能重新进入。

江玉婷：写《范仲淹》对您有影响吗？您怎样理解范仲淹？

郭宝平：写的过程中，我常常被他们的真性情所感动。范仲淹和郑戬是连襟，在滕子京一案中，二人是敌对双方的领袖，大有你死我活之势，可事后他们依然保持着友好关系。韩琦与范仲淹义兼师友，可二人在对西夏战略上尖锐对立，互不退让。韩琦甚至感叹，范仲淹坚持不出兵是要置他于死地。二人同入中枢后，在水洛城一案上，又是敌对营垒的各自领袖，可事后二人的关系不仅没有受到损害，反而越发亲密。富弼对范仲淹执弟子礼，可二人在许多问题上争论得面红耳赤，范仲淹一气之下，请求皇帝让富弼写下以身家性命担保的保证书再放其出殿。事后证明范仲淹的判断有误，当有人以此讥讽范仲淹时，富弼却为他辩护说，这是因为范仲淹忠勤体国之至。范仲淹和晏殊多有争吵，即便范仲淹声名日盛，他也一生对晏殊执弟子礼。事实上，晏殊比范仲淹还小两岁。

凡人范仲淹，大半生都在做凡人不愿做或没勇气做的事，这才成就了他的伟大。用"赤子之心"来形容范仲淹，相当贴切。保持赤子之心，其实就是不忘初心。在我看来，范仲淹是保持真性情的儒者、开风气的勇者、以天下为己任的忧者、深达进退之理的达者、秉持恕道的仁者。只有宋朝的政治生态和制度安排，才能成就范仲淹；范仲淹也没有辜负那个时代。

江玉婷：您其他作品书名都带"前缀"，比如《大明首相》《大宋女君刘娥》。这次单用人名，是有意为之？

郭宝平：和出版社反复商议很久，最终还是觉得用《范仲淹》为宜。别的书名，总给人以脸谱化的观感，也不够响亮，索性直接用"范仲淹"做书名。历史小说以主人公做书名很常见。如果主人公名气足够大，直接做书名顺理成章。

向什么样的人致敬，代表着一个时代的品位、品格。范仲淹"先天下之忧而忧，后天下之乐而乐"的境界与情怀，永不过时。我特别认同中国社会科学院学部委员刘跃进在审读小说后的评价，他说："阅读范仲淹，就是阅读中国传统士大夫的精神世界，也是阅读我们自己的精神世界。"确实是这样。

江玉婷：为什么选择写历史小说？写作过程中，最困难的是什么？

郭宝平：我投入历史小说创作的初衷，就是要向肆意编造历史、误导受众的戏说之风宣战。我认为，历史小说既然以真实的、往往又是知名的历史人物为主人公，就应该对真实性负责，尽可能去重现历史风云中的真实人生状态。

读研究生时，我的专业是中国政治制度史，这为我写历史小说打下了很好的基础。大量阅读当时人写的笔记，同时多读当下学者的有关论文，是我写历史小说的必修课。前者提供很多细节，后者提供最新研究成果，两者结合，确保历史小说的真实性、可信性。在此基础上，要对历史素材精当取舍，巧妙安排情节，确保艺术性、可读性。

历史小说要写有血有肉的人，需要大量细节，这恰恰是史料中最欠缺的。比如，《范仲淹》中的"小鬟"。她是范仲淹四子纯粹的生母。她是如何进入范家的？我查到一则史料，说钱塘一带当时流行一种风尚，虽蓬门贫女，也有一两件锦衣罗裙、几样头饰，目的是进入富贵人家做女使或侍妾。小鬟当是范仲淹守睦州时，以女使身份进入范家，后来引起一些风波。根据当时的婚姻制度、购买女口制度和已发生事件的时间点，我做出推理，来塑造这个人物。以推理尽可能还原史料中缺失的历史，是历史小说的优势，没有必要凭空编造，误导读者。

老实说，历史小说要过史学家的关不容易。《范仲淹》在正式出版前以"试读本"分送文学界、史学界知名专家审读。史学界对小说的真实性给予了充分肯定。宋史专家虞云国评鉴说："以小说笔法写历史，摹绘形神影，兼具信达雅，《范仲淹》庶几无愧。"中国现代文学研究会会长丁帆撰文说："郭宝平皇皇65万多字的鸿篇巨制《范仲淹》的思想和艺术意义，不仅仅是因为它塑造了一个丰满的历史人物，更重要的是，它为当下抒写历史题材小说重树了一种严肃的范式。"

写历史小说很难，写范仲淹更是难上加难。如果作品中欠缺"先天下之忧而忧、后天下之乐而乐"的情怀和境界,读者会接受吗?这是创作中最大的难题。因为有信心处理好这个难题,我才有勇气写范仲淹。南京大学孙江教授认为,这部小说是"用文学的手法挑战历史学的极限"。

江玉婷:既然追求真实性第一,为何不写传记而是历史小说?

郭宝平:历史小说和人物传记各有优势。人物传记固然在真实性上更令人信服,但却不像历史小说那样有情节设计、细节描述,引人入胜。特别是一些传记又往往采取专题性写法,很难把握一个时期里主人公的生存全貌。历史小说却不能这样,它必须反映出主人公的人生状态。还有,相对来说,历史小说的读者群要比传记广泛得多。当然,写历史小说比写传记的难度要大得多。别的不说,细节考证、心理和场景描写就需要花费大量精力。

文化学者解玺璋先生对历史小说有成见,在《范仲淹》分享会上,他直言不讳地说,将历史人物写成小说,面临文学虚构跟史实的冲突,其中的内容说不清哪些是真的、哪些是假的,看历史小说浪费时间。我虽然不同意他的观点,但分享会上不好直言。有一天,一位熟人把解玺璋先生凌晨时分在朋友圈发的一段文字转给我,我一看,是一篇《范仲淹》读后感。文中说:"郭宝平先生的《范仲淹》有很多新意,可以更新我们对范仲淹这个人物的认知。这本书并非人物传记,而是一部文学作品,但作者在史实考证方面做了大量工作,因而人物显得很扎实,历史背景和社会环境的细节描写也极富历史感,绝非戏说,很容易把读者带入范仲淹生活的历史情境中,是一部难得的历史人物小说。"

可见，真正下功夫的话，历史小说塑造出的人物在保持真实性的同时，比传记更形象、生动、丰满，也更容易吸引读者，感染读者。所以，我选择写历史小说。

空瓶子

采访对象：郭宝平
采访时间：2022 年 8 月 11 日

读完《野望》，我从柜子里翻出《范仲淹》。由于当时我生病住院，同病房的姐姐们见我又拿出一本更厚的书，面露怜悯之色。我一点不悲伤，心里窃喜：还好生了一回病，否则根本看不完。

《范仲淹》65 万字，掺杂着文言文。一开始，我读得很吃力，每天只能读 50 页，就像 U 盘到了容量，提示"内存已满"。每天这么读下去，一天忽然通了，一口气看 200 页毫不费劲。阅读过程于我而言，就像上了一个"传统文化基础速成班"，我能读一些古诗了。

第一次见郭宝平，我们聊了一个下午，整整 6 个小时。我简直想象不到有一天居然会跟别人聊到范仲淹、晏殊、欧阳修、韩琦、富弼、狄青、张纶、郑戬、尹殊，就像聊起楼下小卖部老板那样熟悉。在此之前，其中一些人名我都没听过。我的大学古代汉语老师若看到这一幕，也许会欣喜地落泪。第二次采访，我们聊了 4 个小时，前后两次相加，有 10 个小时。

这也是一个甜蜜的烦恼——资料过多，我处理不了，写了第一段以后，怎么也写不下去。那时，刚好要出一篇"全民阅读"的综述，活儿很急。十一假期，我每天都在找"全民阅读"的资料。白天，我和老公边吃边看老版《三国演义》电视剧，睡前我再看一会《封神演义》原著。大概过了2周，我觉得可以了。再看之前写的那段话，发现完全不对，重写了一遍。

这篇稿子，延续了我对景物描写的重视。郭宝平没有过多地提到他去范仲淹墓地的场景。我翻了他的朋友圈，在一张照片里看到了范公墓周边的绿化。我想写出一个人站在小山包上微风拂面的感觉。我写的时候，至少自己要先感受到。写稿那天，我追的网文更新了，里面有一个词"醋海生波"。太棒了！我改成"绿海生波"放进去，像在大街上捡到宝。

我还记得这篇稿子的开头老写不出来。午休回家，我刚把锅放灶台上，忽然想到几句话，立马闭火，敲进手机备忘录。小标题也想不出，睡前我又紧急看了一遍《封神演义》目录，找到了灵感，窝在被子里敲下了标题。我是按照小说写的这篇文章，或者说，用了很多小说的技巧。这与我以往写的所有文章都不同。我在心里把它当作一条分界线。

我写范仲淹的时候是在写郭宝平，写郭宝平的时候也是在写范仲淹。这样的设计，起初是为了减少字数，后来我从中得到了一种美感，就像两股线缠在一起，也如河的两岸。正因有相似的经历，郭宝平才能写范仲淹——形式也能补充内容。我不确定自己是否做到了。

写完稿后,我体会到了一个空瓶子的虚弱感。我用尽了所有,所有的技巧,所有的能力,所学的一切,都掏空了,用尽了。

梁晓声

写下人世间更多
他者的命运

2022年年初，由梁晓声作品《人世间》改编的同名电视剧播出。不少网友沉浸在这部年代剧中，"好想去郑娟家蹭饭""我竟然磕到了雷佳音殷桃的CP"等话题频频登上微博热搜。

这部剧确实扛起了"开年大剧"的旗帜。有关数据显示，该剧中央广播电视总台单集最高收视率达1.73%，最高收视份额达7.4%。截至2月11日，索福瑞CSM全国网平均收视率1.4%，平均收视份额5.88%，《人世间》创下CCTV-1近三年来电视剧平均收视率和收视份额新高。

然而，热闹在梁晓声的生活之外。采访在工作间进行，外门大开，他拒绝了关门的提议，"家里没什么可偷的"。像过去很多日子一样，梁晓声坐在笔直的椅子上，午后的阳光透过窗户射入。

采访间隙，梁晓声点了一支烟，白色的烟雾在指尖绕行，他也陷入了某种回忆。等烟燃尽，他把烟头摁进烟灰缸，一个常见的、颇大的玻璃烟灰缸。直通阳台的门窗已经打开，就像往常一样。

写出人和人的关系

梁晓声工作的屋子像样板房。一间 10 平方米左右的小屋，正中是一套木桌椅，那是他工作的地方，对面靠墙放了两张矮沙发。"没有再多东西的必要性，因为总有人要来，才有两个沙发。"梁晓声说。

他仍然保持着手写的习惯，只不过从钢笔换成了铅笔。铅笔是自己削的，用一把半只手掌宽的蓝色美工刀，削好的一二十支插在笔筒里。73 岁的梁晓声保持着写作习惯，身体好的话每天能写到 2000 字，写在 A4 纸上是 10 页左右。"必须坐定，你要懒下去，139 页就是 139 页，它不会变成 149 页，对吧？"说着话，他看着眼前的稿纸。

坐在木桌前写作，抬头是一幅托尔斯泰的油画。看着托尔斯泰的油画写小说，是一种什么感觉？梁晓声说："没什么特殊的感觉，看到油画会经常想到他们（表哥）。"油画是梁晓声的表哥画的，表哥已经去世了，去世前托人把画送来。说完，梁晓声补充了一句："当然，我也很尊敬托尔斯泰。"

去年，梁晓声处在一种持续性的丧失中。2021 年，先是小弟弟、小弟妹去世；接着，在 9 月，三弟妹去世。除了写书，一旦有空出来的时间，梁晓声就会不自觉地想家中事。失去至亲以后，侄女的生活会是什么样？三弟家会有什么困难，他要做哪些准备？梁晓声惯于挑起一家之长的重担，就像过去很多年一样。

事实上，梁晓声在家排行老二，往下数还有两个弟弟、一个妹妹。在新出版的散文集《人间清醒》里，梁晓声写到了童年经历。一家人住在阴暗的、地窖一样的小屋里，"四壁和天棚每天起码掉下三斤土，炉子每天起码要向狭窄的空间飞扬四两灰尘"。

上小学时，梁晓声的个人卫生不合格。他的双手皴裂，用砖头蹭也无济于事。梁晓声每天要洗菜、淘米、刷锅、刷碗，水缸在四处漏风的屋子里，水都结了冰。上学前，即便用肥皂反复洗过，双手仍洗不净。班主任不懂讲卫生需要条件，她只会像扒乱草堆一样扒乱这个幼小男孩的头发，然后厉声道："瞧你这满头虮子，像撒了一脑袋大米，叫人恶心！这几天别来上学了，检查通过再来上学！"

梁晓声没有别的办法。母亲天不亮就上班，哥哥早起上学，于是梁晓声要给更小的孩子做饭吃，收拾完屋子，担完水，才能上学。有时，六岁、四岁、二岁的弟弟妹妹哀求着哥哥留下来。梁晓声于心不忍，只能逃学，不参加校外学习小组。梁晓声的童年生活被打上了贫穷的烙印，他吞下了贫穷带来的苦难。多年以后，他在《我的小学》里表示，身为教师者，最不应该的，便是因贫穷而恶意对待学生。

最初，他并不是有意识地写贫穷，"因为我们大多数人就是那样成长起来的，写到童年和少年，必然写到贫穷"。在北方的大杂院中，相处得好的邻里，温馨得像一家人。更现实的原因是，每一户人家都无法独立生活——随时要借东西，小到借一把剪刀，家里来客人要多借条板凳。这种"借"本身就在维持关系。大人都有不在家的时候，孩子各家轮流照顾。家里人吵起来，邻居会来劝架。生活在这样的环境里，倘若无人劝架，大概率是这户人家处理邻里关系太失败。

实际上，梁晓声想写的是人和人的关系——在普遍贫穷的生活里，写同学关系、邻居关系、师生关系。到 2000 年以后，梁晓声开始意识到，将自己经历过的贫穷年代呈现出来，有了某种意义。这可以让后来的年轻人了解国家的发展历程，了解父辈、祖父辈的人生道路。

"但总体而言，越到后面，我越不认为自己经历的贫穷有什么值得说的。（我们）这一代人大多数是这样成长的。我写了城市的贫穷，农村的贫穷更咄咄逼人。"接着，梁晓声说："个人的成长不一定非要由'贫穷'这位导师来教。80 后吃的苦少一些，90 后、00 后大多数不知道贫穷是什么，以后的孩子远离贫穷，这恰恰是我们这一代人乐见的。"关于童年的苦难，他不愿意再叙述："当然还有细节可以讲，但我觉得就别讲了。"贫穷和很多困顿一样，都是人生的一段经历。

平时，梁晓声看电视，一边吃饭一边看。原来是中午、晚上看，现在吃早饭也会看一阵。他是音乐节目"越战越勇"的老观众。这套节目在央视播出，杨帆是主持人。最初，看节目是为了听歌，他对讲述环节有抵触，"我要听歌，但你们讲那么半天"。

后来，梁晓声发现了讲述的魅力："通过午轻人的讲述，你会发现他们所经历的那些人生的蹉跎、坎坷、艰难完全不亚于我们那一代人，而他们依然很向上，有追求。"

像"老木匠"一样写作

梁晓声有过一次"换笔"机会。上世纪八九十年代,市面上刚有家用电脑,几位作家朋友都买了,王蒙在这时学会了用电脑。朋友们都劝梁晓声,快用电脑哇。于是,中年梁晓声攒了一笔钱,买了一台电脑回家。

电脑放在家,他总想学,却一直没进展。到了2000年,电脑更新了几代,家里的电脑无法正常运转,配件都很难买到,于是被处理掉。年纪越来越大,眼睛也花了,即便戴着眼镜也会把字写得很大,眼看格子纸用不了了,梁晓声就在白纸上写。

写之前,梁晓声要戴上海绵颈圈,要是腰疼起来,还要用上护腰带。长年的伏案书写,让他必须保持从腰到颈椎的挺直姿势。有好几次,他"全副武装"开门,把客人着实吓了一跳。这身行头不像在家,倒像是工厂技工临时上车床。为了写作,他还搭了一个简易的"画架",两块镇尺上架了一部《西方思想宝库》——因为够厚,再垫一部硬壳的大开本。如果要调高一些,就把其中一块镇尺立起来。

到了这个年纪,梁晓声不再介怀不能用电脑写书这件事。对于他来说,这样的安排刚刚好。写得快或慢不再是一件头等事,他也不打算每天在桌前从早坐到晚。速度、时长,这些因素不再影响他。"只不过像一个老木匠打扫木工车间收尾的那点活似的,就不必非得把木匠工具磨得多么快。剩下一点活,做完之后关门上锁,就和这个行业说再见了。"梁晓声说。

"成为小说家之后，有了一种和文学之间的契约，要通过创作小说这件事，写出更多他者的命运。"梁晓声讲到自己的创作："我的主要创作，实际上是把我所知道的人世间的这一部分他者的命运，告诉另一部分人——就是我的读者们。"

在很长一段时间里，梁晓声成为"知青文学"的代名词。他经历过"知青岁月"，1968—1975年，青年梁晓声踏上了北大荒的广袤土地，进入黑龙江生产建设兵团第一师。后来，他写下了《雪城》《年轮》《知青》《返城年代》《今夜有暴风雪》等一系列"知青小说"。

梁晓声很少把自己揉进作品，唯一坚持的一件事是把自己对于做人的理念写进去。在他的作品里，主人公大多是青年，比如《知青》里的赵天亮，长篇小说《我和我的命》的主角是80后，即将在作家出版社出的新作《中文桃李》写的也是80后。这些主角都有一些共同特点，比如正直、正派、无畏，主动承担责任，自觉出面解决群体里的摩擦。

"如果年轻人生活在一个单位里，单位里的人都特别自我，除了自己谁也不关心，生存法则是'别碰我的奶酪'，或者别人明明没碰，他也以为碰了，人人都是这样，居然没有一两个人不是这样，我只能说这样的环境太可怕了，也值得同情。"梁晓声的成长环境决定了他无法成为一个自我的人：儿时照顾弟弟妹妹，青年下乡当知青班长，后来当小学教师。

"不是你愿意或是不愿意，它变成你的一种责任。"粮食歉收，连里发下来的馒头吃不饱，一个班10名战士，发了12个馒头，剩下2个馒头怎么分，怎么分公平？知青之间闹矛盾，要做出裁决，道理在哪边？这时，班长梁晓声要做出抉择。

生活中，梁晓声不由自主地被推到了类似境遇，不得不扮演"承担者"的角色。"如果能扮演这样的角色，我觉得挺好。我喜欢青年形象，我笔下写到的青年人物，他们几乎都有我希望自己身上具备的那种品质。"梁晓声写小说时，首先考问自己："当你笔下的人物作出了一个正确同时值得尊敬的决定，你首先要问问自己，你信这个吗？你信吗？如果是你，你愿意这样吗？如果你都觉得这是胡扯，你就根本写不出来。"

时代车轮滚滚向前

1949 年 9 月 22 日，梁晓声出生于黑龙江省哈尔滨市的一个工人家庭。这个新生儿经过潮湿的产道，生长在新生的共和国的大地上，个人命运和国家命运联结在一起。从某种意义上来说，梁晓声经历的童年正是那个年代的缩影。在时代的浪潮中，他所走过的日子是一部个人视角的当代史。

梁晓声这一代人结婚还时兴"三大件"——立柜、写字桌、床。木料是平时攒的，用时请木匠打好。上世纪 80 年代前，城里还能见到游走的"玻璃匠"。当时，人们日子拮据，窗户、镜子碎了，大块玻璃舍不得扔，于是喊"镶玻璃的"上门拼补。梁晓声在《看自行车的女人》里写过一个已经消亡的职业：在北京的人行道上，女人背着绿色帆布包，在雪夜看自行车，一次挣 2 毛钱。

一些职业消亡，一些职业产生。新兴职业同样艰辛。一个雨天，梁晓声看见快递员在雨中送餐、送件。他想：这是一位怎样的青年，他背后是一个什么样的家庭？这是他关心的。

"我们那时做梦都在想，鸡蛋能成为家常，想吃就吃，（现在）它已经实现了。"时代变化之快，超出梁晓声的想象。20世纪80年代初，全国有近10亿人口，国人奋斗的目标中还有一项是"人人早上起来能吃到馒头"。在当时人看来，这个想法几乎难以实现。梁晓声记得，直到20世纪90年代，粮票、布票才逐步取消。在此之前，一些省会还有一半左右粮食是粗粮。吃上馒头以后，人们又在畅想：能不能吃上牛奶面包？现在，对于大多数城市居民来说，早起喝牛奶、吃面包已经不是一件难事。

20世纪80年代末、90年代初，即便是北京电影制片厂这样的单位，也只有几户人家有热水器。职工都在单位洗澡，从单位买澡票。夏天，要是一周洗上两回，算是洗得勤。中国电影界著名的演员、导演都在公共浴池淋浴，包括于洋、管虎的父亲管宗祥，陈凯歌的父亲陈怀皑等。"一个莲蓬喷头下边几个人在那等着，老同志来了，里边的人往外让让，礼让一下，（这个情境在今天）我们绝对想象不到。"梁晓声说。

那时，还有一份刊物《精品购物指南》向梁晓声约稿。梁晓声说话直，直接答复对方，这份报纸办不下去。"什么叫精品购物？当时老百姓一般的物质消费都还不行，你们就来搞精品？但现在'精品购物指南'到处都有，消费越来越朝精品走。"梁晓声还记得早年有一份汽车刊物，当时全国没多少家庭买得起汽车。彼时，梁晓声很不理解："这样的刊物怎么可能存在？"

几十年后，中国已是另一幅景象，街道上车如流水，川流不息。

20 世纪 80 年代末，梁晓声改编过科幻作家叶永烈的一部童书，里面写到气垫船、无绳电话。这些当时被划入科幻范畴的事物，如今已变成现实，走入寻常百姓家。"在 2000 年的时候，我根本没有想到以后自己住的房子会贴墙纸。"梁晓声读外国小说，有时会看到墙纸。读到这，他想：墙纸长什么样？现在，梁晓声住在贴着壁纸的房间里。

采访结束，屋里一圈人几乎同时站起来。一直趴在地上的皮皮——通体黑色、卷毛的宠物狗，突然叫起来。梁晓声解释："它慌了，看你们都起来，怕我跟你们走。"梁晓声抱起狗，就像抱起一个两岁的孩子。他拍着皮皮的背说："不走，不走，不走，我不走，皮皮。我哪能走呢？"

对话

江玉婷：您现在每天都写作？

梁晓声：写作对我来说跟上班一样，不至于像上班一样打卡，但有一个进度在那，否则怎么完成它？心里始终有活，有时间就赶快来写，但更多时候，会觉得精力越来越差。

一行字就是一行字，你要不动，它也不动，字数不会自然增长。你坐在这里，要开动脑筋，整个人要在一个创作的过程中。这种劳动还需要安静，需要少干扰，不像别的工作，一边坐着、一边聊天、一边看电视，还可以很熟练地完成。写作很枯燥，作家这种职业，必须甘于寂寞。

江玉婷：关于童年的苦难，还可以讲讲吗？

梁晓声：我所经历的那些，并不意味着我经历了什么残忍（的事）。严格说，在今天这个话题轻佻到不值得往细了说。我以上几代人经历战争年代，那才叫真的非凡经历。关于童年，当然还有细节可以讲，但是我觉得就别讲了，它没有特别的意义。

江玉婷：可以讲讲大杂院吗？

梁晓声：北方的大杂院，之所以加一个"大"字，怎么也要在六七户人家以上。那个年代有那个年代的邻里矛盾，但是主体可能是，越是底层人家多的院落，越会体现出一种抱团取暖的状态。每一户人家，在日常生活中会短缺很多东西，可能随时要借东西。当然也会因人而异。

我在长篇小说《人世间》中写到了糟糕的邻里关系。要结婚，在自家的房屋旁再盖出一个小小的偏房，可能就会影响邻里关系。你挡住一点阳光，邻里以为你多占了一点地方，这种情况都是有的。

现实生活中，在我真实生活过的大杂院里，这些也会发生。但好在院子里边会有主体——叔叔们，因为我父亲年纪最大，我叫他们叔叔们。其中有一些是工人，是最本色的工人们，他们通情达理。因为有这样的人存在，他们会使矛盾通过民间的方式化解。

江玉婷：这样的人特别重要。

梁晓声：事实上，今天的现实生活也是这样。你处在一个单位，几个人的关系如何，取决于当中是否有二三个人是正直的、正派的，并且对他人能够施加同样良好的影响。

如果有这样的人存在，我们会发现，这个小群体之间的一些摩擦通常会由那些正直的、正派的人出面解决。实际上，这是人类生活几千年历史中的一种现象。一个小村子里，有一位德高望重，对事情有公平裁决的老者。西方有教堂，一个社区产生之后接着有教士，也起到同样的作用。

江玉婷：在群体中，您特别关注这一类人？

梁晓声：我有时想搞清楚这个问题，人和人为什么不同？比如说，在一个家庭里，兄弟姐妹多一些的，比如我们家兄弟姐妹多，我哥哥生病了，我肯定要承担责任。在别的家庭里，老大、老二未见得一定要挑起责任。

我们经常会在电视里看到，有节目叫《第三调解室》。你会发现，家庭内部就是那一点点利益，怎么就没有人调解好，对吧？长姐坐在那儿，长兄也坐在那，一定要跟弟弟妹妹们争得面红耳赤。

我有时候确实是想搞清楚他们为什么会是那个样子。嗯，搞不太清楚。我好像只能归结到有些人是天生的。后来，我看纪录片，无意中听到了一句话，觉得挺有意思，似乎找到了一种解释。大意是，有些人天生看到别人受苦而自己不可能不痛苦，用了"天生"两个字。

还有的人，虽然有能力帮助他人，但要让他"拔一毛而利天下"，他决不做——凭什么要拔自己身上的毛？更有人觉得，他想吸烟，特别想吸烟，在最想吸烟的时候没有其他办法，如果用别人的命来换一支烟，似乎也是可以的。

江玉婷：这个问题会一直困扰您吗？

梁晓声：一直到现在都困扰着我。前不久，我还跟人讨论是什么造成了这种差别。当我们真的碰到一个另类的人，任何教化对他都几乎不起作用。这是尤其让我困惑的，究竟是什么原因？或许也可以解释，那就是进化程度。

一个形象的比喻是罗丹的雕塑人马。人马是希腊神话中的怪兽，很凶暴，无论是人或者神它都不放在眼里。人马的上半身一直在向上挣扎，扭动躯干，脸上显出痛苦的表情，那是一个动态的画面，呈现出人是多么想挣脱马的躯体。

人马是一种人和兽的组合，它想摆脱"兽"的那一部分，想成为一个大写的人、纯粹的人。人马依然带有动物基因，但也在最大程度上实现了作为一个独立的人的一种状态。在人类的进化过程中，我们可能依然处在人马的状态。有所不同的，无非是我们有摆脱马的躯体的意识和愿望。这种"摆脱"对于人来说可能是一种自我教育的过程。

江玉婷：自我教育和小说创作有关吗？

梁晓声：写作也是一个自我教育的过程。我下笔写好青年的时候，一定会一边写一边想。我相信，人在遇到一些事情时，会做出正确的选择。如果你不相信，那你就写不下去。我既然写下去了，就证明我相信而且愿意（做出正确选择），而且现实生活中也提供了例子，例子太多，太多了。

江玉婷：您会关注当下的年轻人吗？

梁晓声：我有一个北漂的故事已经写完，马上要出版了。小城 80 后男孩在省里读了大学，对象是城郊菜农的女儿，女孩也读了研究生，两人双双学的中文专业。

中文专业在大学里越来越边缘。曾经的中文被叫作"万金油"，在 20 世纪 80 年代有一个时期，中文是"才子专业"，事实上差不多也是这样。那个年代的中文系出了一批人，虽然以后不搞评论、不搞创作，但出了一批青年思想家，他们用思想合力影响过中国的改革开放。到后来，中文专业已经不是"万金油"，变成了一种很边缘的专业，甚至变成了无用之学。

这对夫妻偏偏学了中文，等他们要成家的时候，省城工作不好找，他们就来到了北京。经历了很多之后，他们又回到小城，各自在小城找到了工作。至少，两人不再专执一念于自己的专业。

江玉婷："北漂"似乎已经成为一个符号，几乎象征着"漂泊"的状态。

梁晓声：这里有两种情况，一种是我笔下写的，他们在需要工作的时候，正好面临了省城或者家乡小城相对理想的工作很难找到的情况，所以"北漂"变成了一种迫不得已的选择。还有一种是，我就要上北京，如同"不到长城非好汉"。那么这样的话，一切都要自我承担、自我消化，即便是"无根"的漂泊愁苦，也很难博得别人的同情。

我笔下写的这两个青年，他们经历了一些事情之后，突然想明白了，自我解开了扣子。当然，现实依然是骨感的。大多数北漂青年回到家乡，真正适合他们的工作相对很少。有一个时期，北京大小影视文化公司达到几万家，提供了很多就业岗位。回到省城，就业机会一下子压缩了。

这有一个现实问题，恐怕全世界都是这样。最典型的是韩国，韩国有三个经济圈，全国五六千万人，首尔一下子就占了将近2000万，釜山有几百万，这两个城市一下子解决了2000多万人口的就业问题。往下面的城市走，适合青年的工作机会极少。这恐怕也是中国实际发展正在面临的客观问题。未来，我国可能会改变，比如未来一些大学可能会迁到小一点的地方去，有些地方可能办一些高等技术学校等。这对青年们来说，意味着有了更多工作机会。

江玉婷：您怎样看待年轻人从一线城市回到家乡这件事？

梁晓声：在大城市读完本科、研究生，年轻人回到省城去，即使开一个发廊也是创业。我们这一代人总是劝青年们把发廊做好，然后有第二个发廊，有第三个发廊，这也是一番事业。不开发廊，开一个糕点铺子也可以。

但实际上，这些工作真的不需要读到大学。很多发廊老板高中毕业，不用读大学也能把生意经营得很好。国外也有这个问题。整个人类都在反思，随着受过高等教育的人越来越多，高等教育究竟意味着什么？教育的目的到底是什么？

江玉婷：您的散文集叫《人间清醒》，有什么建议可以给年轻人？

梁晓声：我一再提醒自己，不要冒充青年人生指导者的角色。别说我不认识的青年们了，我的侄女，我的外甥女，我的儿子，我也很难影响他们，对吧？我最多是跟他们聊过。

但是我觉得，现在的父母们如果有能力的话，最好对儿女们做到如下的状态，无为而治。无为而治不是完全无为，比如缺钱的时候可以来找我，其他的事情，你觉得怎样愉快就怎样。父母们要是这样，你们（青年）是不是觉得好一点？

当然，下面这类青年，我不喜欢——父母辛苦地打工，作为儿女过于自我，理所当然地动不动缺钱就给爸妈打电话，（钱）打过来，打慢了不行，打少了还不行，于是对父母有怨言，甚至恶语相加、拳脚相向。这样的子女，几乎就像撒旦附体在父母身上。

我不是那样的儿女，我是天生不能看、不忍看父母为我太过操劳的人。只要能减轻他们的负担，我愿意越艰险越向前。

江玉婷：现在很多年轻人都很棒。

梁晓声：我在电视里看到很多青年是很棒的，有90后、00后。看到这样的信息，就会觉得很感动。我的笔下，要把更多这样的故事写出来。

江玉婷：刚刚您讲到了高等教育。您曾经当过中文系教授，教学和写作有共性吗？

梁晓声：写作和教学是一样的，绝不是审丑。如果一位大学中文系教师站在讲台上开课，站在三尺讲台上对学子们说自己的全部学问就是通过文学作品归纳总结人性到底有多么恶，要把这些成果讲给学生。我要是一个学生，我立刻转专业，并会爆一句粗口。

学生好不容易考上大学，假如生活还困难，父母用那么辛苦挣来的钱供他上大学，坐在大学课堂上，就听老师扯这些，真是浪费青春。这对学生有什么好处？人在进化的过程中，有一个时期是人马，答案都摆在那了。我们要学的是，文学能助人从人马状态向上，再向上，从人马的状态中，凭自我进化的愿望，成为令自己更满意的人。

我个人理解，整个文学、文化、文明的全部的终极价值就在这了。如果有人告诉我，文学的终极价值是"他人即地狱"，我几乎就想爆第二次粗口。我这观点，你们同意吗？

江玉婷：文学一定是让自己更靠近理想中的自我。

梁晓声：对。

大象

采访对象：梁晓声

采访时间：2021 年 9 月 22 日

"十一"假期前，我和同事带着摄像设备到梁晓声家。那时，盛夏余热残存，同事穿着黑色短袖，我穿着白衬衫。

上了楼梯，门口围栏里，一只黑色小狗叫个不停。

梁晓声走出来，抱起它，安抚着，跟我们说："来人了，它怕我不知道，所以叫我。"意思大致相同的话，他又说了一遍。小狗充当了门铃。

书房里挂着一张托尔斯泰的油画。梁晓声在散文集《人间清醒》里没写过这幅画。一位作家每天对着托尔斯泰的油画写作，这是一个能写进小说的点。画是梁晓声表哥所作，他在去世前托人送过来。到了现场，我们才知道，采访前一天，梁晓声接到了弟妹去世的消息。

这就像房间里有一头粉色大象，"死亡"是那样具体而庞大的存在，我无法挪开视线，也不能去触及，只能尽量避开，像提着不存在的裙子跳芭蕾。采访提纲和摄像机、打光灯显得那样残忍。奇怪的是，当时没人注意到这一点。我也是写到这里才想起来。

为便于后期剪辑，我只能提一个问题，梁晓声回答，再提下一个。我们之间缺乏交谈。摄像机成为一个不会看气氛、喋喋不休、试图找到存在感的同伴，它伤害了我们的对话。这也是没办法的事。

梁晓声抽着烟，思考时，他夹着烟，手搭在椅子把手上，有时手臂下垂。他沉默，几秒钟，半分钟，甚至更长。

我一直盯着那根烟，想起儿时学的诗句"大漠孤烟直，长河落日圆"。烟确实是直的，我想。

录完视频，梁晓声的朋友来了，我们收拾东西撤离。那天，他很少提《人世间》，我想补采一次。后来，疫情反弹，不便登门，再后来，《人世间》电视剧播了。会上，领导发来微信："梁晓声的采访尽快做出来，跟电视剧热度。"

写稿时，反复听录音，我才明白，那天，初见梁晓声，他之所以说了几遍意思相同的话，是怕我们误会皮皮是一只很凶的小狗。他爱这只小狗，不是物质上的爱。他不希望皮皮被误会，哪怕是一个初见的人。

我不确定梁晓声喜不喜欢这篇专访。

他没有看过稿子。

当时,《人世间》热映,各路人马都在找梁晓声,他无法正常生活。我拜托编辑,韩编辑认真审了几遍。下印厂前,他又专门给梁晓声打了一通电话。

他说,没关系,发吧,有点错也没事。

刘心武

到了 80 岁，不需要
有写作计划

午后的茶馆里，来了一群不喝茶的人。日光穿过中式拉门，被切割成块状，倒映在灰色的大理瓷砖上，根雕茶台泛着光泽。

四周忽然安静下来，人们聚在一起，朝门口望去，刘心武来了。

钱粮胡同的合欢树

"有一天，我看《人民日报》副刊上有篇文章，看完以后觉得我也可以写，可能写得更好些。"刘心武顿了顿，看向众人，"当时，我对印出来的文字无比向往。"

昏黄的灯光下，还在上初中的刘心武趴在八仙桌上，笔尖划在格子纸上发出声响。到了白天，他把信塞进邮筒。这时，刘绍棠已成为知名作家，王蒙凭借《组织部新来的年轻人》崭露头角——这些热闹与喧嚣离刘心武很远。

那时，他住在北京钱粮胡同，院里有一株很高的合欢树。一到夏天，枝头长出丝绒花，满冠遍生。树下，母亲王永桃端锅翻铲，香味沿着窗缝沁进屋里。小床上，男孩正在读《福玛·高捷耶夫》，手边还有一本巴比塞的《火线下》，书报杂志撂满一地。

王永桃宠溺老幺邻里皆知。人们去传达室取信件，常常会看见刘家的报刊——头几年还是《儿童时代》《少年文艺》《连环画报》《新少年报》《中学生》《知识就是力量》，再过几年就换成了《人民文学》《收获》《文艺学习》《文艺报》《大众电影》《戏剧报》。邻居大娘曾问："怎舍得给幺儿花这么多钱？"王永桃穿着浆洗得发白的旧衣，平淡地说："他喜欢，就尽着吧。"

隆福寺街挨着钱粮胡同，东段有三家电影院。上小学后，刘心武开始看译制片。一天晚上，他和小哥看完电影《流浪者》往家走，聊起加演的话剧《凤仪亭》——扮演貂蝉的演员上了年纪，哥俩讨论，吕布和董卓为何要为她打起来——明明小人书和烟画上貂蝉都画得极美。上了高中,从家走到学校,总要路过北京人民艺术剧院,那三年,刘心武几乎看了北京人艺演出的所有剧目。

父亲刘天演忙于工作,基本不过问刘心武的事,碰上班主任来家访,他竟问对方,儿子现在哪所学校上学。"我家的文艺味儿特浓,兄弟几个都喜欢一些。"刘心武提到父母的教育理念,"无意的熏陶比刻意的培养更重要。"父亲是修缍堂常客,会把买来的《增评补图石头记》、线装《浮生六记》藏于枕下。趁父亲不在,刘心武把那些书取出来翻阅。母亲则一生保持着写日记的习惯,每日阅读大量书报,对《红楼梦》里的人和事如数家珍。

看过书,刘心武就讲给胡同里的玩伴听。有年冬天,他讲《卡斯特桥市长》。乔哥儿家里的白菜帮子存够了,还拉着小轱辘车往城外跑,只为到菜地旁听书。高二时,有杂志发表了刘心武的一篇书评《谈〈第四十一〉》,《北京晚报》副刊《五色土》常刊发他的短诗、小小说。高考前几个月,中央人民广播电台播出了广播剧《咕咚》,剧本是他编的。刘心武的成绩很好,走在学校的过道里,同学看向他,总带着欣羡的目光。

毕业后,刘心武被分到北京十三中当老师。教育局分配工作的领导告诉他:"到汽车总站坐 13 路汽车,然后坐到第 13 站东官房下车,下车后再步行 13 分钟,就到十三中了。"刘心武到学校报到,路过东官房南口的一个小院。那时,他还不知道小院里住着自己未来的妻子吕晓歌,后来吕家迁往附近的羊角灯胡同。

因为他备课认真、讲课生动,在刘心武的课堂上,学生总是很活跃。教师宿舍在西煤厂，院子深处有一排平房，两人住一间。房间不大，摆上床、储物柜、桌椅，就没空地了。书桌挨着床，同住的物理老师一翻身，就能看见刘心武伏案书写。

1960年，刘心武如愿在《人民日报》副刊发表文章。隔年，《中国青年报》相继刊登了他的散文《从独木成林说起》《水仙成灾之类》。文章发表了，刘心武从不提起，甚至为了不引起同事注意而使用笔名，"刘浏"是最常用的一个。

那时，冬天很冷。平房靠着什刹海，小窗外，冰面开裂，轰响不绝。躺在宿舍的平板床上，刘心武久久无法入睡。他只能提笔疾书，挨过苦闷、冷清的冬夜。

步入文坛

1977年夏天，在家中10平方的小屋里，刘心武偷偷铺开稿纸写《班主任》。前一年，他被正式调到北京人民出版社（现北京出版社）文艺编辑室当编辑，小说源于他的教学经历。夜深人静时，刘心武把稿子读了一遍，心里直打鼓。

"这样的稿子能公开拿出去吗？"他大有疑虑。

终于，刘心武鼓起勇气，下班后在编辑部附近的东单邮电局寄出。柜台工作人员检查信封，板着脸说，稿子里不能夹寄信函，否则一律按信函收费。刘心武本就忐忑，遇上这一遭，愈加烦闷，索性不寄了。骑着自行车到中山公园，又把小说读了一遍，还是决定寄出。

两个月后，从报纸看到目录，刘心武骑车到《人民文学》杂志编辑部。他到总务人员在的大屋，用现金买了10本。屋里没人招呼他，把他当热心读者。拿到杂志，刘心武十分欢喜，连忙骑上自行车回家。

1978年，《班主任》获全国优秀短篇小说首奖。1979年初，茅盾为刘心武颁奖，满眼都是慈爱又带着鼓励的目光。1980年2月，人民文学出版社举办长篇小说座谈会，一二百人与会。会上，茅盾提到，中青年作家应该尝试写长篇小说了。

忽然，他问："刘心武来了吗？"

刘心武自觉起身。

茅盾望着他，四目相对，青年热血沸腾。

接着，茅盾说："好，刘心武也来了，你的《班主任》写得不错，可是你还应该为我们的文学事业做出新的贡献，要写长篇。"

1981年3月底，刘心武到杭州出差，在西湖的阅报栏上看见茅盾去世的消息。那天，下着小雨，他悲痛难忍地回到住所。"我本来计划回北京就去拜访他的，没想到还是迟了一步。"刘心武眉头紧锁，"座谈会上，看着还挺好的。"他不知道的是，那天茅盾是坐着轮椅去的。

不久后，茅盾文学奖设立。刘心武决心写长篇，上报了"北京城市居民生活题材"的创作计划。他想去东四人民市场（原隆福寺百货商场）取材，需要文联开介绍信。

那时，一位市文联领导认为，刘心武当冲到工、农、兵一线，而不是深入商场。王蒙在中国作家协会、北京市文联任领导职务，他觉得城市生活也可以写，在他支持下，开出了介绍信。

1984 年，刘心武一整年都在写《钟鼓楼》。想参评第二届茅奖，小说必须在 1985 年前发表，当时《十月》最后一期只能刊发一半，他转投《当代》杂志。

得知获奖消息的那天，刘心武从书架上取下一张茅盾的照片，轻轻抚摸。"茅盾有一本书，现在很少有人看了，叫《夜读偶记》，他写了很多对现实主义的思考。"刘心武说，自己始终是一名现实主义作家，这是受茅盾的影响。

翻开《钟鼓楼》，刘心武在正文前的一页停下，用指尖点了点："谨将此作呈献在流逝的时间中，已经和即将产生历史感的人们。"钟鼓楼既是时间，也是空间，两者引出了一个更大的概念——历史。小说从薛家喜事写起，将北京市民的生活图景凝固在 1982 年 12 月 12 日这一天。他想通过一些小事，诉说历史流变。

茶室临街，落地玻璃窗外，人来人往。

"历史记载是残酷的，会筛掉很多普通人。"刘心武张开手掌，用手指作比，"历史是骨架，往往血肉不足，文学给历史以鲜活的补充。"

这一刻，路上行人忽如流沙，于时间的巨网中倾泻。历史的洪钟敲响，时针转动，分毫不差。

这是个再正常不过的晴天，和过去任何一天一样，没有什么不同。

黄金时代

"电影《黄金时代》里边，萧军、端木蕻良、骆宾基，上世纪八十年代，都是北京市文联的同事，一口锅里吃饭的。"刘心武笑着说。1980年，他被调入北京市文联，成为专业作家。

从某种意义上说，那确实是一个黄金时代。老少几代同堂：老一辈有萧军、端木蕻良、骆宾基、阮章竞、雷加、张志民、古立高、李方立、李克；壮年的，有管桦、林斤澜、杲向真、杨沫、浩然、李学鳌、刘厚明；归队的，有王蒙、从维熙、刘绍棠……新加入的，有张洁、谌容、理由……

进文联后不久，有人责怪刘心武骄傲自满。同一茬的作家谌容说："我写小说的，看得出人的内心，心武不能主动跟人握手，生人跟他说话，他一时不知该怎么应答，种种表现，其实不过是面嫩，不好意思罢了。"刘心武感念，把此事写在《失画忆西行》中。

同一时期，作家林斤澜对刘心武说："《班主任》的文学性太差。"后来，刘心武写了中篇小说《如意》，还被拍成了电影。林斤澜说："文学性强一些了，但还是不行。"再后来，刘心武写了《立体交叉桥》，有权威评论家对此失望，认为调子太灰了。林斤澜说："这是一个真正的小说了。"林斤澜始终真诚、耐心地指导他。

1978年，刘心武参与《十月》杂志创刊。借了"编辑"身份，他得以潜入黄金时代，深切地穿行在作家间。为了约稿，他敲过刘绍棠家的门，到北池子招待所找王蒙，又打听地址，骑自行车去南吉祥胡同找从维熙。书房里，浩然兴奋地拿起《第一犁》，忽然发现书脊上的封皮有点开裂，他边说话边用牙刷蘸着浆糊涂抹，粘好后，把书摊在桌上晾干。

还有一回，刘心武随同事章仲锷到上海出差，拜访巴金。他腼腆地坐在巴金对面，远没有同事神态自若、谈笑风生。巴金答应为《十月》供稿。看着刘心武，巴金说："编辑工作虽然忙，你还是应该把小说继续写下去。"他明确说，《上海文学》《收获》复刊第一期要登刘心武的作品。忆起往事，刘心武感到愧疚："这两个巴金亲自约去的小说，质量都不高。"

同年，丁玲回京，刘心武前去拜访。她手头只有一篇散文《杜晚香》。很快，该作安排编发。一天晚上，《人民文学》杂志时任副主编葛洛找到刘心武家，当晚要拿到《杜晚香》。刘心武很纳闷，说稿件在编辑部。

几个小时前，中央给中国作家协会来电，已经决定给丁玲平反，她的作品必须由《人民文学》首发。两人一到编辑部，发现人民文学出版社时任负责人严文井也在，人文社也要赶编丁玲的书。刘心武打开门，两人拿到稿件如获至宝。他把这一晚写在《我与丁玲及〈杜晚香〉》中。

那也是刘心武的黄金时代——踏上文坛不久，属于作家的道路，缓缓铺开。刘心武家有一个纸盒，里面保存着12封冰心的来信，其中一封上写着："《如意》收到，感谢之至！那三篇小说我都在刊物上看过，最好的是《立体交叉桥》，既深刻又细腻。"她用一天时间读完了《钟鼓楼》，评价："不错！"有外国记者采访冰心，问她中国青年作家里，谁最有发展前途？冰心答："刘心武。"来自前辈的肯定，长久地激励着他。

靠着藤椅，刘心武说起一件往事。大约在1981年，林斤澜、刘绍棠、从维熙要去天津看望孙犁，他知道后同往。孙犁住在报社宿舍大院的平房里，准备了一桌茶果。14岁时，刘心武就在《人民文学》杂志读到孙犁的中篇《铁木前传》，爱不释手。冬日的太阳白晃晃地挂在天上，但在见到孙犁的那一刻，染上了金色。

偶入《百家讲坛》深处

改革开放后，国门大开，西方文化涌进国内。不少作家言必提"四斯二卡"——"四斯"指的是乔伊斯、普鲁斯特、马尔克斯、博尔赫斯，"二卡"为卡夫卡、卡尔维诺。刘心武也爱读，但因不懂外语，总要依靠译本。于是，他开始研究《红楼梦》《金瓶梅》等古典名著，决心从母语文学经典中汲取营养。

时间来到2004年，自诩"退休金领取者"的刘心武着手写回忆录。

夏末，电话铃响起，打断了这一切。

电话那头是傅光明，邀他到现代文学馆讲《红楼梦》。刘心武总是拒绝。傅光明全无恼意，和缓地说："那好，现在就不讲吧，可我还是希望你能来，过些时候再约你，好吗？"傅光明打了两年电话，刘心武心一软，赴约了。

讲的时候，刘心武发现了录像设备，想是录下作馆藏资料。过了些时日，CCTV-10《百家讲坛》播了一组《〈红楼梦〉六人谈》，他讲的也在其中。《百家讲坛》和现代文学馆有合作协议，可利用馆里的演讲录像用于文化传播。节目播完后，节目组找了上来。

编导轮番上阵，没能说服刘心武。会面接近尾声，一名编导无意提起，几人大多是"70后"，不再享有"铁饭碗"，台里实行"末位淘汰制"，若栏目取消，只能各谋出路。有人北漂多年，背上了房贷。刘心武心一软，同意了。

录制前，刘心武把提纲和引用《红楼梦》的原文及相关文献抄在一叠纸片上。他讲得尽兴，有时竟超时一倍，工作人员也高兴，直接把一回剪成2集。《刘心武揭秘〈红楼梦〉》系列节目播出后，收视率蹿高，制片人万卫名声大振，《红楼梦》销量大涨。采访纷至沓来，刘心武只得拔掉家中的电话线。

不久后，他在北京王府井新华书店签售。一个小伙子背上贴着标语："我爱李宇春，更爱刘心武。"一个小姑娘背上也贴了标语："刘心武骨灰级粉丝。"看到"骨灰"二字，刘心武吓了一跳，直到听完编辑解释，才松了一口气。

后来，《百家讲坛》邀红学家周思源录制节目，批驳了刘心武的观点。记者采访刘心武，他说："周先生很儒雅，他的观点也很可以供观众参考。"记者登时失了兴致，不愿再听。

2006年，刘心武应邀参加香港书展。就餐时，刘心武的座位刚好在金庸对面。金庸说："刘心武，我同意你对秦可卿的分析。"刘心武一时不知说什么好，金庸以为他没听清，又说了一遍。

逛书展时，跑来一个人，一把抱住刘心武，说："《红楼梦》我从小就读，只觉得秦可卿古怪，就没想到你那个思路上去！你的揭秘太好了，我完全信服！完全信服！"来人是倪匡。

2008年，外交部邀刘心武讲《红楼梦》，地点在新闻发布厅。还没等上台，外交部时任部长李肇星来了，他把小布什送上"空军一号"，马上赶回。那天，李肇星拍着《刘心武揭秘〈红楼梦〉》的封面说："群众欢迎，就是好的嘛。"

2012年，风浪过去，他可以继续写回忆录了。

岸边卷起浪千叠

1942年6月，刘心武生于成都育婴堂街的陋宅里。没等大人拍屁股，自个儿哇哇大哭起来。"心"是辈分，"武"是父亲定的。那时汪精卫主张"和平路线"，刘天演支持武装抗日，所以取"武"字。

"我说不了，这是一个社会学问题。"刘心武不愿谈某些话题，"你应该采访那些搞社会学研究的人。"他身后是一盆滴水观音，叶片纹丝不动。

我在《世间没有白走的路》中找到一些踪迹。刘心武的祖父刘云门，在清朝最后一次科举考试中得中举人。赴日留学时，他与廖仲恺、何香凝来往密切，见过孙中山，加入了同盟会。1932

年，上海发生"一·二八"事变，日寇敌机疯狂轰炸。刘云门遇难，家人痛不欲生，翻到双手冒血也未找到遗体。

7岁那年，重庆发生"九·二大火灾"，浓烟隔岸可见。当时还有国民党溃军的散兵游勇时不时放冷枪。一个穿道士服的人走进院子，指着刘心武说："太太，你把那娃儿舍了我吧，兵荒马乱的，留下是个累赘。"母亲镇定地说："师傅你快去吧，莫再说了，那是不可能的。"长大后读《红楼梦》，看到甄士隐抱着女儿看过会，癞头和尚讨要女孩，刘心武不免脊背发凉。

上世纪七八十年代，工厂、生产队都有收音机，农村安装了高音喇叭，连地头的电线杆上也有。《爱情的位置》发表后，电台广播，当时还在农村插队的知识青年听了非常振奋，不到一个月，刘心武就收到了7000余封信。一位海边渔民来信，说自己在广播里听了小说，意识到爱情不是罪恶，于是和女友公开交往，为表谢意，寄来一个巨大的海螺。这个海螺至今仍摆在刘心武书房里。

1980年，刘心武家买了第一台黑白电视机，1984年换了一台彩色电视机。那时，全国掀起了一股"彩电热"。2005年，刘心武站上了《百家讲坛》，无意中抓住了那一时期信息传播最厉害的媒介。他多次对记者说，自己上《百家讲坛》是偶然，但没有一家媒体那样刊登出来。

1983年，刘心武赴法国参加南特三大洲电影节。电影节的两位主席认为《如意》是一部难得的文艺片，特邀小说作者到场。那天，巴黎上空有大雾，只能盲降奥利机场。他只觉有趣，毫无畏惧。

一位有名气的中年导演曾找到刘心武，想把《蓝夜叉》搬上荧幕，实在找不到投资方，只能作罢。有投资者反馈，小说是好的，但这片子只能到国际电影节上拿个奖，难以收回成本。有人劝刘心武写电视剧本、电影剧本，赚钱更多，他拒绝了。

2021 年—2022 年，刘心武入驻喜马拉雅，推出了栏目"听见·刘心武·读书与人生感悟"，录制了 200 多期音频，节目评分 9.7。时隔 20 年，那些守在电视前看《百家讲坛》的青少年，再一次找到刘心武。

"每期获得的流量数字都是真实的，包括评语也一样，我的助理焦金木不会做花钱买流量的事，我就更不懂了。"说着话，刘心武扭过身子看向助理，焦金木点了点头。

天喜文化将音频节目转成文字，推出了散文集《人生没有白读的书》《世间没有白走的路》。一拿到样书，焦金木就寄出了几十套，他说："好多人要，反应很好。"

前辈钱穆写过一本回忆录《八十忆双亲　师友杂忆》，今年刘心武正好 80 岁。过去，他总觉得"80 岁"是一件很遥远的事，忽然，这天就来了。他伸直右臂，用平直的手心碰了碰立着的新书，就像轻拍孩子的小脑瓜。

盛名带来的困扰

"我有很多作为被其他的作为淹没了。"刘心武感到困扰。

近几年，他研究明代小说"三言二拍"，写的文章在《今晚报》发表，专栏开了两年多，年底收栏。他还写了一个四幕话剧《大海》，2022年10月在《中国作家》刊发，杂志专门辟了一个新栏目"特殊文本"。

早在2002年，刘心武写了一出以老舍为主角的歌剧剧本。散文家祝勇把剧本拿去了，收录进他主编的《布老虎散文》。丛书印量不多，很多人不知道刘心武还写过剧本。

刘心武种下了"四棵树"：第一棵是"小说树"，第二棵是"散文随笔树"，第三棵是"建筑评论树"，第四棵是《红楼梦》研究树"。《班主任》被视为"伤痕文学"的发轫之作，遮蔽了《立体交叉桥》。《钟鼓楼》获茅盾奖，遮蔽了长篇《四牌楼》。《刘心武揭秘〈红楼梦〉》的畅销，遮蔽了建筑评论、散文、随笔。

2020年，人民文学出版社出版了刘心武的长篇小说《邮轮碎片》。他注意到，当下年轻人过得太紧张，倾向于碎片化阅读，于是写作时采用了乐高式结构。小说由400多个文字片段组成，从任意一页翻开都能读下去。就像他儿时的玩具"小颗颗"——插画积木。一盒有一百多颗，玩了多年，没丢过一颗。离开成都时，船在宜宾靠岸，他把一粒绿色积木抛到江里，看它在波浪中沉浮，渐行渐远……

2021年，《当代文坛》发表了一篇题为《刘心武在法国的接受与阐释》的文章。文中提到，2012年，伽利玛出版社推出刘心武作品的袖珍本，同一系列的作家还有蒙田、福克纳、乔治·桑……在国外图书市场，只有进入畅销书行列，出版商才会推出简装版。作者分析，刘心武对底层人民的关怀，契合了"自由、平等、博爱”的法式价值。

"我不是放下身段俯视小人物，我自己就是一个小人物。"刘心武当过中学教师，平时接触的家长有建筑工人、三轮车夫、电车售票员、小饭馆炸饼的炊事员，还有以捡废纸、看自行车为生的老人。在学校扫地的工友、冬天烧锅炉的临时工身上，刘心武发现了"令人惊愕的世态人心"，以及"强烈而持久的美"。

小人物给了刘心武长久的抚慰。他的父亲怕孩子误食药丸，总把药匣搁在高处。父亲一直保持着这个习惯，直到老年。那时，刘心武带妻子回家，妻子帮厨时手烫了一下。顺着母亲手指的方向，刘心武搭了一把椅子，取下药匣。

刘心武的母亲爱聊天。火车上，对面是两个面露凶相的小伙，身上棉衣的破洞露出灰色的棉絮，母亲仍健谈，她拿出包里的如意膏，涂抹在他们手指的冻疮处，末了还把药膏送给他们。两人面面相觑，他们决定换车厢抢劫，事情败露后被捕。

写《钟鼓楼》时，母亲住在刘心武家。他伏案书写时，母亲在他背后倚床读书。写到兴奋处，他迫不及待地转身，念一段。她不评价，只是微笑。《钟鼓楼》得茅奖后，刘心武给母亲报喜。她很快回信，提了几件家务事，只字未提获奖。

2000 年，刘心武去巴黎，到卢浮宫看《蒙娜丽莎》。

他看到，母亲的面容在画上浮现。

《钟鼓楼》的结尾处，刘心武列了一连串问句，大约占了一页纸的篇幅。采访当天，刘心武没有解答，小说角色的命运不由他掌控。

刘心武还会再写长篇吗？下一篇散文写什么？《人生没有

白读的书》《世间没有白走的路》会大卖吗？何时再去剧院？
未来，还会有人读《四牌楼》吗？那粒"小颗颗"漂到哪去了？

他没有回答，在众人的簇拥下坐上车。焦金木俯身，为他扣
好安全带。

很快，车辆驶离茶馆，消失在视野中。

对话

叶片上的晶莹露珠

江玉婷：能简要介绍一下新作吗？

刘心武：在这套散文集里，我总结自己一生最重要的两个收
获，一个是读书，一个是经历。《人生没有白读的书》以"读书"
为主题，把我读书的一些体会、文学研究集中在一起。《世间没
有白走的路》以"生活"为主题，写了我对亲友故人、文坛至交
的追忆和怀念。这两本书可以说是我80岁的时候向读者们、听
友们、观众们做的一个汇报。

江玉婷：您在书里写到了和林斤澜的故事。还能再讲讲吗？

刘心武：林大哥对我特别好，我要感念他。那时，《班主任》
红得不得了，他说，文学性太差。没人这么跟我说，当面都很客气。
他是我文学写作道路上一位非常好的兄长。

我在《人生没有白读的书》里写过，一般认为梅里美是现实
主义作家，但是他的《伊尔的美神》很有想象力。这是林大哥跟

我说的。《邮轮碎片》里，想象的翅膀张得很开。

江玉婷：这套散文集新在哪？

刘心武：这里面有的内容，原来写过文章。这次用声音重新表达，把文章转换成音频，下了很多功夫，删繁就简，去掉书卷气，加上对话感。天喜文化再由语音转换成文字。经过两次转换，就像植物叶片上凝结的露珠，晶莹可爱，更直率、更清新、更简明、更雅丽，读起来很舒服。

江玉婷：借此您想告诉年轻人什么？

刘心武：青年读者可以有三个收获。第一个，慰藉心灵。我引导年轻人去除燥气，化解心中的郁闷、焦虑，以温润的态度面对生活。第二个，开阔眼界，增长知识。我提到了一些比较冷门的知识，比如抽水马桶是谁发明的，罗马尼亚有个雕塑家布伦库什，芭蕾舞《吉赛尔》女主角首跳是谁，等等。第三个，提高口头表达能力。

江玉婷：有点像工具书？

刘心武：达不到，但能丰富知识、辅助生活，有益处。最近我还出版了一本随笔集《世间多好事》。

艺术是相通的

江玉婷：您现在的时空观，与写《钟鼓楼》时有变化吗？

刘心武：没区别，还是那些看法。表面看起来，空间是固定的，但里面生命的存在状态发生变化了。我写这本书是为了让人产生一种庄严的历史感。1978 年底，我国确定了改革开放的路线，小说故事发生在 1982 年，变革正在发生。

江玉婷：《钟鼓楼》里的生活，像一个陌生的新世界。

刘心武：这是我的创作初衷。我要把那个时代细腻地记录下来。这些东西大历史是不会记载的。历史是残酷的，是粗线条的，它会筛掉很多普通人，特别是日常生活的，琐碎的东西。这是文学与历史的区别。写的时候，我是有意的，比方说街上的商店，卖什么东西，有的已经消失了，但在我的文本里保存下来。

江玉婷：您解读《红楼梦》，也是一种创造。

刘心武：当然，我不是拾人牙慧。像迎春穿花，过去对十二金钗，无非是既定概括：黛玉葬花、宝钗扑蝶、湘云醉卧，很少有人把迎春穿花发掘出来，跟这些并列，我做到了。

江玉婷：《钟鼓楼》《邮轮碎片》里有一些人物挺像的，比如龙点睛和宙斯教授。

刘心武：对，这是很正常的现象。像巴尔扎克的《人间喜剧》，很多人物在他70多部作品里前后呼应。我笔下的人物，自然也会有文学上的血缘关系，这很自然。

江玉婷：《邮轮碎片》里写到，乡村葬礼上放《甜蜜蜜》。

刘心武：这一部分素材是焦金木提供的，我没有力气去当地了。他从老家回来，觉得挺有趣，讲给我听。他说一点，我就盯着不放。

江玉婷：在小说和散文里，您频频提到古典音乐。音乐和写作是什么关系？

刘心武：文学创作和其他艺术门类是相通的。一个人艺术的素养越高，从事文学创作，相对来说会更好。这套散文集里，我涉及了很多艺术门类，有古典音乐、民族乐、芭蕾舞、电影、建筑艺术、绘画、雕塑……这些爱好融入血液，在写作时会起到潜移默化的作用。

江玉婷：他们是相通的，都是审美。

刘心武：所有的艺术，最后都直指人心。作家最深厚的工作，就是探索人性，把人心中的真善美充分弘扬出来。

江玉婷：您的小说里，好像没有特别坏的人。这和长辈有关吗？

刘心武：太对了，这两本书里有一个角色频繁出现，我的母亲。她是一个再平凡不过的家庭妇女，但她给我的滋养，特别是对整个家庭的影响，非常大。很重要的一点，就是善的教育。

过去，小时候读亚米契斯（意大利作家）的《爱的教育》，了解到西方崇尚爱的教育。母亲是中式的，更强调善。善就是己所不欲勿施于人，有怜悯心，同情弱者。你说得很对，我不太写坏到底的恶棍，不忍心那么写。

我出过几个集子，属于文章合集，隔几年出一本。这几本都用一个字做书名。一本叫《润》，我主张"润道"，不要浑身长刺，成天跟人斗。人活着，不是为了攻击、奚落别人。要有"润道"，温润。还有两本分别叫《恕》和《悯》。

冰心为女婿陈恕写过一句话，"恕字终身可行"。对别人的错失、毛病，尽量去宽容，不要逮住一点就说"你也有今天""看你露怯了吧"，给人一大哄（北京方言）。尽量去理解，谁都不容易，失误是难免的。

更重要的是对自己"恕"。有的家长培养孩子，永远要第一名。考试回来，第三名，（孩子）立刻跳楼，觉得没脸见人。这要不得。要懂得宽恕自己。

这事错了，不是说不认错，那不对。做自我检讨，吸取教训，然后重新出发，继续前行，这是必要的。"恕"是说，不要不放过别人，也不要不放过自己。

一定要有怜悯心。《世间没有白走的路》里，我写母亲，有一次，我们在街上走，前面有一个残疾人，双腿没了，只剩半个身子，撑着两块木头往前走。我当时很小，就在后面学。母亲呵斥我，我一看，她眼里涌满泪水。她没说什么，但我一下就懂了，我们有健康的双腿，人家没有，应该同情他，绝对不能在背后模仿。怜悯的情怀，非常必要。

不需要计划

江玉婷：从哪一刻开始，您觉得可以吃作家这碗饭了。

刘心武：1980 年，我被调到北京市文联，当专业作家，每个月有工资。后来我很不幸，1996 年王蒙死活动员我去《人民文学》杂志接班，离开了这个队伍，现在我不是专业作家。

江玉婷：喜欢戏剧，跟哥哥有关吗？

刘心武：跟全家都有关系。我父亲经常在家拉胡琴，我姐姐唱须生，我小哥唱青衣。你这个说法也有道理，我小哥在北大上学，他是北大京剧社的台柱子，号称"北大梅兰芳"。当然，这太夸张了。我确实从小就听戏。

我看剧，也写剧。2000 年去法国，法国每年都有一个戏剧节，戏剧节主席问我，能不能写一个关于老舍的剧本。我就写了一个歌剧剧本，有位华裔作曲家答应作曲。这戏后来没演成，但伽利玛出版社给我出了法译本。

江玉婷：现在还听戏吗？在家，还是在剧院？

刘心武：当然，戏院也去，焦金木经常陪我去。四大名旦的流派戏，包括梅（兰芳）派的《凤还巢》、程（砚秋）派的《锁麟囊》、荀（慧生）派的《霍小玉》、尚（小云）派的《乾坤福寿镜》，他都陪我看过。

江玉婷：一天的时间怎么分配？有写计划吗？

刘心武：一般上午睡觉，睡到 12 点，所以我现在刚刚起床不久。（笑）我没有计划，我一 80 岁老头，不需要有计划，每天没有痛苦，太太平平，就很高兴。睡醒以后，有活动就出来，没有的话看看书、听听音乐，想写的话写一点。

我已经退休很久了。有人说，你不务正业，还写剧本。我就问，我的正业是什么？我的本职工作就是颐养天年，别给家人添麻烦，最好像英国女王一样，一下就睡过去。挺好的。

江玉婷：可能会有读者关心刘心武的一天怎样过的。

刘心武：很奇怪，我就不关心别人一天干什么。那是他自己的事。

江玉婷：写作时，会有一些习惯吗？比如喝咖啡、嚼口香糖之类。

刘心武：鲁迅时代，就有人写过作家怪癖，有爱唾痰的，爱闻怪味的，还有打老婆的。我没怪癖，我也不抽烟，也不喝酒，没有过家暴行为，也没有婚外情。

江玉婷：写不下去了，怎么办。

刘心武：写不下去，就不写。（笑）写长篇有这种情况。卡了以后，要看卡到什么份上，然后去化解。一般来说，如果人物活起来，有生命逻辑了，就好写了。一直卡着，那往往是人物还不活，只是笔下的一个傀儡。

江玉婷：您很少出来参加活动，是觉得累吗？

刘心武：热闹的场合，很难见到我。个性使然，我有社交恐惧症，包括你采访我，我就挺紧张的。我不适合群体活动。

江玉婷：会看青年作家的作品吗？

刘心武：现在新作家特别多，偶尔会看一些。就不举例了，我看得当然不全。

考场

采访对象：刘心武

采访时间：2022 年 9 月 13 日

得知我要采访刘心武后，老公变得神经兮兮。吃完饭，擦完桌，我坐在凳子上缓神，他跑过来，恨铁不成钢地说："你怎么能坐着呢？你该去看书了。"他是为我好，但我更紧张了。

最要命的是，就连我跟家人打麻将输了。一位长辈兼《红楼梦》重度爱好者竟会悠悠地说："唉，输就输吧，反正你要采访刘心武了。"四面楚歌，不过如此。

刘心武出了散文集《人生没有白读的书》《世间没有白走的路》，拿到样书后，我很快看完了。中秋节读完了《钟鼓楼》，看得很开心。采访当天，我背着十来本没拆封的新书，打起去批发市场进货的架势，牢记亲友的嘱托，伺机而动，随时准备着拿下刘心武的签名。去茶馆的路上，我还在看《邮轮碎片》，还剩 30% 没读完，怀有"临时抱佛脚"的胆怯。

按照流程，先是其他媒体录制视频，然后轮到我。录视频时，我在屋里，靠着门站。天不热，我背着书包，后背全是汗。刘心武的声音很洪亮，我一下子就想起了儿时看《百家讲坛》的场景，大蒲扇、西瓜、凉席，电风扇"嗡嗡"地转。看的还是现场版，好像自己也在电视里，只不过没拍到我。我开心坏了，心满意足，哪怕让我立即掉头就走，我也欢天喜地。

采访后，我看完了刘心武以前写的散文集《心里难过》《命中相遇》，两本都是大开本，每页大概有一张 A4 纸那么大，拿在手里不算薄。我遇到了相同的问题——素材太多。更严重的问题是，有一两天时间，我突然不会写稿了，像穿越到一个陌生人身体里，顶替她上班。我甚至去看自己以前写的稿子，每篇都很陌生。我发誓，那的确是我写的。

资料整理得差不多了，我不得不动笔。直到快写完，我才意识到写得像"大事记年表"。准确地说，"大事记年表"好多了，至少简洁。于是，在发给领导审稿前，我重写了一遍，看着二稿，又觉着太满，像蒸了一大锅馒头，句子把锅盖顶起来，沿着锅边冒出来。我抄起菜刀，摸着锅沿，删了四千来字，又顺了几遍。面发得好不好已经顾不上了，至少把锅盖合上，我想。

直到重写的时候我才想明白，这篇稿子应该要写成"人物传记"。写稿期间，大概有一两周，我时常半夜惊醒，三四点，或者五六点，睡不着，抱着手机看《局外人》《红与黑》《人类群星闪耀时》《追忆似水年华》《静静的顿河》《官场现形记》，看不下去就换一本，看进去了，就开心地看上一两个小时。高兴了，又悲伤，想的是：开心有什么用呢？到了明天，稿子还是不会写。我企图从名著中获得破题思路，疗效跟学生带进考场的"孔庙祈福"铅笔类似。

稿子发出后，我像被扒了一层皮。"人民文学出版社"微信公众号转了该文，有读者留言："虽然还没到 80 岁，却觉得能读懂。"

这位读者读到了我挖到的宝贝，虽然我们都还没到 80 岁。

秦明

父辈的故事里，有
一个真正的宝藏

"秦明"不是笔名，这是"芹菜"都知道的事。"法医秦明"微信公众号里，除了"老秦"之外，常出现另一个昵称——"秦月半"。他并不避讳。电话那头，秦明说道："我是一个没常性的人，你看我这么胖就知道了，我坚持不了跑步。"

　　"没常性"的秦明10年出了15部书，新作《燃烧的蜂鸟》近期问世。"蜂鸟"系列是"三部曲"，他正在打第二本书的大纲。面对营销渠道、宣传模式、影视版权等话题，秦明显露出"钝感"。这不在他筹划的范畴里，一贯由合作方"元气社"负责。除去"写作者"的身份，秦明是一名法医。

理解是基础

连着几个晚上，秦明看完了父亲写的回忆录，兴奋不已。父亲是刑警，干了几十年痕迹检验鉴定。退休后，他根据自己的上百本办案笔记，写下从警经历。看完后，秦明脑海中出现了一只蜂鸟，小小的，扇动着翅膀，忙忙碌碌。神话故事中，蜂鸟将火种衔至人间。正如刑侦人，将刑侦技术带到案发现场，遍及疆土的每一寸神经末梢。

过了几个月，父亲和好友聚餐，秦明也在场。饭桌上，都是他熟悉的叔伯，有人掉光了满口牙，有人大病初愈，头发花白，有人心脏不好，不敢豪饮，只能小酌。秦明有些恍惚，记忆中，还是他们壮年时的身影，然而衰老来了。"英雄迟暮"，秦明想到这个词，一阵心酸。

蜂鸟在燃烧。余烬落下，化作尘埃。秦明触摸到了那些发灰的细小颗粒。在笑声起伏中，在衰老的皮囊上，他看见了一群年轻人的身影。岁月燃烧的火花，让包厢愈发亮堂。秦明意识到，这里有一个宝藏，一个真正的宝藏。这一刻，他决心写一个新系列。

小说里，故事发生在 1976 年，这是秦明父亲当上警察的年头。那时的火车，比绿皮火车更小、更窄，下铺晃荡的小桌上，放着塑料暖壶、搪瓷茶缸。火车到站，主角上了一辆解放牌卡车，两人坐在车斗中。经过颠簸的土路，卡车驶进公安部民警干校大门。教学楼是一栋三层红楼，操场是用煤渣铺的，食堂除了白菜炖粉条，就是土豆炖粉条，碗里没有油花。

上世纪七十年代，到刑警学院接受培训的痕检员给各省带回了痕检技术。秦明回忆："我爸培训回来后不久，我们省组建了痕检培训班。"一个更大的背景是，1979 年《刑法》通过，改变了"重口供轻物证"的现状，提升了物证的重要性。小说中，刚入门的痕检员顾红星，在腊肉失窃现场对着被撬的窗户左看右看，挥动蘸着银粉的小刷子，用胶带固定指纹。

掌握了痕检技术的顾红星，处境并不乐观。他的单肩布包里只有两把小刷子，几瓶粉末，以及一面磨损的放大镜。他想买一台翻拍架，当时只有进口的，4000 元一台，他一个月工资 27.5 元。这样的匮乏普遍存在：顾红星和冯凯接手一桩枪击案，两人在雪地里走了一个多小时，才到下一个排查点。全局只有一辆吉普车，"二八大杠"自行车价值不菲。

此时，侦查的"三板斧"是摸排、蹲守和审讯。在一起强奸杀人案中，侦查员冯凯逮回嫌犯。张建设不承认行凶，审讯陷入僵局。经过指纹比对，顾红星判断张建设不是凶手。穆科长决定，对全村男性进行摸排，逐一排除。书里，老侦查员陈秋灵摇头说："就为了一个说不清、道不明的所谓新技术，就要大动干戈，值得吗？"顾红星心事重重。

某种程度上，陈秋灵的话语揭示了痕检、法医的边缘地位。"以侦查员为主"的观念根深蒂固，大家普遍认为"搞技术没用，顶多起到支撑作用"。上世纪五六十年代，基层法医多是从部队上招的卫生员，懂医就行。恢复高考后，全国高校法医专业每年培养一两百名毕业生，他们往往进入省市级公安系统。基层法医从医学专业的毕业生中招录，培训后上岗。

小说里，2021年，陶亮昏迷后穿越到冯凯身上，与正值青年的岳父——顾红星成为搭档。他和陈秋灵同为侦查员，轻视刑事技术手段。和顾红星朝夕相处后，他意识到痕检的价值，站到了陈秋灵的对立面。"每项工作都是一样的，如果我们不去了解他，就没法理解，没法支持，所有的工作都是这样。"秦明强调了陶亮态度转变中的含义。

爱与怕交织

1998年，秦明考入皖南医学院法医系。全班40名学生，只有秦明在第一志愿填了法医系，其他同学都是调剂来的。一年后，电视剧《鉴证实录》走红，法医走进大众视野。他佩服自己的远见，在法医系还是冷门专业时报考。毕业后，秦明被分配到安徽省公安厅，接触了疑难命案。他想把案件揉成故事，但一动笔，要么编不出题目，要么写到万把字后无以为继。

"我是一个常立志的人，不管怎么下决心，总是坚持不下去。"上中学时，秦明写过一篇命题作文，找出自己性格中的优缺点。他写了"常立志""畏惧尝试"。老师评价他找得准，希望他改正。改正是艰难的，他立志读100本书，一本还没读完，就跑去踢球。绿草如茵，公园新建了过山车，高处传来同学们的尖叫和笑声，他不敢上前，脚底拨弄着一粒小石子。

失败的写作经历激励秦明大量阅读。他喜欢海岩的书，通读了海岩的所有作品，每部都看了不下 3 遍。他喜欢这类小说，"带一点悬疑，带点都市，带点爱情，综合性比较强"。2012 年，辞旧迎新之际，几名同事鼓励他写一写。秦明迈出了艰难的一步。在好友莲蓬的推荐下，他在天涯论坛莲蓬鬼话版块连载《鬼手佛心——我的那些案子》，吸引了大量读者。

各大出版社慕名而来，想签下秦明的小说。他是公职人员，不敢签约，于是一一拒绝。遭拒后，编辑包包写了一封千字长信。这封信打动了秦明，他向单位汇报，得到了领导的支持。3 个月后，《鬼手佛心》在博集天卷出版，书名改为《尸语者》。秦明喜欢这个书名："因为我们就是那些能够读懂尸体语言的人。"

秦明讲起 2010 年夏天所里接手的一桩案子。一户人家在清理水塘淤泥时发现人骨，于是报警。警察赶赴现场，抽干池水，跳进淤泥里搜齐尸骸。根据骨盆、颅骨、耻骨联合面，以及骨骼破损情况，法医判断这是一具女性尸体，死亡时大约 19 岁，沉塘至少 5 年。其中，5 根肋骨中央有骨痂——骨折后自愈形成的伤痂。这样的伤势需要住院治疗。

警察迅速排查周围医院，很快锁定了被害者。7 年前，她出了一场车祸，断了 5 根肋骨，住院时认识同院的病号，产生恋情。两年后，感情破裂，男友杀死她，将尸首沉塘。直到骸骨被发现，他被戴上手铐。《尸语者》里，多数案件源于亲密关系，他们是夫妻、父子、情人……人性的复杂和残忍毫无遮掩地摊在秦明眼前，他无意写悲剧，"真实案件就是这样，我写出来的也是这样"。

《尸语者》3 个月完稿,《无声的证词》5 个月完稿,《第十一根手指》《清道夫》8 个月完稿,《幸存者》2016 年出版,《偷窥者》2017 年出版,秦明把这 6 部小说列为"万象卷"。"每部书没有一个特别明确的主题,更多的是个案呈现出的现象,所以叫'万象'。"秦明介绍,"到了'众生卷'就有主题了,无论是个案还是书都围绕一个主题展开。"

从"万象卷"到"众生卷",既是作家秦明的成长,也是小说主角"秦明"的蜕变。他怀着一腔热血闯入法医世界,目睹人间万象。年轻人总会长大,他发现世界波诡云谲,芸芸众生命运交织,一个人的善和恶,或许会改变另一个人的命运。《天谴者》讨论了社会责任感,《遗忘者》围绕女德班展开,《玩偶》聚焦了家暴问题。

"法医秦明"系列推出后,同事跟秦明交流,说他写的都是法医,很少写到其他警种。秦明解释:"公安机关是一个大机器,每个零件之间必须精密合作,少了任何一个警种都不行。"2016年,秦明推出"守夜者"系列,将书写对象扩展到整个公安群体。"守夜者"系列献给"所有不惧黑暗的人",他们站在黑夜里,阻挡着沸腾、滚烫、疯狂的欲望,守卫光明。

向死而生

秦明曾在《科学 Fans》杂志上写专栏,叫作《第 X 次死亡》。

在专栏基础上，他丰富了细节，形成《逝者之书》。写稿时，秦明不忍取名，暂用"XXX"替代意外身亡的主角。后来，他在输入法打上"XXX"时，弹出了"夏晓曦"。就这样，夏晓曦在《逝者之书》里以不同的身份、年龄，经历了 28 次非自然死亡。

夏晓曦踩着板凳去吊柜拿被子，意外摔倒，导致多处骨折，脊髓腔内出血身亡。丈夫打了夏晓曦一巴掌，她一头栽倒在地，抽搐着，口唇青紫。她的心脏比起正常人偏大，且冠状动脉四级狭窄。丈夫的一巴掌诱发了她原有的潜在性疾病，引发心源性猝死。右腿打着石膏的夏晓曦下床活动，突然呼吸困难、昏厥，她死于下肢损伤形成的肺栓塞。

"如果从生命的终点开始倒带，或许我们会发现有些死亡本来可以避免。"秦明见过太多意外，孩子吃饱后转呼啦圈，肠破裂，因腹膜炎身亡，或是把塑料袋套头上玩，窒息而亡。还有人饮酒过度，感到全身发热，脱掉衣服在路边睡着，冻死在冬夜。死亡不是一件讳莫如深的事，他想告诉读者，生命是最珍贵的东西，只有一次，没有重来的机会。

包包记得 10 年前第一次见秦明的场景，她和男朋友走进一家火锅店，锅里煮开了花，桌边坐了几名彪形大汉，他们是秦明的警校同学。秦明的脸圆圆的，拘谨又带着热情。上菜后，他打开话匣子，夹一筷子鹅肠，演示肠糜提取，捞起一勺鸭血，讲血迹分析，猪脑花可说的就更多了……"老秦和他小说里的形象真是一模一样，耿直、热血、正直、胆大、心细如发。"初见时，包包对此印象深刻。

后来，她创立了元气社，成了创业公司的老板，做播客，也做视频、版权开发。有时，合作方会抛出很有诱惑性的条件。和秦明聊一会儿，包包会冷静下来，理性地看待合作方案。"老秦为什么而出发？无非是想为法医这门职业做点什么。如果偏离了这一点，我们所做的事情就变得毫无意义。"包包想策划、发掘有趣的内容，这是她出发的起点，"我想这也是老秦，以及任何一个内容创作者，内心都会有的东西。"

一连出了几部书，工作中经常有人问秦明怎样平衡工作和写作。有领导问他，一年写几十万字，不会耽误工作吗？还有读者给他发私信，担心他工作太忙，顾不上更新。秦明一般都保持缄默。事实上，工作于他更像一口泉眼，不断让他涌出灵感。下班回家，秦明在书房写作。打完大纲，进入创作期，他定下每周写两三万字的计划，利用周末完成。他没想成为专职作家，在秦明心里，自己永远是一名法医，一名热爱法医行业的法医。

秦明收到过一条语音，8 岁的小女孩奶声奶气地说话，说着她对《尸语者》的喜爱。这是读者"指使"女儿"催更"。还有一名高中生，上课偷看《尸语者》，老师把书没收了。过了两天，老师板着脸找她，训完话问："那本书还有续集吗？"累的时候，秦明会刷微博，那儿是他和读者交流的地方。不少读者讨论剧情，秦明把其中一些人的名字写进"守夜者系列"。他说："读者就是我的力量，没有他们，我写不下去。"

直面沟壑

人死后，血液停止流动，在重力作用下坠积形成尸斑。死后1小时，尸斑逐渐出现，3~6小时融合成片，12个小时内尸斑压之可褪色，24小时后，尸斑彻底固定下来，翻动尸体也不会有所改变。法医通过按压尸斑，大致推断死亡时间。同时，尸斑也会带来麻烦，有家属看见发紫、发黑的尸斑，认为受害者是被毒死的，还有人在微博上放出尸体照片，将背部的尸斑说成警方刑讯逼供所致，从而可能引发舆情。

法医和大众之间有一道很深的沟壑，信息沟壑。秦明见过前辈受到诬告、辱骂，甚至是殴打。法医出具了客观公正的鉴定结论，但由于鉴定结论牵涉到案件双方利益，利益受损的一方对此表示不满。还有家属坚信亲人是他杀，因为尸首不完整。高空坠楼，支出墙外的晾衣杆会切开身体，衣物在坠地的一刻可能会崩裂，导致尸体裸露，船用螺旋桨也会搅碎尸体。有碎尸，并不意味着是"碎尸案"。秦明常常在微博、微信公众号上，以大众能理解的方式，解读警方发布的情况通报。

有一年夏天，秦明到一个县城出差。当地发生命案，犯罪分子躲进了青纱帐。青纱帐有十几公里，密不透风，闷热，无人机拍不着内部，只能人力搜捕。县公安局出动了所有警力，不论是民警、文员，还是省厅下来的法医秦明，统统进帐搜捕。

有媒体发了微博，配文"目前受害人家大门紧闭，门口有大量警用侦查手套和鞋套"，评论区里有人批评警察素质差。钻出青纱帐的秦明见了新闻,到案发现场门外拍了一张照片,勘查用品都收走了,门口干干净净。

事实上,勘查现场要分几波进几十个人,每次进出都得更换"四件套"——鞋套、口罩、手套、帽子。粘着血、沙子的勘查用具,没法往兜里揣。民警会在警戒线内指定一个勘查垃圾堆放点,勘查结束后一起带走。媒体只截取其中一个片段,网友的关注点偏离了案件本身。"不想让一线民警流血、流汗又流泪"的秦明发微博回应,讲述了现场情形。这条微博的阅读人次超过 500 万。案发一周后,凶手落网,16 岁少年杀害远房嫂嫂。

除了解剖尸体,法医还要鉴定伤情。秦明每年受理一两百起伤情鉴定,看了不少现场监控,他能得出的唯一结论是,受伤过程和损伤结果之间没有必然联系。虽然有些骇人听闻,秦明的确目睹过这些场景:有人酒后猛一回头,导致广泛性蛛网膜下腔出血,当即死亡。有人被人过肩摔,头颈屈曲着地,却找不到任何器质性损伤。有人挨了一拳,颅内出血身亡。有人被打得鼻青脸肿,全身却找不到轻伤鉴定依据。有人蹲在小板凳上摔倒,颅骨骨折,颅内出血死亡。有人从五楼坠落,却毫发无伤。

在承受伤痛这件事上,人与人之间呈现出极大的差异性。正如有平均 2 毫米厚的颅骨,也有平均 1 厘米厚的颅骨。伤情鉴定大多在"法医门诊"中进行。门诊场所一般设立在公安局或医院中,普遍较为狭小,配备了办公设施、检查床、视力表等设备器械。"法医门诊"没有尸体,只接待活人。案件发生后,办案单位开具委托书,民警带伤员来此鉴定伤情。在审阅材料、检验伤者后,若符合鉴定条件,法医就会受理。

有一回，有人冒充读者加了秦明微信，恶语相加。此前这名男子因斗殴被打掉2颗牙，秦明给他做过伤情鉴定。他患有严重的牙周疾病，张开嘴，牙齿所剩无几。这次掉的2颗牙是外伤和疾病的共同作用，按照相关规定降档，从轻伤二级降到轻微伤。这影响了后续赔偿事宜。当事人心生怨恨，于是找法医泄愤。这是法医经常会遭遇的事情。

在沟壑面前，除了挥锹填土，别无他法。秦明常常有一种"想要呐喊的冲动"，这是他的写作初衷。入行25年，从实习生到副主任法医师，他感受到法医境遇发生着变化。起初，人们不愿意和法医握手、同桌吃饭。开始写书后，他会在周末参加新书签售会，读者找他签名，愿意跟他握手，他感到高兴。2016年，张若昀主演的网剧《法医秦明》开播，掀起了一阵"法医热"，秦明的微博也水涨船高，粉丝从100多万涨到了500万。

最近几次，秦明去大学讲课，演讲标题是《法医？法医！》。起初，他说自己是法医，对方害怕地说："法医？"最近几年，再自我介绍，对方会惊喜地说："法医！"语气里是崇敬、好奇和欣喜。"法医秦明"微信公众号的推文下，时不时有读者留言报喜，说自己如愿当上法医。秦明接待信访案件时，有信访群众得知他是"法医秦明"，会更信任他的鉴定结论。这些时刻让他感受到，宣传工作是有价值的，他的初衷达到了。

一个古老的职业

回到法医本身，这是一门古老而沉静的职业。1975年出土的睡虎地秦墓竹简中，有一套名为《封诊式》的竹简，记录了秦代典型案件，包括调查、勘验、审讯、查封等流程。宋慈所著的《洗冤集录》是我国第一部法医学著作，也是世界上第一部有系统的司法检验书，比欧洲第一部系统法医学著作《医生的报告》早了350多年。随着科技发展，法医有了新"武器"——通过提取案发现场的血迹、精斑，比对DNA锁定凶手。

为了更准确地推断死亡时间，有法医研究起了昆虫学。炎热的夏天，凶手抛尸荒野，受害者死亡1小时后，苍蝇会在眼、口、鼻、肛门等处产卵，20小时孵化成蛆。蛆每天长3毫米，四五天后成熟，再经过一周，蛆蛹破壳成蝇。法医在尸体旁边寻找蛆蛹，通过区分第几代苍蝇，判断死亡时间。秦明读双学士学位时，随导师做过"DNA推断死亡时间"的课题研究，即根据DNA物质的降解估算死亡时间。

《摩天大楼下的阴影——一个法医在纽约的见闻》里有一个故事：美国某教派的教主声称自己无需进食，会死而复生。他死后，信徒经常来陈尸所，把耳朵贴着冰箱外壳，听主教是否复活。法医署长下命令解剖，当作者皮埃尔划开胃袋，里面是未消化的牛排和红酒。法医剖开了尸体，也剖开了谎言。

在师父的带领下，秦明完成了课题"通过判别进入小肠的食物的迁移规律来判断死亡时间"。在尸体失温、腐烂的情况下，法医可据此推断死亡时间。

法医的工作常常和生活相连。有一回，秦明和一名法医人类学专家一起吃羊蝎子。吃到一半，专家拿起一块脊骨问秦明，如何区分羊骨和人骨。秦明讲到，羊的脊椎椎孔小，关节面和关节突发达，椎体上有似"抓钩"的突起，羊用四肢行走时，脊椎不会轻易脱位。一名刑警学院教师坐火车，看见铁路维修工人随身带的钉锤，想象了一下钉锤形成损伤的形态。几年后，这位教师接手了一起命案，根据损伤形态，判断凶手是铁路维修工人，结果如他所料。

早年，在莲蓬鬼话群里，有人问怎么处理尸体最稳妥。秦明回复：交给公安局，争取个死缓。他相信，没有完美的犯罪，凶手总会在案发现场留下蛛丝马迹。"守夜者系列"里，他写的不是"超级英雄"，而是真实的公安干警。书中主角有原型——公安部物证鉴定中心下属的诸多专家工作室。秦明的一位老师，中国刑警学院法医系教授赵成文，曾用颅骨面貌复原技术还原了2000多年前马王堆女尸面容。

"我刚参加工作的时候，命案侦破率不算高，后来提出来'命案必破'，到现在命案基本100%的侦破率，这也就十几年时间。我算是目睹见证了其发展过程。"秦明说起他刚工作那会儿命案很多，每天都在省内各地跑，最多的一年有270天在出差。现在安徽省每年的命案数大幅度下降。安徽省如此，其他省份也是如此，命案大幅减少，破案率极大提高。

法医这份工作，还在和落后的封建观念做对抗。工作中，秦明听过一个说法，如果刚生下的女婴夭折，家人要将尸体肢解并弃于路上，才能保证下一胎生男孩。他出离愤怒了，说："这是什么风俗！这是'恶俗'，这是封建遗毒，更是对遗体、对道德伦理的侮辱和践踏！"后来，他把这份愤怒写在《遗忘者》序言里。犯罪心理小说作家雷米曾给秦明寄过一本签名书，雷米在书上写道："做一个能写很久的作者。"这句话激励着秦明，秦明也以此为目标。

无论如何，法医总有办法。1950年，丹麦发现了一具男性尸体，经鉴定，其死于2000年前。经过千年，该男子死于祭祀时颈部被绞杀的痕迹依旧清晰可见。

对话

有危难找警察

江玉婷：在写新书的过程中，父亲对您的影响很大？

秦明：肯定的，不仅仅是写书，我的职业方向都是他带的，受他影响很大。《燃烧的蜂鸟》写的是1976年的事，我1981年才出生，等我记事的时候，到了20世纪80年代中后期。书里大部分是父亲的描述，我再通过找资料去完善。写之前，我跟策划团队一起，我们几个人一起在线上采访了父亲一次，问了很多生活细节，聊了3个多小时。

江玉婷：写作难点在哪儿？

秦明：最难写的还是时代感。那个时代，什么技术都没有，对吧？无论是写《法医秦明》，还是写《守夜者》，说白了，我可以写很多大家不了解的技术，有很多能吸引人关注的东西。但在那个年代，什么都没有，完全靠人。怎样把案件写精彩，要经过一番设计。父亲的回忆录记得比较简单，哪儿发了一个案子，通过侦查破案了，犯罪分子是谁。里面没有破案过程，这需要我去想。

江玉婷：向往父辈的时代吗？

秦明：用"崇敬"更合适一点。真让我去那个时代，我不愿意去，现在的物质生活、精神生活更丰富。但我们必须承认，我们的父辈在那样艰苦的岁月里付出了所有，对吧？他们付出了血汗、青春，正因为他们的付出，才有了我们现在的生活。

我们听起来好像感觉那时候治安也挺好。其实那时的治安没现在好。上世纪八九十年代，改革开放以后，一开始"苍蝇蚊子都进来了"，治安很差。但现在，我们把治安环境矫正到了一个非常好的状态，大家应该能感觉到。谁要觉得中国治安不好，那真是没良心。

这本书的核心，就是想告诉大家，在缺衣少穿，在精神、文化各个方面都不发达的年代，我们的父辈是怎样工作的，不仅仅是警察。像我这么大的人，或者更年轻的孩子们，可以去问问自己的父辈、祖辈。

中国人勤劳勇敢，在这一点上没有任何一个民族能比。我们受过那么多屈辱，在一切归零的状态下，重新在几十年里赶上人家，超过人家，这就是中国人的伟大之处。为什么能追得上、赶得上？因为有父辈的勤劳勇敢。我希望我们这一代人能向父辈学习，继续努力。革命尚未成功，同志仍需努力。

江玉婷：我们的刑侦技术、痕检技术，和国际对标，现在到了什么程度？

秦明：技术发展日新月异，太新的技术涉密，我们可以简单说一些传统技术。传统的刑侦技术主要分两大块——痕检、法医。法医技术迅速发展，主要是DNA技术的普及，西方没有我们普及得广，现在我们各个分县局都有DNA技术了。我们打击犯罪的力度更大。

指纹技术民国时期就有了，从1975年开始连续三年，刑警学院培养了几批痕检员，痕检技术从此大范围发挥作用。新中国成立后，从国外学成归来的林几教授举办了高级法医检验人员培训班，为新中国培养了第一批法医检验人才，他是我国现代法医学的创始人。林教授的同事、学生都是各大高校法医学的奠基人，现在大部分前辈都去世了。

几十年里，DNA技术完全取代了指纹。过去认定罪犯靠指纹，后来犯罪分子都知道了，戴手套作案，这就没指纹了。DNA技术完全颠覆了情况。一开始只能分析血液，后来精斑、尿液、痰都可以检测。很多积案都侦破了，如20多年前的"原南京医学院女大学生被杀案"，十几年前的"白银市连环杀人案"等。

只要当年现场有物证，尤其是强奸案，犯罪分子留下了精斑，或者是杀完人，凶手受伤了，有血留在现场，现在都能鉴定。那时没有技术，不知道是谁的血，最多能测出血型，办案人员就把物证留着。

江玉婷：技术的发展，进一步改善了治安。

秦明：技术全世界都有，不是只有中国才有，国外也有。只是说，我们更积极地把技术投入到案件的侦破中，投入到保护人民的事业中。我们的治安好，因为犯罪成本高。都知道一旦作案跑不掉的，杀了人根本跑不掉。现在很少有地方命案侦破率达不到100%。偶尔有个别情况，比如犯罪分子杀人之后自杀，自杀的地方很隐蔽，根本找不到。这类案子偶尔有。

江玉婷：治安的改善，还和什么有关？

秦明：除了犯罪成本太高，另一个原因是，老百姓生活条件好了。日子好过了，犯罪的欲望就降低了。比如说，以前失业的人很多，逼得没办法要去抢劫，现在没有，至少送外卖能满足生活。第三，现在都是电子支付，到大街上抢不到钱，顶多抢个手机。

还有就是，基层党组织会主动介入、化解矛盾。村里有两家人吵起来了，矛盾在初期就化解了。有多少命案是真的深仇大恨？都是一时冲动。

江玉婷：您在书里也写到，丢了腊肉警察都要去找。

秦明：前一段时间，我上警察伦理课，讲到一种说法，警察分三种：管理型、执法型、服务型。每个国家的警察职责不同，有的国家是管理型，有的国家是执法型，只有我们国家是"管理型 + 执法型 + 服务型"，所以才有了"有困难找警察"的说法。

未来，希望我们慢慢变成"有危难找警察"。如果都是"有困难找警察"，警察忙不过来，警力不够。这是真事，有人打报警电话，说："我上厕所没带纸，给我送点纸过来。"他觉得自己很有道理，因为"有困难找警察"。虽然是服务型的警察，但我还是提倡"有危难找警察"。警察毕竟是执法机关,不能什么事都让警察兜底。

每个人的世界不同

江玉婷:我看《尸语者》时,感到节奏明快。

秦明:《尸语者》对我来说节奏太快了。那个时候刚开始写,不太会写,所以节奏非常快,一本书里容纳了20个案子,太快了。我已经重写了,新版本2023年年初会出来,变成两本书的体量,加上了从业初期的心路历程,还有一些生活细节。

江玉婷:里面的场景描写很新鲜,就像剥开一个石榴,汁水四溢。

秦明:如果你看了新版,会觉得更新鲜(笑)。我并不觉得我的写作手法有多高超。现在我经常鼓励身边的一些同事、朋友写作。他们就讲,没什么好写。我就说,你觉得理所当然的事情,在很多人眼里,可能会觉得新鲜、惊讶,甚至起鸡皮疙瘩。

我就是这种感受。我把我的工作写出来,我没觉得有什么特别的地方,但别人看了觉得很新奇,每个人的世界都是不一样的。

江玉婷:您把工作和写作结合得很好。

秦明:在任何一个行业干长了,肯定会有倦怠期。法医也好,记者也好,都是一样的。如果只是单纯地采访一个人,把对方的回答写下来,肯定会有职业倦怠。就像法医工作,只是解剖尸体、破案,时间长了,也会倦怠。

如果你去思考这个人背后的故事,他有一个怎样的成长经历,为什么会遭遇这样的悲剧?想得多了,会觉得每个人都不一样。厨子光在灶台上炒菜有什么意思？但做饭的时候，听听食客之间讲故事，这就有意思了，就像《深夜食堂》一样。要善于发现工作的闪光点。"法医秦明系列"里，我不是只讲解剖，每个人背后有自己的人生故事。

江玉婷：陶亮和顾红星为什么不是父子，而是岳父和女婿？

秦明：关于这一点，我也想了很多。父子关系里，儿子无论多荒唐，父亲都会有原谅他的冲动。儿子虽然有抱怨，多少也会理解父亲。但岳父和女婿不一样，老丈人可能从一开始就看不上女婿，女婿也可以一直讨厌岳父，对吧？

陶亮对岳父有一种反感和自卑的情绪，但真正接触了之后，他发现不是这样，重新认识了对方。

江玉婷：陶亮真的穿越了吗？

秦明：没有，他昏迷之前看了岳父的手记，住院后，一直昏迷。他以为的穿越，实际上是他在大脑里模拟案情，是他做的一场梦。

江玉婷：下一部的主角还是他俩吗？

秦明：对，还是围绕这两个人，讲得更多的是证据意识的进步。《燃烧的蜂鸟》计划写3部，第一部是20世纪70年代的事，第二部是80年代的案件，第三部是90年代的案件。第二部的大纲正在写，还没写完。

每次写书比较快，大纲设计比较慢。顺利的话，两三个月可能就改完，定了。不顺利的话，像《白卷》的大纲推翻了十几次，不停地改。这部书的大纲就磨了七八个月。

江玉婷：元气社参与大纲讨论吗？

秦明：我会先写出一个大纲，他们去讨论。认可的话，稍稍改一改，就可以动笔写书了。不认可的话，会要求我调整，天天软磨硬泡。我是一个比较好讲话的人（笑），就会调整。

江玉婷：阅读对写作有影响吗？

秦明：要讲写作能力，肯定要有基础，就是阅读，阅读是最重要的。我不太看电影，电视剧也看得很少，但是书看得多，从小就爱看小说，各种各样的小说。武侠小说就不用说了，我们那个年代都是偷偷摸摸看，老师不让看，同学都偷着看。

刚开始写悬疑小说的时候，我也想借鉴一些同行的作品。后来雷米跟我说，不要看同圈子里的书，会影响自己的写作手法。每个作者都有自己的写作特点、手法，别人的书看多了，就会写得很像别人。雷米不让我看，我就看得很少。

真正形成自己的写作风格之后，我也开始看了。看了很多东野圭吾的书，雷米的书我一本不落地看完了，周浩晖的书我也看。看圈里的书，对我也是有帮助的，开卷有益。

江玉婷：作为写作上的前辈，雷米确实鼓励到了您。

秦明：当然。他不仅仅是写作上的前辈，还是刑警学院的老师，我是2003年大学毕业以后到刑警学院读双学士学位的。虽然雷米没直接给我上过课，但某种意义上他确实是我的老师。他比我成熟，眼光比我长远，我从他那儿学到很多。

我写第一本书的时候，把书稿给雷米看。看完以后，雷米反馈：写得不错，但请注意"的地得"的用法。我就养成了一个习惯，特别注意这方面，甚至是发微信的时候，一不小心打错了，还会撤回特地修改一下。

江玉婷：现在的写作状态怎么样？写不出来的时候，怎么办？

秦明：我现在属于选题多，精力少。赶紧把手头上的写完，我还有新选题，还有很多想法。因为要上班，不可能天天在电脑前面写，只有业余时间可以利用。写完大纲，就进入写作期。有了大纲，不存在写不出来的情况。每天晚上写，每个礼拜保证2万字输出，写不完，周六日继续写。我现在岁数大了，不能熬夜，熬完以后睡不着，现在晚上11点前必须睡觉。

江玉婷：还有什么是父亲给您的影响？

秦明：当警察的人比较神神秘秘。那时候，我爸就这样。小城市里发生一个案子，大家都听说了，他肯定知道。回家以后，我们就问，案子什么情况？我爸就说，保密。第二天媒体报道发出来了，我们才知道。

我现在也是这样，省里出了一些有影响的案子，我出差就去那里。家人会问我，爱人、孩子都会问。我就说，保密。第二天，媒体报道就出来了。这方面感觉挺像的。

过山车

采访对象：秦明

采访时间：2022 年 11 月 12 日

《燃烧的蜂鸟》我看的是纸质书，看得很顺利。《尸语者》

我是在喜马拉雅上听的，上班路上，或是做家务、洗漱时，抓紧听一段。前者是秦明新作，后者是他写的第一部书，两者之间相隔10年。我有一种很奇妙的感觉，好像两只手拿着一个毛线团的两头，往前摸索，有迹可循。

采访时间是周六上午10点，6点多我醒了，实在睡不着，摸出手机把秦明所有作品的序言和后记看了一遍。9点半起床，把要补充的问题誊在白纸上。写完最后一个字，我看了一眼时间，9：58。电话打了一个半小时，我处在一种持续的震惊中：法医的日常太新奇了，好有趣。

聊完后，我开始找资料，在"法医秦明""早安元气社"两个微信公众号里找秦明写的文章，写秦明的文章，写法医的文章。看了有200来条推文，找出了40多篇可能会用到的，把标题、链接、关键段落粘贴到一个Word文档里。

《80个只有法医知道的秘密，你知道几个？》像目录一样，列了80个带超链接的小标题。这条推文在我的电脑屏幕上躺了一天，上午没看完，下午继续看。我看得很开心，也忐忑——我看起来不像在工作，更像在"摸鱼"。同事要是看见了，大概不会问我，但这样我连"自证清白"的机会都失去了。

写稿时的困难在于开头太多。好比眼前有一筐毛线，扯出来一根毛线头，看了看觉得不对，放回去，过一会，再扯出来 根，还是觉得不对。扯出来五六根，反复比较，发现最好的那根也不行。这就像收音机换台，调没调对，结果明确。现实中的具体表现是：我对着电脑不停打字，过了一会，长按"回车键"，删除。

我找各种书看，最后奏效的是《福尔摩斯探案全集》，时事出版社 2008 年出的版本，书页有点发黄。看完第一个案件《血字的研究》，我找到了那根毛线头。后来，我又读了《逝者之书》，这本属于科普书，秦明写到了自己接手的一些真实案例。

《燃烧的蜂鸟》里夹了一封秦明写给读者的信，写了一件发生在他中学时的事。"我还是那样，立志要读一百本书，一本还没读完，就跑去踢球了；看到同学们都去坐公园里刚刚建设起来的过山车，我还是不敢去尝试。"

我有了一个画面：男孩跑得大汗淋漓，额上有盐粒，面对过山车，他站在原地，不敢上前，又不想离去。他在犹豫。他的鞋底也许会有一颗小石子，他用脚慢慢磨搓。想到这里，我的脚下仿佛也有一粒石子。这粒虚构的小石子是那样坚硬，我把它写进稿子里。审稿时，秦明和他的策划团队没有删去，对此我感念至今。

后来，我也常想为什么对这个画面那么执着。或许这是一个隐喻。多年以后，成为法医的秦明，面临同样的选择：继续踢球——完成法医的日常工作，这是他喜欢的事儿；去坐过山车——宣传法医工作，为法医群体做一点事，这个领域有点陌生，未知通常会带来恐惧。

他没有停留在原地，而是向前迈了一步。

孙惠芬

一旦人物活了，写作
常常是被推着走的

专访

来北京开研讨会的前一晚，孙惠芬收拾行李，想带两件厚外套。丈夫提醒她，外套要薄一点。"万一人家批评你，你满头是汗，多不好。"于是，孙惠芬把薄外套塞进了行李箱。她不是畏惧批评，只是缺乏自信。"作为一个写作者，我永远在写作那一刻自信。"同时，她也承认，一旦作品写完，"把门打开"以后，不自信的心理就开始浮现。

　　这位以"歇马山庄"作为地标的成人文学作家，曾以《歇马山庄的两个女人》斩获第三届鲁迅文学奖。60岁这一年，孙惠芬推出了新作《多年蚁后》，这是她首部儿童文学作品。

　　为什么要写一部童书？在孙惠芬的叙述中，这个故事是偶然来的——在准备下一部长篇时，意外插入的一笔。然而，一旦把时间线拉长，又会得出相反的结论。

以另一种方式重回生命

多年以后，面对记者手边的《多年蚁后》，孙惠芬回想起确信自己能成为作家的那个遥远的下午。

1997年，她正在写《歇马山庄》，写到20万字的时候，突然清晰地感受到了那一刻——作为一名作家，自己能"站起来了"。那时，她正好参加全国青年作家会，在会上认识了出版人白冰。当时白冰在作家出版社，孙惠芬讲起自己正在写一部长篇。白冰说："好好好，写完拿给我看。"书写完了，白冰也调走了，《歇马山庄》后在人民文学出版社出版。

几年前，也是在一次会上，孙惠芬再次遇到白冰。这时白冰已经是接力出版社总编辑，他对孙惠芬说："你写了那么多年，能不能给孩子写点东西？"孙惠芬从没想过写童书，她没有直接拒绝，而是说："我不一定能写得了，得看看有没有感觉。"后来，白冰给孙惠芬寄了一箱子童书。拆开纸箱，孙惠芬挨个打开看，一本也看不进去。"我的生命里就没有（童书）"，她无法进入童书，找不到自己和童书的联系。眼看书要被闲置，她把书分了出去。

另一样与她无关的是自然。孙惠芬生在辽宁庄河青堆子镇山咀小队，门外是旷野，辽远而可怖。蚂蚁会猛地从地表涌出，草丛里会窜出蜥蜴，夜风在林间呼号，直到把冬天屋顶上的苫草卷走，那时屋子就像丢了房顶，只剩空荡的四壁。一年里，只有秋天的声响使人心安，风刮起的麦浪声会唤醒大人嘴角的笑。孙惠芬恐惧自然,她以为自己会一直如此。

转变以一种无法预料的方式出现。2019年,孙惠芬的爱人做了一次手术,小病大治,做完手术伤口老不见好,在家休养了小半年。当年年末,新冠肺炎疫情出现,又是一段长达半年的居家隔离。解封后,孙惠芬从未如此渴望走出家门。为了给下一部长篇收集素材,他们驱车驶向故乡最北部的山沟,试图重新回到人与人的关系中。然而,计划落空了——乡民惧怕他们,就像惧怕一切外来者那样。他们走出了家门,却未走出隔离的境地。

他们只得驶向更远处。蹚小河时,不知名的物体滑过脚背,孙惠芬惊得大叫。"你喊什么?这么大的人,你怕什么?"一位老人厉声呵斥了她。孙惠芬的脸开始发红,尊严像是从脸上脱落的冰雕面具,砸在地面摔碎。"是啊,怕什么呢?"她问自己。

老人告诉她,看着你的恐惧,你就会战胜恐惧。他讲了一个故事:很久以前,当老人还是小孩时,他被狼撵过。意识到再跑会没命,他突然站住,瞪着狼看,向狼扑去,结果狼被吓跑了。后来,孙惠芬如法炮制,在山林间盯着蚂蚁、毛毛虫看。当她闭眼时,眼前仿佛有一条蛇爬动,冰凉的触感从脚腕出现,蛇尾掠过背脊,想象中的蛇存在,但恐惧消失了。

老人在山中独居,一日只吃两顿饭,每天只做一件事——在河里搬石头、清理河道。他们还是邻居,夫妻二人常去听故事,老人讲山的历史、乡民的故事,讲陀思妥耶夫斯基,讲黄瓜须子如何引到白菜里……在瓜地里,老人指着西瓜说:"你们城里人傲慢,就像这西瓜籽,以为自己是中心,不知道西瓜里还有籽,不知道西瓜外面还有西瓜。"这个"西瓜籽"的比喻扎进了孙惠芬心里。和丈夫断断续续听了 3 个月故事,她也没想好写什么。

　　一天早晨,孙惠芬从睡梦中醒来,发现眼前有一只大蚂蚁。她走到卫生间,蚂蚁就在洗手台上;她走到餐厅,蚂蚁就跟到餐厅;她闭上眼睛,蚂蚁还在眼前。一只巨大的蚂蚁在眼前挥之不去。孙惠芬想,这大概是一种暗示,让自己写点什么。"写什么呢?"她想。3 个月的下乡生活在眼前浮现,山林、西瓜、蚂蚁……如果一个活透了的老人要告诉孩子世界的真相,他会说什么?一个从未有过的念头从心底升起,迅速升腾、炸裂。她告诉自己:我要开始了。

写作常常是被推着走的

　　那段时间,孙惠芬正在构思小说,三哥打来了电话。他怀疑外孙病了,孩子的眼神直勾勾的,一遍遍地问:"姥爷你高不高兴,你高不高兴?"那一刻,孙惠芬意识到,自己要写的孩子结实地出现了。"这是件真事,要我编这个(情节),我编不出来。"她问过孩子,你最痛苦的事是什么?大人以为他会答父母离异,结果他说:"奶奶上楼拿不动菜,我又没力气帮她。"一个内心敏感的孩子,过早地展现出慈悲的力量。

　　《多年蚁后》里的童童就是这样一个孩子。每当想起妈妈,他就会躺在床上流泪,抱着小夹被嗅个不停——早先,这里有妈妈的味道,是妈妈的奶水;妈妈走了,又变成奶奶的檀香味,奶奶用檀香皂洗衣服。一只老蚁后转述了老爷爷的话："你看看这些西瓜籽，它们一个是一个，它们都以为自己是孤独的，可它们哪个不是在妈妈怀里？"童童从床上跳起来，他明白了："世界就是大西瓜！我和妈妈都在西瓜里！"

写到这里，孙惠芬把自己代入蚂蚁的视角。"当你是一只蚂蚁，你看西瓜多大，西瓜太大了，它就是地球，就是宇宙。"老人在瓜地里的比喻进入了故事，意义发生了变化——西瓜籽不再代表傲慢，而是一个个孤独的个体。西瓜籽会和另一粒西瓜籽分离，但当夏天来临，它们被埋在大地里，与河流、山川、草地、庄稼一体。童童一下子告别了童年：当世界是一个大西瓜，他和妈妈就一直在一起，因为万物同在。

采访中，孙惠芬讲述了一个真实的生活碎片如何编织进故事的例子。事实上，在更早之前，"西瓜"这一喻体就和她产生过联系。2009年，孙惠芬在中篇小说《致无尽关系》里用"西瓜"比喻一个人巨大而隐秘的生命历程。"一个人的背后，有着如此无限的、让你无法想象的内容，一个人的生命背景，你一旦走进去，就是打开一个切口，就像一只西瓜打开切口。"

家里的电脑只用来写稿、查资料。不写的时候，孙惠芬是一个纯粹的"家庭妇女"——这个词她脱口而出。每日待在家里，除了打扫卫生，就是围着灶台打转，要么就是逛服装店。她离网络世界很远，家里的电视不常开，没看过《吐槽大会》，更不知道"谐音梗"。

书名《多年蚁后》就像五线谱，也是偶然来的。一天，婆婆在家里看电视剧《小娘惹》，女主角说了一连串台词，讲多年以后，两人会如何如何。孙惠芬那天没写稿，电视里不断传出人声，她满脑子都是"蚁后"，这时"多年蚁后"一下子就冒出来了。

"多年蚁后"第一次遇见老爷爷，是在她逃跑的路上。那时候，她刚做了妈妈，生了一堆孩子。熬过了冬天，蚁后造了个"假我"，"真我"逃出了洞口，奔向妈妈在的樱桃树。老爷爷一遍遍地说："你的家不在这里。"蚁后蹬腿发泄："我想不明白，妈妈为什么要生我？既然生了我，又为什么不要我？"后来，她又逃跑了两次，哪怕第三次"还不等爬到洞口，她又开始生育"。蚁后不知道为什么自己总有生不完的孩子。

写成人文学时，孙惠芬常常思考女性的困境。她用一个女性的视角、一个母亲的视角，追问蚂蚁的生存规律：她一下子生200多个孩子，有没有一刻想逃走？她想逃走，能不能逃走？逃不出去，她还会怎样？

在《致无尽关系》里，孙惠芬写到了自己：一天早上醒来，看着丈夫和儿子，她陷入了困惑。"我想，这两个人在干什么呢？这两个人与我有什么关系呢？"婚后，女性就像一株苗连根拔起，栽到另一片土壤里。适应了，就没有委屈。从不适应到适应，这中间经历了什么？孙惠芬关心这些。

故事最后，童童种下了蚁后留下的海棠树种。最初，孙惠芬设计的是，童童一个人偷偷种树。后来，她一想不行，现在孩子的所有举动都受到大人监督，不存在偷偷种。于是结尾改成了：在大人的注视下，童童和幼儿园的孩子们种下了种子。"我有一个总体的感受，一旦人物活了，写作常常是被推着走的，不受作者控制。"她说。

站在岸边看波浪起伏

在乡村，海棠树是一种古老的树。在孙惠芬小时候，海棠果是最好吃的水果。后来有了苹果，这种小小的、酸酸的、黄里透着红的海棠果被替代了。海棠树生长在这个城乡变迁的故事里，见证着两个时代的交叠。

孙惠芬开始写作的时间很早，17 岁时，就在夜里趴到八仙桌上写文章。1980 年，她考入青堆子镇制镜厂，同年接受辽宁大学中文系函授教育。1982 年，21 岁的孙惠芬发表处女作《静坐喜床》。一开始，写作仅仅是为了得到认可，还有一个原因是文章发表后有一笔稿费。"我结婚多少年了，家里所有的家具、餐具都是用稿费买的。"在庄河，孙惠芬成了一位作家。

1995 年，孙惠芬被调到大连。进城曾经是写作的目的，现在愿望实现了，她却觉得空虚。"就像一根稻苗被拽到城市，没有落脚的地方。"那段时间，孙惠芬翻到大连电视台，听着主持人播报的新闻，她觉得与自己无关。后来，她做了一本笔记本，天天在上面画画，画庄河的河流山川。有一天，孙惠芬突然觉得可以写作了，整个乡村的土地都涌到身边。她写农村、写农民、写乡土大地：《民工》写了父子二人进城务工，《歇马山庄的两个女人》写了男人进城后的新媳妇，"没有蒸汽的屋子清澈见底，样样器具都裸露着，现出清冷和寂寞……"在书写中，她实现了精神的还乡。

《生死十日谈》是一个转折点，这部作品直面辽南农村自杀问题。一个17岁的男孩和母亲争执后喝下百草枯，他睁开眼睛跟母亲说了最后一句话："妈，我还能活吗？我不想死。"一个男子得了胃癌想服毒自杀，可食道被肿瘤塞满，根本喝不下药水，他只有拖着枯瘦的身子上吊。在田野调查中，孙惠芬了解到自杀者的死因，他们活着时的痛苦，以及死后亲人的痛苦。

写完《生死十日谈》以后，孙惠芬所有的作品都与死亡有关。《寻找张展》里，"死亡"缩小到了一个很小的范畴：父亲遭遇空难后，儿子试图理解父亲。《多年蚁后》也写了生离死别，童童和母亲生离，和昏迷的老太奶死别。两个孩子过早地见识到生命的残酷。"我在写作的时候是有意识的，只有经历过苦难的人才会体会到生命的真相。"她接着说："救赎打通了这两本书，每一个生命都在用另一种方式救赎自己。"

在很长一段时间里，孙惠芬始终在探索人性，走进人性的幽暗地带，书写汹涌的欲望。"这些我在过去的小说里都写到了，但是有出路吗？"活到60岁这个年纪，孙惠芬意识到，活在人性里没有出路。

一天，她和《多年蚁后》责任编辑任国芳说到了变化。她不再跳到人性的波涛里，而是站在岸边来写，写波澜、写大海、写天空，视野更宽阔了。在前往研讨会的出租车上，孙惠芬聊到了《多年蚁后》里的蝉："写到这的时候，我不害怕死亡了。"

这时，她还不知道曹文轩看过《多年蚁后》后想写一个老牛和蝉的故事，也不知道《多年蚁后》会入选"中国好书"。如果她能提前知道，也许在那个离开大连的晚上她可以松一口气，带几件厚外套。

对话

江玉婷：《寻找张展》和《多年蚁后》似乎有某种联系。

孙惠芬：这是我去年写作到现在第一次听到的一个说法，我自己都没有想到。当你把它俩联系到一起的时候，我也觉得有个东西被奇妙地打通了。

童童是一扇门，他就是童年的张展。他用一个脆弱的身体、一颗敏感的心去了解世界。我特别强调敏感，一个敏感的人看世界是完全不同的。哈代在《苔丝》一书中借人物之口说：一个敏感的农民的精神世界，比一个总统要丰富。

《多年蚁后》的初稿里有"慈悲"，稿子发给责编前，我换成了"同情心"。生活中，我们很少提到"慈悲"，常常用"善良"这个词。其实每个人都有"慈悲"，只不过有人可能一生都没有机会体会到它。

江玉婷：您认为《寻找张展》是转型之作吗？

孙惠芬：它进入我的生命中，也是一个非常偶然的机会。那个时候，出版社天天追着我，让我写一个大学生志愿者的故事，我说不写。过了3个月，又给我打电话，再过3个月还打。当时我非常恼火，没经过我同意就把选题报上去了。

那天晚上，我就跟儿子交流。儿子说：妈妈你为什么不可以写写我们90后？一件事没有道理地追着你，一定有它背后的道理。他这句话突然震撼了我。我把这句话放心里了，但也没想去写。

一次聚会，一位新朋友说是我的粉丝。席间，桌上就剩我们俩，她说："孙老师，我很不幸。"原来她的爱人在空难中去世，上飞机之前跟她说，他正在读《致无尽关系》。回家后，我就联想到了一个大学生——如果他在青春期很叛逆，从来没有和父亲交流过，那么他的父亲突然不在了，他该怎么办？就这样，小说就来了。

　　江玉婷：您对于自然的关注，是从《多年蚁后》开始的吗？

　　孙惠芬：我一直关注人和人的关系，《寻找张展》就是讲人的救赎。当张展开始问父亲到底是谁，其实救赎就开始了。对自然的关注，更早是在 2007 年。那时，我正在写长篇小说《吉宽的马车》，想塑造一个"自然之子"。村里其他男人都进城打工，只有吉宽一直在村里赶车。他待在乡村，最经常打交道的就是自然。当时我读了《昆虫记》，对蝉和蚂蚁关系的印象特别深。但在当时的书里只写到屎壳郎推粪球。

　　去年，我和我爱人下乡，有 3 个月时间泡在大自然里，天天和动物在一起。后来我花了十几天读完昆虫学家写的《蚂蚁的故事》，一边看一边做笔记。真的，你没办法不佩服（蚂蚁），你只能惊叹：你对昆虫的智慧知道得太少，不知道的太多。就这样，蚂蚁的故事就和人的故事联系起来了。

　　可以说，从读《昆虫记》开始，"万物有灵"就扎在我心里。但是到《多年蚁后》我才真正意识到万物平等，只有平等才会慈悲，只有慈悲才能打通万物的关系。"万物有灵"不是一个概念，是真实发生的事儿，因为各种生灵都有自己的智慧。

　　江玉婷：小说的开头难写吗？

孙惠芬：纳博科夫说过一句话，他说："我们这个世界上的材料当然是很真实的，但却根本不是一般所公认的整体，而是一堆杂乱无章的东西，作家对这杂乱无章的东西大喝一声'开始'，霎时之间整个世界在开始发光、融化、又重新组合。"我自己写小说时，也是这个感觉。

发呆是我等待小说开头的习惯。一般情况下，等不上三五天，那个开头的句子就会突然出现，像来客敲门一样。而把客人引进家的最好方式，是赶紧把句子敲进电脑。写作是项神奇的工作，只要写下第一个句子，另一个世界便向你敞开，小说的人物便会不请自来。

当然也有例外，也有走错门的客人，他进了门东张西望，就是不坐下，不和你对视，甚至溜达一圈又走了。我在写《寻找张展》的时候更糟糕，写了不下十几个句子，开了不下十几次门，客人连门都不进。他们不进，不是不想进，而是他们人太多，拥堵在门外进不来，我往往不知道该把谁拉进来。

我也在书里写了这个状态。儿子看了初稿，他说："妈妈，写作太奇妙了，我现在才知道写作原来是这样。"

江玉婷：您一天大概能写多少字？写作工具发生过变化吗？

孙惠芬：写《歇马山庄》时，一天能写6000字，1万字，手写，天天拿笔哗哗地写，写到后半夜，写完的稿纸一摞一摞地摆着。那时候家里日子苦，刚到大连，房子很小，母亲在这，孩子也小。我当时身体还不好，1990年做过一场大手术，但还是年轻，每一天都写到后半夜。

当时手稿很少有改动，就是凭一股气往前写，听着钢笔在纸上划过的沙沙声，像音乐，完全沉浸在写作里。在此之前，我常常怀疑自己，但是写到《歇马山庄》，我看到了自己写作的能力，我才觉得我是一个真正的作家了。

2003年，我开始用电脑写作。我那么沉浸于笔划纸页的声音，但是电脑是个大趋势。手写得低头，时间长了颈椎疼。如果用电脑，至少写的时候能抬头。当时《上塘书》手写了3万字，我想不行，一定要通过这一部书来改变。好在《上塘书》不是一个连贯的故事，我接着前边3万字往电脑上打，硬着头皮，一点一点，终于进入了。用电脑有个好处，能更好地控制情绪，不至于铺张、满溢。

现在我一天写2000字，慢的时候1000字，有的时候写500字也不着急，一天写两三个小时，很少熬夜。过去是白天晚上连着，整个人和小说连在一起。连在一起，就常常失眠，长期失眠身体就不好。后来，我就试着改变，只上午写，下午不写，晚上也不写。

不写不意味着放松，我可以在这个时间做家务，或者做一些其他的事情。但你的感觉还在创作里，只是意识不被牵制，去做一些其他事儿，但并不分心。晚上好好睡觉，第二天再续上。虽然下午、晚上不写了，但是一点都改变不了前一天的状态。

江玉婷：对于大多数读者来说，作家是神秘的，作家的创作也是神秘的。

孙惠芬：创作有无限的神秘性，真是这样。我是一个比较笨的写作者，我常常是尊重内心。我不会设计自己，从来没有设计过，比如说几年以后要转型，要写成另一种样子，从来没有。为什么我老讲遇到，遇到了，那就是生命的分泌。写作所有的神秘，都在这分泌当中。比如很多成人作家在写童话，我压根没想过自己会写。但有一天，它就这样来了，它来到我的生命里，不写不行。《寻找张展》也是这样。

江玉婷：您的创作还是有迹可循的，开始讲农民进城的故事，然后是他们的第二代、第三代。《多年蚁后》其实就是第三代人的故事。

孙惠芬：我过去写城乡关系，写的都是乡村人进城。一个人的内心如果敏感，你就会有一个边界意识，就会四处碰撞。一旦离乡进城，城乡之间、文明与落后之间的碰撞就会在内心产生反应。

张展的父亲是离乡进城，到了张展这一代，他已经不了解乡村。当张展寻找父亲，回过头来看乡村，他来到奶奶家的大槐树下，他找到的是血脉联系。童童的爷爷是离乡进城，父亲是进城的第二代了，童童则完全没有了城乡界线。可现实是，孤独并没远离他，他更早地体会了孤独。这个时候，当他因孤独发现了小区树下的蚂蚁，关注的世界就不仅仅是人类了。虽然地下蚂蚁的世界很小，但它让童童看到了万物一体，世界就更大了。所以我的这次回乡，从地上写到了地下，是真正的精神还乡。

对我而言，乡村是生命出发的原点，也是灵魂回归的终点。这和身体住在哪里没有关系，因为生活永远在别处。

还乡是生命的一种超越，这是我从那位老人身上看到的。他是城里人，因为生命中曾经发生过种种不幸，他到乡村独居。

当他跟大地、万物在一起的时候，他获得了安详。超越之后，就是安详。其实生命的本质就是你真正走到那个地方，突破了所有无常、痛苦，最后走到安详，这是最重要的精神回归。

江玉婷：超越指的是什么？

孙惠芬：超越就是前边说的，向精神世界终极安详行进的过程。这也是我经过了痛苦、挣扎之后的感受。写到精神世界的时候，你必须触摸到精神，而在小说里真正抵达精神的超越，却并不那么简单。

我在写《生死十日谈》时窥见了这个部分，想在《后上塘书》里去做更多努力，但我知道，我做得不够。那可能是我想象中的一个概念，我还没有真正触摸到。等到《寻找张展》的时候，我觉得通过一个孩子触摸了超越的边缘。到《多年蚁后》，我更知道（超越）是什么了。

可能因为知道得太多，心里涌动的东西就特别多，不小心它就出来了。而这个"出来"，你不慌张在哪呢，因为这是你真实看到的，你确信它存在。

江玉婷：您想告诉孩子一些真相，即便这个真相有一些残忍。

孙惠芬：和张展相比，童童其实是幸运的。他在很小的时候就有人告诉他，这个世界是什么样的，他更早地获知了。张展没有机会，他小时候看到梦梅出车祸，家人制造了一个假象，然后他被一层层包裹着，一直到他上大学。

童童虽然才4岁，但在这么小的时候就遇到一只蚂蚁，就有人来告诉他世界原来是这样的，无常是经常发生的，孤独是真实存在的。当他了解到只有爱能打通万物，只有爱、善良、勇敢才能对抗无常，对抗无常带来的恐惧，他便拥有了最高的人生智慧。

江玉婷：从另一个角度来看，童童在城乡交界处重建了家园感。

孙惠芬：这也是恰恰我想说的。大人不了解孩子，书里童童喜欢看蚂蚁，奶奶要用热水烫死蚂蚁。这在我们生活中比比皆是，我们的心离孩子太远了。

就比如我问三哥家的外孙，你最痛苦的是什么？他说，最痛苦的是"奶奶上楼拿不动菜，我又没有力气帮她"。你根本想不到他会这么回答。

我们的世界离孩子很远，我们离地下昆虫世界更远，但是孩子离得近。一个强壮的身体很难感受到外界，但一个弱小的身体却可能感受到。童童不让奶奶烫蚂蚁，他用爱来打通跟地下世界的关系。小说里，爱是环环相扣的，海棠树、爷爷、蚁后、蝉、老牛，这里是一环扣一环的爱。

江玉婷：现实生活给了您很大的灵感？

孙惠芬：对。我选择非虚构的写法，也是这几年不断在生活中寻访的一个重要收获。如果你怀揣着艺术，那么艺术就是生活；如果你怀揣着生活，那么生活就是艺术。常常在生活当中，我会觉得这段比艺术还精彩。营造现实感易于打通读者和小说家之间的艺术通道，非虚构的写法特别有力量。

江玉婷：您经常下乡？

孙惠芬：对，我每写完一部书，都会下乡待一段。没有灵感了，也下乡。乡村于我是一眼永远开掘不尽的深井。

我的生活非常安静，当然这是一种选择。因为大家都知道我是家庭型的，又知道我身后有一个故乡。如果有人找我，我就说母亲来了，我要照顾母亲，或者说家里有事儿，更多的时候，我就说在乡下。后来总这样，大家就不找我了。（笑）

我是一个真正的家庭妇女，并且我还是家庭妇女式的性格。我在家里特别安逸，一出来就完了。来北京的前一晚，一宿没睡觉，特别紧张。

江玉婷：写不出来的时候会痛苦吗？

孙惠芬：只要进入到写作状态，我就永远都是幸福的。如果一个长篇开始了，我就知道这一段时间将会过得很幸福。写作于我，除了因久坐身体上的不适，没有痛苦。如果写得顺利，我会一会儿站起来走一圈，一会儿走一圈儿，快乐呀。如果不顺，我就入神地瞅一个地方，总能瞅出来。

达成一个隐秘而巨大的欲望

采访对象：孙惠芬
时间：2021 年 9 月 17 日

这次采访有点像电视连续剧，一集接着一集。2021 年 7 月，几位编辑看过我写的王璐琪的专访，于是这次出新书责编想到了我。采访时间是一整个上午，出版社只约了我一个记者。对于这样的安排，直到今天想来，我都心怀感激。

事实上，采访孙惠芬对于我来说，是一个隐秘的、巨大的、膨胀的、无处安放的欲望。如果你曾经对一个人念念不忘，那你大概能理解这种感受。我对《寻找张展》的作者就是这样。几年前的一个冬日，那是一个周六，我一口气看完整本书。当时特别想采访作者，但那时我在北京，作者大约在大连，相隔很远，中间看不到联系的可能。

2021年，《多年蚁后》的责编找到我。这完全不是一个找上门来的活，而是我终于遇到了她。说起来有点矫情，《牧羊少年奇幻之旅》里有一句话："当你真心渴望某样东西时，全世界都会来帮忙。"那一刻，我就是这个感觉。

拿到这个选题，一个很轻易的做法是，用"转型"作为锚点。这里有一个显而易见的转折：一位写了几十年成人文学的作家，到了60岁这一年突然写了一本童书。

我选择了一个更难实现的方向。我坚信：一个作家不会突然转向，去写一本不属于自己的书。既然写了，这本书一定属于他。《多年蚁后》里有苦难，正如《寻找张展》里也有苦难。如果不用成人文学、儿童文学这条线来划分，那么这两本书就像姊妹篇，甚至可以找到对应人物。

采访的时候，孙惠芬很惊讶，她写的时候不觉得，听我这么说，她感觉到"有个东西被奇妙地打通了"。在审稿时，她敲下了"童童是张展的童年"。这是我最激动的时刻——作家认可了我的猜想，并且"盖棺定论"。

我也产生了一种交卷的错觉。上大学时有一门课，全系一起上，两三百人在一间大阶梯教室里沙沙地写，分析文学作品、影视片段。就像砸一个钢球，无论从哪个角度砸，也没法像敲开一枚鸡蛋一样打开它。在这门课上，我永远碰触不到核心，以至于毕业后多年，还会梦见上课的情景，醒来后怅然若失。但自从看到"童童是张展的童年"这句话后，我再也没做过那样的梦。

为了写稿，我买了一溜书，有作者的《歇马山庄的两个女人》《致无尽关系》《吉宽的马车》《生死十日谈》《上塘书》《后上塘书》，还有她推荐的《无名的裘德》《昆虫记》。看书的时候，孙惠芬好像就在身边，我找到了某种写作的节奏感。更准确地说，是学会如何写一个句子。

专访从作者前往北京参加研讨会的前一晚写起——因为太过担忧，不敢带厚外套。结尾发生在出租车上，一行人赶到研讨会现场。最后一句是："如果她能提前知道，也许在那个离开大连的晚上，她可以松一口气，带几件厚外套。"

在时态上，首尾实现了一个闭环，好像没走出多远，但由新作《多年蚁后》生发，通过几部重点作品贯穿起作家的创作历程。

我不知道是否有人看出这一点：正文第一段模仿了《百年孤独》的开头：许多年之后，面对行刑队，奥雷良诺·布恩地亚上校将会想起，他父亲带他去见识冰块的那个下午。

多年以后，面对记者手边的《多年蚁后》，孙惠芬回想起确信自己能成为作家的那个遥远的下午。

因为庞大的信息量，加上时态的复杂性，我一时很难处理，而《百年孤独》正是一个经典开头。可是，化用了一个如此伟大的开头后，我也遭到了"报应"——写第二段时，异常艰难。换句话说，你得写成什么样，才能不辜负这样一个开头？于是，第二段写了又删，删了又写，搁了足足两天，第二段才写出了开头。虽然也并不满意，总归可以继续下去。

写稿的时候，作家好像还在我身边。就像我的母亲，我的姥姥，我的至亲，我们无限靠近，甚至身体都产生了部分黏连。当我把孙惠芬的照片发给母亲，问她像不像姥姥，她说不像。我想进一步解释，但想了想，也没再反驳。她说的是外貌上的不像，她守着实体的姥姥，而我说的是精神上的相似，同样的慈祥和温和。

孙一圣

写出生活被忽略的一面

小说《夜游神》，孙一圣写了两次。第一次写了 3 万字，他觉得"有点对不起这个题目"，于是整个废掉，重头写起。就像电影《邪不压正》里姜文的一句台词："就是为了这点醋，我才包的这顿饺子。"孙一圣想出了一个题目，为它写了一篇小说。

《夜游神》属于主题性小说。孙一圣认为最好的主题性小说是《活着》。余华要写"活着"，写的却是亲人接连死去。"如果所有的亲人最后都活着，那不叫活着，那叫生活。"孙一圣接着说："所以主题的选择很重要。"由此，《夜游神》也成为整部小说集的名字。

只能从身边写起

《夜游神》的开头，孙一圣摘了3句话。这3句话摞在一起，占了半页纸。第一句出自契诃夫："一个疯人认为自己是个鬼魂，一到深夜就到处走动。"第二句出自道教《净心神咒》："三魂永久，魄无丧倾。"第三句出自佛教《楞严经》："夜见灯光，别有圆影。"孙一圣认为第一句并不突兀，因为"契诃夫"是一种"文学宗教"。

小说里，毛毛是曹县一中的数学老师。她有洁癖，课前课后都要洗手，哪怕"洗掉一层皮也不在乎"。毛毛从不请假，只迟到过一次——厕所门关了，要出去只能拉门，而拉门后又得洗手，陷入死循环。于是，她迟到了整整一节课。直到下课铃响，有人开门，她才侧身闪出。写完毛毛的开场，孙一圣意识到，这是一个困在洁癖里的人，就像契诃夫笔下的《套中人》。

事实上，这个细节是孙一圣的亲身经历。他在商场的卫生间里，自己的纸巾用完了，卫生间连厕纸也没了。面对关住的门，他张着手，指尖滴着水，等待推门而入的人。《夜游神》里的主角"我"是毛毛的学生。课上，毛毛说："人类发明十进制，因为我们只有十根手指。"听到这里，"我"甚至觉着，"人类所有的秘密都在这十根手指里"。

这是孙一圣想写的。"为什么是十进制？因为古代只能掰着手指头数，只能数到10。"孙一圣张开双手，他说："如果人类只有9根手指，那么计数法就会是九进制。"他没有查过资料，

165

但坚信"这个逻辑是通的"。"每个人都有过一些奇怪的想法，看起来很有道理，只是有的人说出来了，有的人没说出来。"他想把它写下来。

真实的想法包括：手机调到静音以后，人会产生一种错觉——拿到手里，手机变轻了，好像失掉了重量；出门以后，总会疑心没锁门，不论走出多远，还是会折回检查，结果发现门锁了；比如坐车，如果两个人正在吵架，第一下猛拽安全带是拽不出来的，需要慢慢拉才能拉出来；还有一件刚刚发生在孙一圣身上的事，他下楼时踩过了每一级台阶，最后一步迈了两级，他折了回去，把最后一级台阶踩了一遍。

《日游神》是第四篇小说，讲了一对父子的故事。小说灵感来自于一则社会新闻，一名警察为独居老太太"驱鬼"。这则新闻具有匪夷所思的成分："驱鬼"是道士干的事，然而她却向警察求助，最终得到了安慰。这是两个时代的黏合："驱鬼"是早年迷信思想的残余，而报警则是现代社会"有困难找警察"的理念渗透。这个真实的新闻击中了孙一圣，他看到了生活中的复杂性——一个看似矛盾的事件，拆解开看，却合情合理。

在《还乡》里，"我"老是梦见死去的亲人，于是去算命，连掷了六回硬币。算完命，乡村医生告诉"我"，不是鬼的问题，该拜神了。临走前，乡医开了药——阿普唑仑，一种用于治疗焦虑症、抑郁症、失眠，抗惊恐的药。孙一圣把两个熟悉的部分捏在一起：表面是求神问佛，而核心是现代医学。他见过赤脚医生开药，开的是护身符，让人放到枕头下，然而里面是有安神功效的中草药。

孙一圣第一次见识到日常生活的诡谲是在上大学时乘坐的公交车上。学校放假，孙一圣乘公交车去火车站，半程上来一个人，他只有半张脸，另半张被烧没了。见过半边触目惊心的脸后，惊恐使他不敢再看第二眼。于是，他只能看向车厢里的其他人。下车后，他惊讶地发现，自己竟记住了所有人的脸和表情。在此之前，他乘过上百次公交车，却对这些完好的、正常的脸熟视无睹。

他只能从身边写起，写一点深深困扰自己的东西，写出生活中被忽视的一面。在自序中，他写道："有时候我们总觉着一天过于漫长，但当我们回首往事时，却觉得一辈子不过短短一瞬。"孙一圣解释，回忆过去几十年，人们想起的都是重大事件，比如出生、上大学、结婚生子、老人去世，所以常常会觉得时间过得很快。孙一圣想让时间变得坚硬，让"一天"如同一根竹签，穿透"一生"这根烤肠。

写小说需要时刻警惕

《还乡》是在卫生间里写出来的。2017年孙一圣在北京，白天上班，晚上写作。冬天冷，暖气的热量微弱，不大的出租屋里，只有床是热的。在床上写，进度慢，"一闭眼就睡着了"。屋里有一张简易长桌，是孙一圣花99元在宜家买的，刚好能塞进卫生间。把浴霸打开，他坐在马桶盖上，桌子顶着胸膛，坐得笔直地开始写。在这个狭小的空间里，足够暖和，又不至于睡去。其间，他坐坏了一个马桶盖，即便心疼，也只能再买一个新的。

"我是贴着小说写的，有时甚至把半个身子泡在小说里，以至于不得不写一段歇一段，透口气。"孙一圣见过一张画，画的是卡夫卡半截身子埋在文字里。他想到了自己写作的状态，就像水涨到胸口，大口大口喘着气，抵着水往前走，同时又战战兢兢、如履薄冰，生怕稍一用力就踩破了稿纸。

孙一圣把写小说比作一场漫长的拉锯战，保持"真"的状态很难，因为廉价的道理和情感容易乘虚而入，让语言陷入虚假的泥沼。写《山海》时，他感到"很多东西蜂拥而来，特别是生活四处蔓延，能够隐约体会到一种宽度"。他写了大片大片的景物，试图让文字漫过小说的边界。未来，他想写一部没有人的小说，只有景物。

"你会发现，只要去写一个执拗的人，很容易出故事，就像福克纳的《献给艾米丽的一朵玫瑰》。"孙一圣讲到了这篇经典小说。贵族小姐艾米丽发现爱人无意与自己成婚，便将其毒杀，和尸骨同床共枕40年。他在小说《日游神》里也写了一个"执拗型"人物。辅警马贼在宁三秀家"驱鬼"，他没有资格配枪，只能用擀面杖敲了三下铁锅，模拟枪响。三声"枪响"过后，他突然理解了父亲。

"小说过于理想化了，现实世界里不会这样。"他观察过很多对父子，多数是沉默的，彼此交流很少，各过各的。以前类似的执拗型人物，孙一圣经常写，现在会尽量避免。一方面，因为执拗型人物缺乏普遍性；另一方面，因为这一类人物容易出故事，"有偷懒的嫌疑"。

在《夜游神》里，毛毛有双重身份：白天是数学教师，晚上则走进不同的宾馆。在警局录笔录时，她说出了真相：她有一个控制欲极强的母亲，地不能拖，只能跪在地上擦，电饭锅内胆里有一滴水，母亲就会尖叫，甚至连垃圾桶里的垃圾都要摆整齐。她不想待在家里，只能出门。

在高压的亲子关系中，如果没法扛住，孩子就会"断掉"。在毛毛的成长过程中，有过许多这样的时刻。面对死亡，她恐惧，于是后退了一步。抛开性别来看，毛毛也是小镇青年的缩影，他们在故乡痛苦、挣扎，却无法全然离开。孙一圣回忆起家乡曹县，和许多小镇一样，街边是棋牌室、KTV、盲人按摩、洗脚店，很多人在牌桌上打发时间。他看到的是小镇人无处安放的精神需求。"在一线城市，你可以看话剧、歌剧、球赛，去博物馆、游乐场。但在小镇，只能打牌、打麻将，没有太多选择。"

"冬至早过了，北京还没下过一场雪。我去买水，回来路上平白跌了一跤，水桶摔破了，水都洒掉了。我因此告假，与妻回到久违的故乡。"这是《还乡》的开头，通篇是"妻"，而不是"妻子"。每写完一大段，孙一圣会停下来读几遍。他特地选了个单字。"用'妻子'会有棱角，就像在路上出现了一块砖，会把人绊倒、磕伤。'妻'也有起伏，但这个起伏是圆滑的。"孙一圣解释完后问："你能感受到吗？"

一个人也能做成的事儿

"我没想到，死人火化也要排队。我们这样的小小城市，一天竟然会死这样多的人。"《山海》里，亲人意外去世，死因未明，遗体在警局放了 10 年，"我"和三叔抬着担架排队火化。这句话也属于孙一圣想写的范畴，"属于没经历过、一定不了解的事儿。"

在老家，孙一圣的父母卖殡葬用品。他和姐姐从小叠金元宝、做摇钱树、扎金山，一箱箱地叠。父母不在店里，他也帮着卖货，只有布不大会卖，因为卖布得拿尺子量，花圈、冥币都能卖。"跟正常做生意差不多，卖一打阴票（冥币）跟卖一块豆腐似的。"在他眼里，家门口摆的花圈和服装店门口摆的衣服没有区别，都是从厂里进的货。

干这一行有规矩，买家不能讲价。也有讲价的，但大多数不讲，因为着急。"老人没了，这是个急事。"孙一圣讲到，还有一种情况，上门的人是帮忙，帮主家买东西，花的不是自己家的钱，自不必讲价。在当地，"主家"是一个"专有名词"，指的是家里有丧事的人家。

父亲开灵车，车子报废得很快，换了七八辆。因为是拉人，不是拉货，拉着不沉，因此他总是去汽修厂淘快报废的金杯车。买回来以后，父亲要"改装"一番。两边扎上黑布，车头挂朵黑花，下面有坠下来的穗子，在车顶装上大喇叭。

一进村，父亲就把扩音器打开，整个村就能听见《百鸟朝凤》

的哀乐。"主家一听,就知道车来了。"一个显而易见的事实是,装潢得越好的灵车越能要上价,"别人家的车要80,你就能要120。"哀乐越响越好,主家觉得有排场、有面子。

孙一圣没告诉过父母,他怕过灵车。和别的不同,那是实打实拉过遗体的物件。那时他上初中,父亲开始出车,没活儿的时候,车子停在院儿里。有几回,院子里就他自己一人,风一吹,落叶卷起,灵车纹丝不动,他的后背一凉。

村里就他们一家卖殡葬用品,隔壁村的人也到他家买。那时候,"垄断"这个词还不时兴。他不觉得"独一份"有多重要,"你家得穷成什么样,才愿意干这个。"小时候,家里总搬家,爸妈一个屋,姐姐一个屋,孙一圣睡厨房。

厨房储粮食,粮食多,老鼠就多。晚上,他在厨房打地铺,老鼠就从被面上跑过,一会一只,一会一只,夜里总能听见老鼠爬过的"刷刷"声。有一次,几只老鼠一齐从脸上跑过,闹得他惊醒。于是,他快速从脸上抓起一只老鼠,扔到墙上。第二天,孙一圣起来一看,老鼠死了,撞死在墙上。

大学毕业后,孙一圣干过酒店服务员、水泥厂保安、化工厂操作工。酒店服务员干得最长,干了一年,其他都是半年,或者是三个月。父亲看他毕业后找不到工作,就说"别出去了,就在老家",于是给他找了水泥厂的差事。在老家,孙一圣的选择不多,要么是考公务员,要么是花钱打点关系进个好单位。

在水泥厂待了半年,他实在待不下去,于是跟父亲商量,给他一年时间,要是再赚不到钱,他就回来。即便提了,他心里清楚,这不过是缓兵之计。那一年,孙一圣在郑州郊区租了一个单间,房租每月 100 元。

写小说最初的动力也与此有关——如果发表了，能有一笔稿费。后来，孙一圣到北京，在出版机构当编辑。他承认，白天上班不专注，"没办法，脑袋里都是小说。"晚上总熬夜写作，上班时也打不起精神。编辑的案头工作不比体力活轻松——编辑得与作者频繁沟通，同事间需要协作。总之，不能一个人待着。因此，编辑工作他也是做做停停，大约是干一年停一年。

就像抓起那只扰人睡眠的老鼠，孙一圣只想一个人静静地待着。"小说不一样，写小说是一个人就能完成的事情，我不需要跟别人交流，一个人就能搞定。"从 2019 年，他开始全职写作。写完一篇小说就投给杂志，发表不了，他也不急。"攒着呗，以后留着出单行本。"于是，攒了 5 个故事的单行本《夜游神》就这样出了。

对话

大残酷会把小残酷吞没

江玉婷：您是有洁癖吗？

孙一圣：不是洁癖，是强迫症。看起来像洁癖，其实只是强迫症的一种表现。强迫症很多人都有，只是表现不太一样。

江玉婷：《还乡》里写道："我与妻又玩了大概三尺时间，很快厌倦了。""三尺"时间是多久？

孙一圣：有点通感的写法。我是用空间展示时间的流动。我们知道 3 小时在表上走了几圈，但 3 小时到底是多长，我们看不见、摸不着。我只是觉得，时间有大概三尺那么长，具体是多长，我也不知道。

《山海》里描述海中的一块巨石，也有过类似的话："独独有一块巨石矗立海中，四四方方，纹丝不动。仿佛它长一百年，宽一百年，高也一百年。"这 100 "立方年"的石头到底有多大，我也说不出来。这不是一个具体的数字，只是一种直觉的感受。

江玉婷：《夜游神》里有一个"武松"，这个武松不是从《水浒传》里来的。

孙一圣：对。武松是主角内心想成为的一个人——一个毫无顾忌的人。但是因为主角性格的懦弱，牵绊太多，他又成为不了。最终武松因为过于张扬，横死郊野。在小说里面，这象征着主角内心的死亡。

江玉婷：《夜游神》的主角好像有点阿 Q 精神？他在楼上

看同学打篮球，会想到"以至于我伸出手来，也能将他们玩弄于股掌之间，随便两根手指，便能轻易齐齐捏死他们"。

孙一圣：不是阿Q精神，只是一种视觉效果。现实世界不大可能有真正的大人国、小人国，影视表达上比较容易实现，摄影里也有某种角度上的视觉性错位。我想从文字上也展现一下这种观察。

江玉婷：有一段特别唯美，讲的是男主角逃课，翻墙回学校，在墙角撞见"不食人间烟火"的数学老师抽烟。"啊，她竟然记得我的名字，叫我浑身一颤，满血沸腾。毛毛不慌不忙，悠悠吐出烟雾，盯到我后背一凛。这条路很短，走起来却那么漫长。"

孙一圣：这是一个心理的流动瞬间，男生碰见喜欢的女生就会有无尽的想象力，当然得是喜欢的。男主角正在青春期，他其实把毛毛当作一个性幻想对象，有一种不可触摸的圣洁感。

男性在年轻的时候无论怎样去想象女性，这种想象都不是真实的。真正的理解要通过生活，比如两个人走向婚姻，在一个漫长的时间里生活，才有可能互相理解。当你真正理解了妻子，才能普遍地去理解其他女性。在《山海》里，我就写了一个试图理解的过程，虽然那个丈夫最终也没能理解。

江玉婷：《山海》里有一段，也写了漫长。丈夫在开车，妻子在车里。丈夫想："但我有种错觉，我们永远也到不了，只能永远行在路上，而且是在以刚才的速度倒退。有句话叫'道阻且长'。"

孙一圣：毛毛那里是美好，但这里是生活毫无波澜的绝望。《山海》里的他在事业上失败，家族关系一地鸡毛，婚姻也发生了危机。他和妻子一直在争吵，中秋节他去找他爸妈，妻子回自己家。即便努力弥合，两人还是一直在争吵。他和妹妹也疏远了，妹妹的婚姻也出现了变故，包括他的父母在新房住得不习惯，都是事情。

江玉婷："我"对毛毛似乎有一种很复杂的情感。比如，他给生下来的女儿起名叫毛毛。

孙一圣：在我的想法里，女儿的名字"毛毛"并不是老师的"毛毛"。只是事情到了这里，他要起名字，隐约想到这么一个名字而已。

人一生经过的事太多了，有些会忘，有些不会忘。一些已经忘掉的东西反而会产生潜移默化的影响。这些影响可能他自己也没意识到。

这也是主题小说的一个弊端，会让人丧失对时间的判断。如果要把人的一生放在一篇小说里，只能截取重大事件来写，所以你会觉得，毛毛给他的影响很大。其实他们分开已经很多年了，他有可能已经不记得这个人了。

江玉婷：他并不是一个完美的男主角——一方面努力赚钱养家，会给上幼儿园的女儿补裙子；另一方面对婚姻并不忠诚。妻子对此似乎也不在意？

孙一圣：也不是不在意，可能是生活里有更人的残酷在等着她，大残酷会把小残酷吞没。

更大的残酷可能是生死，可能是生活本身，或者就是具体所指，比如贫困。

说起贫困，从小我家条件也不太好，经常借钱。除了我们家，我们村、隔壁村，没几户是富裕的。上学时交学费，虽然我父亲每次都不拖欠，但是班上总有那么几个人永远交不上。那时我有种奇怪的想法：为什么会有这么多人没钱呢？当时在上学，我很不能理解没钱就是没钱的现实。

我在小说里写到，孩子要上大学，爸爸带孩子去借钱。孩子觉着很没面子，家长却从不考虑孩子的感受，也没精力（顾不上）考虑孩子的感受。

为什么家长要带孩子去借，而不是自己去？原因只有一个，不带孩子借不着。小孩子不能体会大人的艰辛，小孩除了面子，没有别的考虑。

如果一个人一路走来，从没遇到过生存压力，要么是运气好，生在衣食无忧的家庭，要么是没长大，还没有长大到足以碰到更残酷的事情。人生够长，残酷也会够多。

江玉婷："更大的残酷"可以展开讲讲吗？

孙一圣：刚才提到了死亡。不过，有些东西可能比死亡还令人唏嘘。在农村，如果家里有老人没了，你觉得子女是什么反应？是难过吗？是开心吗？

我觉着很大程度上，不是伤心，是长舒了一口气，"终于死掉了"。子女想的是自己解放了，不然（老人）死也死不掉，拉屎拉尿还得伺候他。老人一旦死了，全家轻松，一大家人就像弹簧一样，一下子突然蹦起来了。以前是被压着的，把腰压弯了，老人一走，突然就挺直了。

一个浅显的道理容易遭人唾弃

江玉婷：写小说的底层逻辑是什么？

孙一圣：我想写的是生活的真相，一种普遍的真实。无论外在打扮多么精致，我们对生活的态度其实很粗糙。粗糙，就是不假思索，对生活没有思考，没想过为什么会这样，生活不能引起人的好奇。

生活很苦，我们活着的意义是什么？就为了这个苦吗？说俗一点，就是苦中作乐。怎么作乐？就是留住一些瞬间。有些瞬间往往能击中心灵，不至于让自己自杀。我有过很多想要自杀的脆弱瞬间，无论顺境困境都各有一种自杀的逻辑，我不知道其他人是不是也这样。我在日记里记过这么一句话："陷入了一种巨大的精神（或者生活）危机。"我觉着是一种与自杀完全相反的瞬间救了我。

写小说之前，我也没意识到有这样的瞬间。写小说以后，我发现这样的瞬间是最重要的。所以我在写作过程中会尽力寻找一些瞬间去写，而不是去写故事，故事都是经过提炼的东西。生活是生活，生活里没有故事。

这么说起来，在这本小说集里，虽然《夜游神》故事性最强，对我来说它反而是一个个瞬间向前推进的叙事。像《还乡》和《山海》虽然看起来散漫自由，却是以事件推进的叙事。

江玉婷：有一段开头，我看了几遍才读懂。书里写到毛毛上课，用粉笔在黑板上写字。"毛毛的花脸刚刚并不是花脸，脸上无意中涂了一抹粉笔的白色，使她多了一分俏丽。"

孙一圣：我有一个习惯，写一段话的开头，其实故事已经行进到了中间。这个开头其实不是开头，我给它起名叫作"断头句"。

"毛毛的花脸刚刚并不是花脸"，故事在这句话之前已经发生了：有可能是她手上有粉笔灰，不小心蹭了一下脸，也可能是挠了一下脸。我只是没有写出来，留给读者自行想象。

江玉婷：这么写会不会很累？

孙一圣：是很累，每次一个自然段的开头都要想很久。我只能说是尽量做到吧。

江玉婷：有一些心理描写可以讲讲吗？比如，"她骂我们每个人，我觉着她只在骂我一个人。"还有，妻子说她不吃狗肉，我"突然觉着，我是不是也需要戒个什么来不吃一吃"。

孙一圣：这就是人普遍会有的一种心理活动。把这种普遍性写出来，读者会有认同感。

这是一种我们人人都会有的、转瞬即逝的想法，不写下来，有可能就被放走了。我写这些纯粹是为了让小说更有细节性的绒毛。

江玉婷：在《日游神》里，爸爸说："这第一只鬼，知不道该去哪里，整日游荡在太阳底下，便是叫作日游神。"这是为了扣题吗？

孙一圣：巧合。正好能扣到题，一般情况下我不扣题。这篇原来没有儿子的故事，只有父亲的故事。父亲也是警察，年轻时丢了一支枪，枪里有3颗子弹。因为丢枪工作没了，他一直在找枪，一直没找到。后来父亲去警察局自首，去了3次，每次都说自己枪杀了1个人。他想通过这种方式，证明自己找到了枪。

这里面还有一个宁三秀的故事。年轻时，她和丈夫还没办婚礼，丈夫就去参战了。老了以后，她一直闹着要给丈夫恢复党员身份。因为没办婚礼，妻子的身份没有得到承认，她想通过这件事情间接证明他们的夫妻关系。因为一直等丈夫回家，宁三秀出现了幻觉，觉得"自己家有东西"。上面这两个故事逻辑是一样的。

一开始编辑问我要不要把儿子写一写。当时我一口回绝，实在是写不动了。过了两个月，快要下印厂了，我突然想到警察驱鬼的新闻，觉得可以放进去，赶紧快马加鞭，花了三天写完。重写之后，主题都变了。原来叫《漫长一枪》，主角是父亲，后来改成了《日游神》，主角也变成了儿子。

三声"枪响"以后，三个人的故事同时得到了解决：儿子理解了父亲，宁三秀驱散了心魔，父亲虽然去世了，但是儿子帮他实现了心愿——开了迟迟未到的三枪。故事更完整了，更易于拍摄电影。

江玉婷：《夜游神》里有一句话，"我们使用的词语逐年递减，一些词不被说了以后，这个词就灭绝了"。这是你最想说的内容吗？

孙一圣：其实我不太喜欢这句话。它在小说里应该是被删掉的东西，因为它讲了一个浅显的道理，这个道理很容易让人唾弃。这种名言警句式的句子，包括"说道理"和"下论断"，在小说里是大忌。

之所以没删掉，是我觉得"可以放任一点"。《夜游神》是一篇主题性小说，这样的主题可遇而不可求。再说它也不是一个多么经典、无懈可击的小说，我允许它有一点缺陷。

江玉婷：《还乡》里，爷爷说："人不能老活着，总得死。"

这句属于"浅显的道理"吗？

孙一圣：这句话我还蛮喜欢的。你猜测我不太喜欢，可能是觉得这句话不太像爷爷能说出来的。

这确实不太像"爷爷"能说出的话，不过这是"爷爷"储存了很久的一个状态，他有可能说不出，但是我用这样的话能够准确描述出他这种状态。小说的对话不是非要写出原始的、真实的对话状态。对话也是一种充满变量的书面语。这一句就是经过修改的书面语。

江玉婷：《夜游神》里所有的"没有"，都用"冇"替代。"冇"是四川方言吗？

孙一圣："冇"应该不是四川方言。不过，我的想法是，在写小说的过程中可以偶尔用一两个词，不是生僻字，只是不经常用到的字。特别是方言放到小说里，可以让句子更活一些。

四川方言我也不熟，只记录过一点点。几年前我去参加周恺的婚礼，在四川待了几天，听到他们聊天，感觉很有意思，有的听不懂，有的听得懂，我会拿本子把有趣的记下来。

江玉婷：《夜游神》里，一个姑娘报电话号码，"103 爱 3 个妻四把伞哎"。

孙一圣：这个应该也不是四川口音。那是我家以前的电话号码，随手拿过来用了。（电话）早就不用了。

和以前相比，有本质的改变

江玉婷：《还乡》里"我"说："有窟窿的烧给鬼，没窟窿的烧给神。"老头说："现在没几个年轻人晓得这个了。"乡村的殡葬风俗讲究还是很多的。

孙一圣：农村这种规矩很多。我们家是零碎地卖香、卖冥币，还有纸扎的摇钱树和金山银山。我和姐姐从小跟着父母叠元宝。卖东西也有讲究，不能自个儿卖、自个儿用，付钱也不行。如果是亲戚来了，也得给钱，不能白拿。守灵的时候，香是不能断的。到了下葬，所有人的生辰八字都要看看，犯冲的就不能去。

我在《人间》里写到，母亲给自己办了一场葬礼。这也是一种习俗。她不想死，但又快死了，于是给自己办一场葬礼，骗一骗阎王、黑白无常，不要把她的魂勾走，让自己活得长一点。

江玉婷：还有什么是只有干这一行才知道的？

孙一圣：半夜来的比较多，几点都不一定。一年四季里，冬夏两季比较多。冬天比较冷，尤其晚上更冷，有的老人挨不过去。这是一个感受。

老家外面是门市，中间隔着很大的一个院子，我爸妈住在二楼。要是半夜来人，敲门不应，他们会喊人。再叫不应，牌匾上有电话，他们才会打电话。

后来我爸开灵车，去处理废旧车的车厂淘车。最有意思的是，有一次他淘回来一辆救护车。因为医院有制度，到了一定年限车要换新，以保证救护车是最好的状态。这辆车以前是救死扶伤的救护车，到我家之后就变成了拉死人的灵车。

江玉婷：为什么想写作？

孙一圣：很多人问过我这个问题。有多方面的原因，单个原因是不足以促使你去写的。

有可能是工作挣不到钱的压力，再加上高中时读的小说多一点，有一个理解小说的基础。工作以后再捡起来，要比捡数理化容易一些。大概就是这样。

之前还在工作的时候，基本上晚上九十点钟开始写，一直写到十二点、一点左右，状态好写到两点，再晚到三点就不行了，太晚第二天起不来。那个时候，连续熬一两个月差不多写一篇小说。

现在支撑着我写下去的动力应该是想写出新东西，令自己满意的新东西，尽量使自己更上一个台阶。

江玉婷：之前和现在的写作状态有不同吗？

孙一圣：有本质的改变。写《你家有龙多少回》的时候比较直接，更注意把故事说清楚，现在更注意写生活。现在写的时候会更放松，不像之前那么紧张。

江玉婷：写不出来怎么办？

孙一圣：硬写。临时想到的东西一定要写下来，以前还要上班，晚上至少要写500字。没有灵感就硬写，往前硬推，写了一点，第二天可以再改。即便是第二天再改，也比凭空想要好。

现在好的时候，一天能写两三千字。我一般从下午一两点开始写，写得顺利的话，晚上五六点、七八点结束。状态不好，写不到1000，那起码写三五百字。

江玉婷：写作的时候，有什么习惯吗？

孙一圣：我还好，没有什么特殊的习惯。写之前必须十分清醒，比如洗完澡才能写，把自己收拾得很干净、很正式了，才开始写。这不是沐浴更衣，什么仪式之类。洗澡主要是为了清醒，昏昏沉沉的没法写。

江玉婷：怎么面对外界的一些评价？

孙一圣：尽量不看，好坏都不看。

江玉婷：您和阿乙老师认识很多年了。

孙一圣：嗯，差不多有 10 年。我不擅长与人打交道，即使是同辈人，我也很发怵。从小就这样，可能是性格原因。面对长辈，我更不太敢说话。阿乙是长辈，加上之前是我工作上的领导，就更不敢说话了。近几年因为住得近，经常在一起写东西，才慢慢好些。

江玉婷：今天出门接受采访，会觉得有障碍吗？

孙一圣：有出门的障碍。也不是非要在家，就是想一个人待着，在哪都行。

只要跟人交流，都会有障碍。聊得多了，熟悉之后会缓解一些。主要是说话好累。有时候我就想，导演一定是一个综合性很强的工种，需要社交很厉害，得协调很多人。写小说不是，写小说是一个人也能搞定的事。新书出来了，要去开新书发布会，我至少也要心理建设两天，正式开始前的半小时、一小时会更紧张。

江玉婷：有没有人说过您和阿乙老师长得很像？

孙一圣：好奇怪，好多人这样说过。我觉得不像，我觉得我好看，起码好看一点点吧。（说着下意识向四周望了一望，好像害怕阿乙突然从背后出现。）

生活的每一刻都弥足珍贵

采访对象：孙一圣
采访时间：2021 年 10 月 16 日

第一次见孙一圣，是在达美广场，达美广场和朝阳大悦城很近。从上一次结束的地方开始，我们再一次回到原点，这一次他是主角。

第一次见，我就想写写孙一圣。产生这一想法，是因为他说："早一点的时候没桌子，抱着笔记本在出租屋的床上写。"这句话一下子就打动了我，一个很形象的、北漂青年的身影出现了。

《夜游神》是他第二部小说集，与第一部《你家有龙多少回》相比，叙事风格差异很大。初读时，我过度执拗于字词，读得磕磕绊绊，直到把小说当作电影来看，才顺利读完。虽然才出第二本，但孙一圣找到了写作目的，这很宝贵。

当天，我们聊了 5 个多小时，音频长到没法直接上传速记平台，平台上单个音频上传最大时长是 5 小时。我必须把音频截成 2 段，才能传上去。采访时间长，主要是问了太多关于书的问题。采访前一晚的深夜，我才读完整本书。于是，我在书上贴上便签，横贴的黄签一定要问，竖贴的红签和黄签位列第二、第三，竖贴的蓝签时间充裕可问。

读《还乡》时，我发现"赵立人"是"我"的父亲。孙一圣回答：是，因为"我"和"父亲"关系一直不好，所以一直叫姓名。《夜游神》里，我读出了毛毛不要钱。第二天，"我"在床头留了

100元，前文有铺垫"无论姑娘要价几何，我则多加一百块"。

每发现一处，大圣就会说："这你都看出来了。"就像玩扫雷游戏，我每扫出一处，他就很开心，我也很开心。读《夜游神》让我想起西班牙超现实主义画家达利创作的油画《记忆的永恒》，钟表软塌塌地挂在树枝上、半搭在桌上，物体发生着形变。在孙一圣的小说里，外物随内心发生着变形，这种变化不可预知，有着自圆其说的逻辑。

《夜游神》里，大圣写了殡葬习俗，纸钱分带窟窿的和不带窟窿的。在老家，孙一圣的父母卖殡葬用品。对于从小在城市里长大的人来说，这种经历无疑是独特的。这让我想到余华，他的父母是医生，儿时余华老在医院待着。夏天很热，他会去太平间睡午觉，因为凉快，醒来以后，一滴汗都没有。长大以后，余华读到了一首诗，其中有一句是"死亡是凉爽的夜晚"。余华一想，这就是他在太平间睡午觉的感觉。

我想，也许孙一圣也有类似经历。他说："跟正常做生意差不多，卖一打阴票（冥币）跟卖一块豆腐似的。"听到这，我的内心简直在雀跃，这句真是太棒了。孙一圣也很喜欢余华，《夜游神》是主题性小说，他认为《活着》是最好的主题性小说。

16日是周六，商场人很多。问答一直持续，"中场休息"是一人去卫生间，余下的人看包。有一次我回来，发现大圣坐在沙发上睡着了，答得筋疲力尽。回家后，我进行了自我检讨，把采访搞得像跑了一场马拉松。

文中老鼠的小故事是交换来的。我讲到我和母亲住过一间老房子，晚上睡觉的时候，能听见老鼠在棚顶跑过。于是，他也讲了一个。在这个故事里，第二天，他发现扔到墙上的老鼠被拍死了。这里有一种特别醒目的力量感。

附赠一个彩蛋：稿子见报后，要给大圣寄报纸，他留的收件人姓名是"孙悟空"。最后，感谢在完稿过程中帮助过我的老师们。

陶勇

面对新鲜事物，
我不会说"不"

专访

接到"第九届读友读品节公益形象大使邀请函"后,陶勇迅速给出了应邀的回复。在对接采访的过程中,《自造》一书的编辑发来一份文档,文档名是《陶勇医生介绍》。这份文档的字数是5704,简要概括了他的人生轨迹,其中包括履历、科研成果、所获荣誉,以及近年来他在公益活动中做出的努力。

2020年1月,陶勇遭遇医伤事件,5月恢复出诊。紧接着,陶勇完成了《眼内液检测的临床应用》,又相继推出了《目光》《自造》两部散文集,其中《目光》销量超过30万册。在《自造》中,陶勇讲述了自己的成长历程,以及他长期以来对阅读、医学、生活的思考。

拿到下一块拼图

走出家门，听到确凿的鸟叫声，再往前走，车笛的分贝渐强，挤一小时地铁，赶到朝阳医院，穿过大堂、电梯、楼道，经过涌动的人群，换上白大褂，眼科医生陶勇的一天开始了。恢复接诊一年多，陶勇每周三出诊，接诊量在三四十例，时间从下午两点开始，一直持续到晚上七八点。

自 2021 年 5 月开始，医院停了陶勇的"对外预约挂号"和现场挂号，他只接诊团队内部转诊的疑难重症，不再接手常见病和多发病。重症患者收进病房后，陶勇会收到手术通知。他以"糖网"（"糖尿病视网膜病变"的简称）举例，患者由于血糖失控，眼底生成蛛网般的"新生血管"。"新生血管"日渐纤维化，就像胶水粘在卫生纸上。医生要把胶水剥离，同时保持卫生纸完整。

这意味着陶勇的工作发生了转向——从接诊转向攻克疑难杂症，通过科研创新、科研转化提升整体医疗水平，以及科普。

科普是陶勇一直在做的事，他给《健康报》写过稿，参加过中央电视台的《健康之路》、北京电视台的《养生堂》，配合多家广播电台录过节目。在微博超话，陶勇设计了栏目"陶勇医生每周一答"，科普眼科知识。2022 年，陶勇的《保护眼睛大作战：陶勇医生眼健康科普漫画》一书出版。这是一本 300 页的科普绘本，主角"光明使者陶小淘"来到眼球帝国，与小眼球朋友探索眼睛的神秘世界。

"给儿童做科普，形式特别重要，要用孩子感兴趣的形式。不能用生硬的说教，不能用大段的文字，孩子读起来费劲，就坚持不了。"陶勇提到女儿，女儿爱看动画片，会反复看一部。他感到诧异，继而疑惑，纳闷地自语："这有什么好看的？"客厅里，陶勇的父亲听见，眼皮也没抬，平静地说："你小时候也一样。"

在和女儿的相处中，陶勇受到启发，最后选择用漫画呈现，在语言上尽量靠近儿童。为此，他不得不投入更多精力。但陶勇认为，这件事很值得。"其实儿童科普的意义要重于成人科普"，陶勇接着说，"一个人一生都会受益于童年时期受到的教育。"一旦把时间拉长，儿童科普的"长尾效应"就开始显现：等这一批孩子长大，他们会成为新一代家长，良好的用眼习惯会被传递给下一代人。

2021年12月，继《目光》之后，陶勇推出了新作《自造》。他不愿把《自造》称为《目光》的"姊妹篇"，更准确的说法应该是"进阶篇"。同样是从医生的视角出发，讲述工作、生活里的思考，但两部书的写作风格截然不同。《目光》是沉静的，如同静谧流淌的溪流，倒映长空中的一轮明月，而《自造》更像走进了脱口秀、相声专场，文风诙谐，人间的热烈和欢腾扑面而来。

"对，读者看完会好奇，（它们）不像一个人写的书。"电话那头，陶勇笑着说。《目光》出版于2020年10月，当年5月开始创作。那时，陶勇出ICU（重症加强护理病房）三个月，刚恢复出诊。与此同时，他也是一名患者——左手的神经和肌肉全部被砍断，缝合后失去知觉，需要做康复训练，接受电疗、按摩。于是，该书由陶勇口述，好友李润整理。他解释，《目光》有两位作者，自己只"写"了半本。

"相对来说，那是我人生中最困难的一个时期，所以那时候让我整天乐，似乎也乐不起来。"陶勇用"好了伤疤忘了疼"形容自己。到了 2021 年，"度过了人生中最黑暗的一段时间"，他真正迎来了曙光和黎明。

于是《自造》里那个曾在伤痛遮蔽下的自我开始浮现。他是带女儿冲浪、误判海浪高度的粗心父亲；是倾听护士讲述生活难题后，"胸口压了重石"的科室主任；是 31 岁被医院破格提拔的最年轻的副主任医师；也是在"惊才绝艳"的同行面前倍感压力的"落后分子"。

为了写《自造》，陶勇花了半年时间，有时在火车上，有时在咖啡馆，有时在家。妻子支持他写作，包揽了所有家务，一旦发现女儿影响丈夫写作，妻子立即把她领出房间。灵感来了，陶勇随时记下，有时在马路牙子上，有时在朋友聚餐时。饭桌上，一旦听到新奇的观点，陶勇会"叫停"——在戛然而止的气氛以及众人诧异的目光下，迅速记下"热乎"的语句。直到打出"继续"的手势，热烈的交谈声才再度出现。

《自造》是陶勇独立完成的第一部非学术类图书。之所以决定写书，源于他去高校演讲的经历。伤医事件后，陶勇被推到大众面前，成为一名公众人物。康复后，清华大学、北京大学、中国人民公安大学、中国农业大学等10所高校邀请陶勇去做讲座。每到提问环节，他都会感到一种错位——这些经历过高考，实现了"千军万马过独木桥"的尖子生，并没有"人生赢家"的自信，更多的是困惑、迷茫。陶勇在和相关教师的交谈中证实了这一点，一些学生甚至存在抑郁症状。

"他们为什么愁苦苦的，我就会觉得很奇怪。"陶勇联想到了自己，经历了恶性伤医事件后，整天还乐呵呵的。他意识到，在外界看似枯燥无聊、运转负荷极大的医疗工作中，他找到了坚持的动力和愿景。在一个祛魅的时代，科学成为解释一切的"武器"，理性思维崛起，人文精神式微，人们需要一个自我挖掘的人生观。这成为陶勇写《自造》的契机。

不久前，陶勇参加了综艺节目《令人心动的offer3》的录制。他把"offer3"视作一场球赛，"一群医生里的新生，穿着圣洁的白色球衣，哭着、笑着、奔跑着、呐喊着，把坚定的医学梦想踢进千千万万少年人的心里。"

时间再往前拨，陶勇还出现在《天天向上》《脱口秀大会》的现场。从某种程度上说，上综艺和写书、演讲是一致的——都是在做科普，无非换了一种形式。

"我不太拒绝新鲜事物向我招手，因为我本身是一个思想开放的人。所以新鲜事物出现的时候，我不会说不。"陶勇有写下一本书的想法，关于题材、风格，还没想过。他的回答是，一旦有了明确的限定，写作就变成一种任务，那么"生活就失去了它的意义"。

陶勇把人生比作一幅不完整的世界地图，他没有尽快拼完的想法。他好奇的是，接下来会拿到哪块拼图。正是这种新奇和不能被定义，让拼图游戏变得有趣。

非功利性阅读的意义

陶勇的童年是在新华书店度过的。母亲在新华书店上班，工作时间早八晚六。小学与新华书店挨着，从课桌前起身走到书店，用不上 10 分钟。周末、节假日、寒暑假，几乎在所有不用上学的日子里，陶勇都在书店里泡着。母亲忙于理货、销售，不忙的时候，她也从不干涉儿子的阅读，书店有什么就读什么。凭着兴趣，陶勇读完了书店里所有的武侠小说和科幻小说。

陶勇的卧室很小，但有一排长书架，上面摆满了书。写字桌在书架旁，他在这里阅读、写作业。长大后，陶勇才知道书架能摆满的原因。那时，父母工资不高，母亲全天站着工作，腰疼得厉害。为了让母亲睡个好觉，父亲攒了一笔钱决定买席梦思床垫，结果母亲把买床垫的钱全用来买了书。加上母亲在书店工作的便利，陶勇实现了"阅读自由"。

读武侠小说时，陶勇羡慕的是神医——无论多厉害的大侠，在神医面前都要听话。当时电视台播放《神雕侠侣》，正演到主角身中情花之毒，小龙女不惜跳崖救杨过。第二天，课间休息时同学们交流最新剧情，一片哀嚎。"要是《雪山飞狐》里的药王出现就好了"，陶勇心想。回家后，他学着药工的样子，把药箱翻了个底掉，将香砂养胃丸、利福平眼药水、感冒冲剂、三黄片搅拌捣碎，添入当地的甘草、竹根七加水混合，置于火上炙烤，冷却后封坛埋入土中月余。挖出后，"神药"成了一瓶漆黑的黏稠液体。陶勇丧失了勇气，没敢服下，犹豫良久后喂鸡，结果鸡也不喝。最后，他只得倒入家门口的文竹盆里。一周后，文竹枯死。这就是陶勇首次迈向"医学"的故事。

翻开《自造》，能窥见一段陶勇的阅读历程。他像一个胃口庞大的杂食动物，阅读书单中包括《传播研究，1948~1949》《照护》《有限与无限的游戏》《战国策》《金匮要略》《三体》《活着》《牛棚杂忆》《孤独六讲》……写书时，他随手引用德国社会学家韦伯、两获诺奖的英国化学家桑格、英国作家詹·豪厄尔、法国思想家蒙田、英国性学者亨特、奥地利心理学家弗兰克尔的观点。

陶勇提到最近读的书，第一本是陀思妥耶夫斯基的《死屋手记》。陀翁写了监狱里的犯人，他们在失去了人身自由的情况下，即便一生要在疾病和寒冷中结束，仍在期盼圣诞节。这令他联想到一株被石头压着的小草，纤弱、无力，在严冬中等待春来。

第二本是友人写的《植物的战斗》，书里写到了植物的故事。植物与人别无二致，一样遵循着生存法则。陶勇举例，欧洲南部有一种特殊的蜜蜂，公蜂比母蜂早几周孵化，当地有一种植物与蜜蜂相像。实验人员发现，70%的公蜂不和母蜂交配，而是给花授粉。花与蜂蜜共存，既欺骗对方、利用对方，同时又彼此成全，达成了生命的动态平衡。

最后一本是《贪婪的多巴胺》，讲的是情绪的生理基础。有人喜欢喝可乐，一瓶接一瓶，根本停不住；有人喜欢跑马拉松，一坚持就是十几年。当行为形成"奖赏通路"，喜好也就固定下来。这些书看似没有共同联系，但都延续了陶勇儿时的阅读习惯。每本书都像糖盒里的口香糖，掏出一粒来，撕掉外面的包装纸，总能嚼出不同的味道。

越长大，陶勇越意识到"非功利性阅读"的价值。在人生的不同阶段，人要做的事情不同。他以自身学医经历举例，一开始是"技"的阶段，磨砺技术、技能、技巧。当眼科医生得手巧，要在显微镜下练习用发丝四分之一细的线在纱布上缝合打结。为了在白内障手术中找准切口位置，陶勇到屠宰场买猪眼，5块钱一个的猪眼买了几百只，一个动作练了两天。到后来，有了几万台手术的经验，他握着手术刀就像在钢琴上弹琴，听着玻切机的咔咔声，有一种挥洒自如的畅快。

第二个阶段是"艺"，不满足于照书上的方法治常见病和多发病，他开始挑战疑难杂症，改进临床诊治方案，让治病过程变得更简单、快捷、高效，提升诊断的准确率和治疗的有效率，医生开始享受到艺术家创造满意作品时的感受。第三个阶段是"理"，病例、生活、图书、电影串联在一起，陶勇体会到平衡的道理，最初是生理学上的稳态，逐渐延伸为器官的平衡、身心的平衡、人与人的平衡、人与社会的平衡、人和大自然的平衡。

到第三个阶段，医生从工人成为工程师，随着技术逐渐圆融，刻苦练习不再奏效。这时，曾经读过的书开始生效——每个门类的书串联起来、汇聚成想象的翅膀，冲破学科壁垒，飞越高山，带他来到更高远的天际。"只有这样，你才能够独立思考，才有可能提出新的观点，才有可能给出一个新的，前人没有提出过的解决方案。"陶勇认为，这是"非功利阅读"带给自己的最大收益。"阅读"是一个动词，它要在时间的长河里浸泡，然后在若干年之后展现出价值。在此之前，人们要耐心等待。

陶勇承认，自己的阅读时间比较分散，有时在车上，有时在地铁上,有时在健身时——家里有一个椭圆仪,一边踩,一边看。他提到了女儿,一到周末她就缠着大人去北京图书大厦、国家图书馆。到了地方,她不会专注地看一本书,而是走马观花,一会翻翻这本,一会翻翻那本,"就像爷爷换电视频道一样"。

陶勇在旁观察,始终没吱声。他不希望让阅读变成一个任务,这正是女儿感受世界的方式,而她踏进图书大厦大门这件事本身,已经实现了陶勇的目的。

时间到了下一个轮回。那个在很多年前随母亲上班的小男孩,重复了母亲的做法。只不过,他不再是小男孩,成为父亲的陶勇,看着眼前的女儿,她的身影隐约和儿时的自己重合。

进入另一个世界

执笔《目光》的李润是陶勇的大学同学,两人都就读于北大。在李润记忆中,陶勇的时间表永远是满的,"每天从医院回来,一头扎在电脑前写论文、做课题到半夜一两点,早上五六点起床去医院查房。"到休息日,陶勇起得更早,乘早班车去郊区屠宰场买猪眼,然后带着血淋淋的猪眼回实验室。过了一段时间,陶勇开始养猪、养兔子,身上总有一股猪屎味。

偶尔同学外出聚会,只要陶勇在场,无论是吃饭、打游戏、唱歌,都会逐渐变为"励志演讲",听得人人热血沸腾,决心从明天起刻苦努力。然而激情只持续一晚上,第二天只有陶勇言行一致。反复几次后，李润开始避着陶勇，"不敢见他，一见他，就回忆起那天立下誓言的自己，略有羞愧。但堕落久了，又十分想念，听他骂上几句，好像又能打起一些精神。"

陶勇非常守时，在李润的印象中，他从没迟到过。约定好时间，陶勇只会早到，在约好的地点支起电脑工作。陶勇专注地敲击键盘，好像身处另一个世界，与饭店嘈杂的环境隔绝。李润称陶勇为"生活上的白痴"，除了工作和学业，没有关心的第三件事，对钱也缺乏概念。陶勇床底下有一个大铁皮桶，脏衣服都塞进桶里。直到再也无法塞进去下一件，他才会拎着铁桶，把衣服倒进投币式洗衣机里。洗衣机启动，发出轰隆声，所有的衣服搅拌在一起。

有一次，陶勇要参加一个重要的演讲比赛，他拉李润到宿舍，听自己彩排。听完演讲，李润提不出意见，不知说什么好，只好随口问了一句："当天穿什么？"陶勇从桶里扯出一件皱巴巴的衬衫，把衣服展开。李润当即否定，并说服他斥巨资买了一身西装。比赛很顺利，陶勇拿了第一。没过多久，李润再去陶勇宿舍，发现西装迎来了与同类一样的宿命，不分贵贱，都在铁皮桶里待着。

上大学时，学生发一篇SCI（科学引文索引）是一件难事，任谁都要扒掉一层皮，而陶勇默默发了79篇。毕业那天，陶勇作为全校毕业生代表上台发言。不认识他的人都惊叹不已，而他身边的朋友很平静，早已习以为常。

为了写书，李润去医院、科研室、康复中心，甚至和陶勇住了一段时间宿舍。淋浴间水管僵化，被褥一看就用了十几年，盖在身上又硬又滑。大学毕业十几年，陶勇已是科室主任，但他的生活用品与大学时代别无二致。李润看着，陶勇在水龙头下洗脸，盖上被子，香甜入睡。时间在陶勇身上仿佛是静止的，他身上理想主义的内核仍然完整地保存着。

进入工作岗位后，陶勇选择主攻难度极高的葡萄膜炎。葡萄膜炎是我国致盲的主要病因，50%以上的葡萄膜炎无明显病因可查。患者往往由于自身免疫力低下继而引发眼睛并发症，例如糖尿病患者、白血病患者、艾滋病患者，这类无法根治的疾病会导致眼睛并发症反复。这是一个冷门领域，当时研究葡萄膜炎的医生极少，全国有能力做手术的医生不超过10人，陶勇是其中的佼佼者。听闻陶勇受伤，一位患者的母亲说，她愿意把自己的手捐给陶勇。在她眼里，陶勇的手无法恢复，等同于给孩子的眼睛判了死刑。

问及葡萄膜炎的研究现状，陶勇回答："现在生物制剂，就是靶向药物，能更好地去除炎症，未来（这个病）有可能从主要致盲性疾病中被摘掉。"这个未来有多远？陶勇平静地说："快了。"如果一定要说一个数字，他继续说："大概10年。"他的语气平静，"10年"听起来像是一个即将到来的时刻。

科研是一个渐进的过程。陶勇举例，这就好比问一个孩子什么时候长大。如果非要问年龄，那么只能说是18岁，但其实每一天孩子都在长大。科研也是一样。

除了医患关系，陶勇还在书里多次写到父母。一天，陶勇在家聊到老年性黄斑变性病，十多年里随着技术发展，治疗方式一再更新。他感慨，学医的经验保质期越来越短。父亲回应："过期的经验就是毒药。"母亲在旁跟了一句："看来这看病还得图新鲜。"

陶勇回忆起自己从ICU转到普通病房见到父亲的场景。躺在病床上,陶勇望着父母,他们异常平静,没有流露出一点绝望、痛苦的神色。父亲只讲了自己小时候的一个故事:祖父离世早,留下孤儿寡母三个讨生活。家里只有一条裤子,他和姐姐只能轮流出门。一天,他独自上山砍柴,不慎划伤,镰刀在小腿上留下了一道十几厘米长、三厘米深的口子。他拿衣服捆住大腿根,走了二十多里山路才回家。故事讲完,父亲没再说别的。陶勇完全理解父亲的意思。陶勇不知道的是,当父母看到昏迷的自己,哭到险些晕倒。

每次分别前,陶勇都会和父母拥抱。在小区陪父亲散步时,陶勇会牵起父亲的手。"跟父母拥抱的感觉特别好。很多人心里想着父母,但是羞于说出口。有的时候过于含蓄,其实也是一种遗憾。"陶勇分析,这可能跟自己当访问学者有关。2008年8月—2009年8月,陶勇到德国海德堡大学附属曼海姆医院眼科做访问学者。陶勇的导师是德国人,师母是印度人,夫妻见面会行贴面礼。

陶勇的心得是,亲子沟通需要借助具体事件。一到饭点,父亲坚持看北京电视台的节目"欢乐一打一"——电视版"斗地主"。在眼科医生的评判中,吃饭看电视不是一个好习惯。但"儿子"的身份占上风,陶勇没有制止,反而加入看节目的行列。一边吃饭,陶勇一边跟父亲聊,某位参赛选手怎么这么出,出另一张多好。这时,父亲兴致很高,频频应和,是啊是啊,应该出另一张。

父母不爱去家附近的超市买菜，觉得不够新鲜、还贵。他们常坐两站公交车去农贸市场买菜。陶勇不想让父母太辛苦，但也没有劝说，"你要认同他们的做法，不要轻易地否定"。

父母买菜回来，陶勇问，农贸市场大不大？他们会答，特别大，卖什么的都有，有卖鱼的，有卖鸡的……接下来，父母打开了话匣子，开始讲买菜路上的见闻。陶勇看着他们，时而"嗯嗯"地点头。他想进入父母的世界，"陪他们一起看他们世界里的星星"。

对话

江玉婷：您在书里写到，问诊室里会放免费的面包、矿泉水，患者可以自取。补充血糖后，病人待诊的情绪也会转好。这类细节还有吗？

陶勇：我们会想很多办法，让患者和医生在工作的时候更和谐。医院跟北京市红十字基金会成立了"光明天使"，就是一个医务社工的服务计划。等候时间比较长的患者，志愿者会给他们倒水。候诊处准备了充电宝，患者手机没电了，马上能借到充电宝。我们还在诊室的走廊放了一个电视，循环播放科普视频，患者在等待的时候可以看电视，了解一些眼部科普知识。

志愿者做过很多感人的事情。有单亲妈妈一个人带孩子来看病，志愿者发现她们带着很重的行李，于是就从诊室送到地铁，再从地铁站一直送到宾馆，等于是延伸了服务。

最小的志愿者是 5 岁的小恩。他会带很多玩具，如果来医院看病的小朋友哭闹，他就拿玩具跟小孩玩。所以在我们这看病，小孩也不哭闹。这些都是我们在想办法，希望让这个过程变得更加顺畅和谐。

江玉婷：与《目光》相比，《自造》似乎更关注心理？

陶勇：关注疾病本身是最基本的。要想把一个人的病治得更好，就要关注心理。患者有自己的主观感受，这很大程度上决定了患者能不能很好地信任医生。

此外，还应该关注患者身处的社会环境。打个比方，例如有务工人员看病，要尽量想办法去适配他的工作状态。他不可能天天住院，他需要出门赚钱。医生要提供一个患者可接受的就医频率。

一个完整的医疗链条，是以人为本的，不是以病为本的。心理活动是人的复杂情感，我们要把病人当成人去医，而不能只看到疾病本身。

江玉婷：您在书中是否传达出了这一点——医生不只是单向度的付出者，还能从中获得力量？

陶勇：对，否则达不到平衡。医学要强调奉献，医生这个职业要有较高的道德标准。但我会觉得平衡可能才是医学的本质。如果在这个过程中医生完全只是帮助别人，自我消耗的话，他是很难持久的。

我自己能在医学里长期待下去，尤其是遇到了恶性的伤医事件，我还能继续坚持，主要是因为有好奇心，我一直认为人体很神奇；还有另一个原因，是达到了平衡，我从工作中获得了满足，在工作中成就了自己。

江玉婷：为什么生命这么吸引您？

陶勇：从小我就觉得植物很神奇，家里一直种绿植，有文竹什么的。我跟我爸去杭州灵隐寺那边旅游，买回来一个工艺品，一个葫芦。我就很好奇，在葫芦底下钻个眼，发现有葫芦籽。我把葫芦籽种到土里，结果还长出了葫芦秧。我爸原来从蘑菇厂弄来菌棒，浇点水就会长出蘑菇来。在我心里，一直觉得生命很神奇，一直保持着好奇心。

江玉婷：为什么选择当眼科医生？

陶勇：10岁那年，母亲带我去省城南昌的大医院。母亲有沙眼，她的眼睛红红的，总是不断流泪。之前家里贫困，她总是忍着，不舒服的时候点一点眼药水。怕传染给我们，所以她的毛巾、枕巾从来都单独放好。

医生给眼睛上了麻药，然后用细针挑眼里小白点，一个一个地挑出好多白色的沙粒，沙粒很大。这些沙粒困扰了母亲十几年，在医生手里轻易地解决了，从那以后母亲的眼睛再没疼过。我对眼科有了深刻印象，高考填报志愿，毫不犹豫报考了北京医科大学（现为北京大学医学部）。

江玉婷：《自造》末尾收录了几封读者来信以及您的回信。现在还会收到信吗？

陶勇：亲手写的信比较少，更多的是微博私信。每个礼拜都有几百条，我实在没有精力一一回，但会挑一些有代表性的问题回复。

江玉婷：可以聊聊您和女儿的相处吗？

陶勇：跟孩子在一起，也是自己成长的一个过程。原来我只学会跟父母相处，现在有了这个机会自己做父母，这对于自身的认识会更加立体。实际上，拿成人的标准去看，孩子有很多幼稚、无厘头、不讲逻辑、不讲理性的行为。但你会发现，童真的背后有她的逻辑。

江玉婷：阅读对人一生有哪些影响？

陶勇：人的一生就是在不断地认识自己，不断做自己的主人。很多时候，人会被情绪控制，不知不觉做了情绪的奴隶。但是当我们看书，就有反思，在这个过程中对自己有更深刻的认识，就会尝试去控制情绪，去把握行为。做自己的主人，这是一个水滴石穿的过程。

钢琴

采访对象：陶勇
采访时间：2022 年 4 月 11 日

第九届读友读品节需要邀请公益代言人，我在当当网上看到陶勇出了新书，想着或许可以找他试试看。真正开始联系时，我心里也没底。幸运的是，在朋友大焦的帮助下，顺利联系上了《自造》的编辑，陶勇答应成为代言人。

我在网上买了《自造》《目光》，很快看完了。书中信息丰富，完整记录了陶勇的成长、求学、工作和生活，两部"姊妹篇"互相补充。在我的印象中，陶勇是一个天才型的科研工作者，是一个慈悲、坚韧的医者，康复后想的还是让学术成果尽快出版，这能拯救更多双眼睛，举止近乎圣人。圣人总是不苟言笑。令我意外的是，我在书里看到了一个幽默的陶勇，他的语言幽默，他和父母、朋友的对话也很幽默。

陶勇的母亲是新华书店职员，书店离陶勇的小学很近，他的童年基本上是在这条街度过的。靠着"地利"，儿时他读了很多书，养成了阅读习惯。长期、持续的阅读，给他的人生打下了厚实的基底。昨晚，我又把《自造》《目光》翻出来看，虽然看过了几遍，书里的话仍然对我有帮助。比如，"金钱能做很多事，但它不能做一切事。我们应该知道它擅长的领域，并把它限制在那里；当它想进一步发展时，甚至要把它踢回去。"

他在《自造》里写了自己学医的三个阶段，第一阶段是"技"。原文是："有了上万台手术的经验，坐在手术台上，便有一种开始弹钢琴的感觉，听着玻切机有节奏的咔咔声，非常享受那种挥洒自如的畅快感。"

我被这段话感染了。就像笑声会传染一样，这个感受传染到了我，让我在写稿时异常顺利。我把电脑桌抬高，站着敲键盘，就像眼前已经有一篇现成的文章，只是照着稿子敲出来，一整天都在咔咔咔地打字，每天写四千字毫不费力，阳光很好，我很快乐。

按照过往的写稿情况，状态好的话我一天写一两千字，状态不好一天写一句，或是一句也写不出来，也是常有的。我从来没有写得这样快过，好像在弹钢琴，没有苦痛，只有快乐。当然，我不会弹钢琴，也不会弹电子琴，曲谱也不认得。但在那天，我确信写文章是有旋律的。

王璐琪

爱不是本能，需要进化

作家王璐琪已经有 9 个月没动笔。她陷入困惑之中，"很多事情想不明白。"这些没想明白的问题像石头一样拦在路中间，她无法向前，只能待在原地。石块来自王璐琪的新作《十四岁很美》，书中主角姜佳在过完 14 岁生日后遭到性侵，她的生活被彻底改变。与此同时，《十四岁很美》出版后，王璐琪的生活也在经历动荡。

可以避免的悲剧

王璐琪出现在咖啡馆，很瘦，一米七三的身高，像一根旗杆一样飘过来。坐下后，她提出了一个近乎怯懦的要求：想拍几张书页——上面是黑色水笔画的横线，页脚还有折痕。这些痕迹让她确认这本书被仔细地读过了。"很卑微，是吧？"她问。这个问句看起来更像一句自语。她不确定有多少人真正读完它，此前已经寄出许多本，但少有回复，愿意在朋友圈展示的更少。

在《十四岁很美》里，王璐琪写了一个场景，遭到性侵后的姜佳和小文一起去水族馆，两人小心翼翼，一个想倾诉，一个想抚慰，怕伤害彼此，最后都避而不谈。此时，她完全能够理解这种心情，即便自己只是写了一个故事，但这个故事几乎成了那件"不可说"的事本身。

初稿写好后，她辗转联系了几家出版社。有的石沉大海，稿子发过去再无回复。有的决然拒绝，一位女编辑指责她，为什么要写这种题材，自己绝对不会给女儿看这种书。"难道孩子要生活在真空里吗？"她疑惑。后来，浙江少年儿童出版社接下了这本小说。

真正进入出版流程后，编辑团队慎重对待每一处文字。出版社邀请到了第98届纽约ADC年度设计大奖、法兰克福全球插画奖获得者张璇操刀，为《十四岁很美》绘制插画。设计封面时，张璇从原文中获得灵感。她说："作者用万花筒隐喻成人世界的多面性和多边性，我想到可以用姜佳行走在万花筒碎片中的画面,来表达孩子暴露在破碎的成人世界的迷茫和无助。"

《现代汉语词典》里,"佳"的解释是"美;好",可以和一切美好的事物相连。姜佳,一个在祝福下降生的婴儿,在14岁时遭遇了一场始料未及的灾难。书里,姜佳说:"毕竟,我跌进了无尽的悬崖,这座悬崖就在我平时放学的路上,一不留神就踩空了。"

14岁,一定是美好的吗?王璐琪回忆了自己的14岁。那一届初三,有个学姐重读了一年,成绩只提高了几分。母亲骂了几句,女儿自杀了。"可能长大以后,大家碰见更严重的问题,然后就忘记了(青春期的困境),真的是忘了。"书名借鉴王朔的《看上去很美》——这是一本讲保育院的小说。3~7岁,一个看起来很美的年龄,剥开以后里面是残忍和伤痕。

2021年1月,《十四岁很美》出版。编辑像往常一样走图书宣发流程。过了一阵,编辑告诉王璐琪,情况不大乐观。"性侵"两个字打进去,系统显示出来是"**"。一些评论家、教育专家为《十四岁很美》写书评,相继在各大媒体发布。

一些电话打进来,大多出于关切的目的,聊着聊着都会走向同一个主题:为什么要写这个题材?踏入这个鲜有人涉足的领域,意味着不确定性,而不确定性往往伴随着风险。听到这,王璐琪把嘴边的话吞了下去。她没法对关切自己的友人说,这个看起来大胆的举动,不是因为头脑发热,而是"蓄谋已久"。

王璐琪13岁在杂志上发表第一篇短篇作品,大一出版第一本书,写了17年。打从一开始,她就定下了"三部曲":第一部写校园暴力,第二部关注未成年人被性侵,第三部讲儿童拐卖——拐卖案告破后，被解救的孩子和养父母产生了感情……"题材一部比一部敏感，导致拖拖拉拉了好多年。"她讲到这部小说一共 7 万字，从动笔到写完只花了 10 天，每天大概睡 4 个小时。动笔之前准备了两三年。有时她攥着抹布擦椅背，心里却在想人物性格。

王璐琪泡在中国庭审公开网，看了许多案件的庭审视频。在豆瓣、知乎、贴吧上搜索，能弹出大篇大篇的相关文章，评论区聚集着拥有相似经历的"姜佳"们，大家撕开伤口的一角，彼此舔舐、抚慰，被情绪压倒，又重新振作。这些故事激励着王璐琪，她更加坚定写下去的念头，因为许多悲剧原本可以避免。

无数的远方，都与我有关

《十四岁很美》的故事开场发生在客厅，电视机播放动物纪录片，一只豺狼吃下一只落单的岩羊幼崽。

看到这个画面，姜佳觉得自己就是那只羊。她不是留守儿童，自小生活在城市，母亲是坐办公室的小职员，父亲是园林设计师，每天趴在桌前画图纸。

张肃军是姜佳父亲的直系领导，他总在姜家喝酒，从傍晚五点喝到凌晨第一班地铁轰隆开过仍然意犹未尽。姜佳的母亲认为与领导搞好了关系，丈夫的事业就成了一半，于是她负责上菜。没人想到张肃军会成为罪犯。这时姜佳想通了，豺狼不是突然出现的,它生活在附近的草原上。她没有提防,"以为它和自己一样,都是吃草的"。

王璐琪写了一个寓言故事,城市成了一座弱肉强食的钢铁丛林。14岁生日那天,母亲出差,父亲被安排加班至深夜,张肃军带姜佳参加《超级大脑》电视节目的选拔。那天下起了大雨,两人没带伞,张肃军提议去他家拿伞,他家在电视台附近。

"当——当——当",窗外12点的钟声敲响。王璐琪继续写钟声:零点报时取消过,因为附近居民嫌吵投诉。后来又恢复了,却也没人投诉——居民习惯了噪音,钟声淹没在城市的声浪中,无人察觉。就像无人察觉的钟声,一个14岁女孩的呼喊声也被淹没。这一章的结尾是,"比如此刻我的耳鸣,犹如刀划玻璃般在脑子里尖叫,我听不见任何声音,包括自己的哭声"。

三天后,母亲发现了姜佳身上的伤痕,她扇了丈夫一巴掌,扇了姜佳一巴掌,又开始扇自己,打完人开始砸东西。母亲变得极具攻击性,父亲离家出走,家庭分崩离析。"张肃军是他们家的座上宾,这一点是最致命的。她没法想象伤害是自己带来的,这是对她母亲身份的终极挑战。"王璐琪继续说:"发生这样的事情,一个几经崩溃的中年人往往会走向两个极端:应激和逃避。母亲是前者,她对整个世界不满,包括自己,而父亲是后者,一味逃避。"

不久前,王璐琪参加了一场会议。会议的一个议题是,研讨"性侵"是否要归入儿童文学中的"禁忌文学"。"禁忌"意味着不可被书写,不可被看见。王璐琪提出了反对意见。这是一件会在日常生活中发生的事儿,如果把它归为禁忌话题,就会让它越来越边缘化。受害者不但会"失声",还会从此"消失"。

有人建议王璐琪把案件写成一个童话,就像在药上包了一层糖衣。她没有选择这种处理方式,而是郑重地对待,用现实主义的手法呈现。"当一个孩子经受了这些伤害,我们再去用童言童语包裹一个虚假的糖衣,这太残忍了。"从某种程度上来说,"弱化"就是"掩盖",意味着没有尊重另一个人的伤痛。"首先我们得看见伤痛,我们得承认,是的,你遭受了这个伤害。"王璐琪认为,承认和接纳是第一步,然后再对症下药,最后一步才是疗愈。

在工作中,心理咨询师徐君枫常常见到像姜佳一样的女孩:出现创伤反应,依赖药物,变得敏感和脆弱,如同惊弓之鸟。一位受害者甚至不敢和人同乘电梯,无论去几层,都要爬楼梯上去。从这个角度来说,《十四岁很美》是真实的,也是一个需要被清楚看见的经验。

天津作协文学院签约评论家陈曦从《十四岁很美》中看到的是"刺痛感"。这种刺痛感尖锐地提醒着人们,不要视而不见,更不要默不作声。无数的孩子,无数的远方,都与我有关,与我们有关。

自述

爱不是本能，需要进化

遭遇性侵的未成年人不是少数群体。2021 年 3 月，《中国青年报》的报道里提到，2020 年被报道的案例有 332 起，845 人受害，年龄最小的受害者是 1 岁，熟人作案超七成。被报道的案件只是冰山一角，还有更多受害者不为人所知。

校园一定是安全的吗？儿童教育学者孙雪梅说，2018 年发生的 317 起儿童性侵案例中，师生关系案例 71 起，占比 33.80%，校园也是性侵儿童案件高发地。

《十四岁很美》里的"荣老师"有原型。这是朋友跟我说的，他的亲表妹是留守儿童，从小和老人一起长大，在很长一段时间里被亲属性侵。她当时很小，完全不知道发生了什么，等到 13 岁才明白。但在这种环境里，即便明白了，她也无力改变。跟爸妈说吗？说了以后，父母还会指责她。环境就是这样，没有办法。

从某种意义上说，姜佳还算是幸运的孩子，她在城里长大，还能接受医院的疏导和治疗，甚至到法庭上为自己争取正义。还有更多的人，就像表妹那样忍了。

一开始，我也是从网上找资料看，然后发现豆瓣小组有大量匿名的文章，讲述小时候自己被猥亵、性侵的经历，还有上万的跟帖。当然这里肯定有一些是假的，但也有很大一部分应该是真的。

《十四岁很美》和《素媛》不太像。素媛是在上学的路上被陌生人侵害,这是一个偶然事件。它和《熔炉》更像,是在一个在特定的,缺少关爱的环境里会发生的概率,它不是一个偶然事件。

书里,姜佳的母亲长期轻视父亲,家庭的天平是倾斜的,生活中就会有缝隙。姜佳为什么会跟张肃军上楼?如果这方面教育做得比较好的话,她会立刻逃掉:不去你家,我不跟你过生日。但她还是跟去了,因为没有防范意识,有很多孩子确实是这样。

在职场上,真的有人会为了实现某种目的,把孩子带进成人的社交圈,让孩子去缓和气氛。还有家长把孩子包装成童模,三四岁的孩子一天要换上百套衣服,累了在拍摄现场哭,耽误拍摄进度,家长动辄打骂。这些事情的性质是一样的。

这些孩子没有自主选择权,他们过早地接触成人社会,不知道自己被当成一个物件,被父母用来交换利益。我有时在想,人类社会真的完全进化了吗?可能也没有。

你问我姜佳的母亲怎么这么暴躁,其实这样的家长挺多的。我始终认为,爱是一个人类需要不停学习、去总结经验、去纠正的一个过程。爱不是本能,并不是我把你生下来了,我就知道该怎么爱你。

这些年,人们频繁提爱和生命的教育,但在现实生活中很少有父母和兄弟姐妹会经常拥抱,或者直白地谈爱,包括死亡。我们对死亡是很忌讳的,但这些都是人在成长中必须经历的课题。

前两年,我的祖母去世了,我没有流泪,因为她没抚养过我,我对她的感情非常稀薄。在葬礼上，我头一次见人们边哭边吃，吃喝一阵，再哭，感情仿佛犹如水龙头一样可以由开关掌控。

我妈哭得很伤心。我不知道她们有这么深的感情，毕竟小时候母亲经常对我抱怨祖母。在那一刻，我觉得我不了解祖母，也不了解母亲。面前的这个女人生养了我，但在那一刻发现，我只了解她的一部分。

在家乡，大部分父母表现亲昵的方式不是我爱你，不是亲吻和拥抱。尤其当外人夸奖自家孩子的时候，我们听到的往往是贬损，外人的夸奖越热切，父母"谦逊的贬损"越过火，仿佛一好一坏的对冲才能达到真实评价的能量平衡，甚至有谩骂和挨打，我和我的小伙伴们早已习以为常。

那时，我们中间有一个不挨打的女孩，她做错了事，最多是被罚做家务。我们把她围在中央，啧啧称奇，这世界上竟然有不挨打的孩子吗？长大之后想来觉得心酸。

当姜佳告诉自己的母亲她遭受了性侵犯，她的母亲用手打她一顿，这不是杜撰。我记得一部电视剧中，一位父亲对女儿哭诉："请你原谅爸爸，爸爸也是第一次做爸爸。"他说的是对的，如果父母不学习，那么他们往往会照搬上一代人的经验，或者照搬本能，而人类的本能往往是趋利避害的。

譬如姜佳，众人指责她，包括她的母亲，也是人类的趋利避害的本能。当她受了侵害，人类的潜意识都会进行分析——她做错了什么才会遭遇这些？我要做些什么才能避开？她一定是做了什么我没做过的，否则她为什么受了侵害？我要怎样才能保全自己？

但是人类文明要进步，就要不停地与本能中的愚蠢和劣根作斗争，不是吗？

我有一些朋友，他们的父母不是打骂教育。我就发现他们身上有一种自我消解的过程，碰到问题以后自己就能消化掉，不会钻牛角尖。我就不行，比如遇到极端问题，我就会有应激反应，会敏感和焦虑，会易怒烦躁。但他们就不会，所以我很羡慕他们，非常羡慕。我们和下一代的相处需要进化，每一代人都有这个课题。

有的事情其实没有变化

性侵发生后，书里所有人的生活都发生改变，都是痛苦的，没有一个人快乐。我在写的时候也不快乐，但有一种自我燃烧式的痛快。

姜佳对于未来完全没有期许。我不是亲历者，只能尝试着去理解。她的原生家庭很糟糕，在十三四岁的时候遭受了暴力摧残，她会对婚姻、家庭失去想象。

姜佳的性格像父亲，遇到问题会把自己封闭起来，独自吞咽、咀嚼痛苦。这样的人更容易成为罪犯的目标，因为她更容易控制。如果是一个攻击性很强的人，罪犯会掂量掂量会不会两败俱伤。我是一个攻击性很强的人，地铁上有咸猪手，我第一反应就是拿包砸，高声骂他。但是也没有用，不耽误他下次还敢。

案件发生后，姜佳什么都没说，因为张肃军恐吓她，说出来就把她父亲开除。即便过了 14 周岁，张肃军和姜佳也不是对等关系，是强者对弱者的单方面碾压。她不是默许，只是反抗毫无作用，只能缄默。

以前看一些新闻，有的犯罪分子毫无羞耻心，颠倒黑白，我会愤怒。后来发现，他们有一套能够自洽的逻辑。他们认为自己没错，很能说服自己，还有一套特别完整的逻辑体系来推导、证明，不断证明自己是对的。如果不能自洽的话，他就不是一个坏人。他的逻辑、世界观、价值观都是扭曲的，所以他才会去残害别人。

有一个小插曲可以分享。2020 年上海书展，中信出版社出了一套《给女孩的成长守护书》，讲的是如何面对身材、容貌焦虑，或者是成绩下降、暗恋、早恋这类问题。当时，我们一共有 4 位作家在台上做分享。其中一位作家谈到早恋问题，"早恋"两个字刚蹦出来，第一排就有家长立刻带孩子离场，不让孩子听。小女孩还不想走，妈妈扯着她走。作家赶紧把话题岔开，不再讨论这个问题。

现在 10 岁左右的孩子，家长就是 80 后。上海作为一线大城市，开放程度是很高的。在这样一个背景下，在读书分享会上，会有家长当场带孩子离席，我觉得挺诧异。这种心理跟年龄无关，跟代际无关，甚至跟所处的环境都无关，只跟个体有关。

2020 年，一位班主任告诉我，学校开设了生物课，下发了教材。他偶然发现，班上一个学生用纸条把人体解剖图的生殖器官贴上了。班主任就问，为什么用纸贴上？学生说，觉得脏，丢人，羞。这是 2020 年发生的事，发生在一个直辖市，不是十八线小城市。

我以前认为，当 80 后、90 后成为家长，以前的一些问题不会再出现。后来我越来越觉得，这个想法是错的，有的事情其实没有变化。

《十四岁很美》的题材比较特殊，还没做过线下讲座。我曾在"一刻 talk"上做过一场直播，有 8 万人次观看。现场有观众提问，工作人员把留言打印在 A4 纸上。但是有一些问题，我没办法在现场念出来。因为直播平台有监管系统，不知道是人在识别还是机器在识别，一旦出现了敏感词，直播就会被掐掉，所以我只能挑着回答。观众需要有人来讲，他们有很多困惑的问题。

承载一些更大的命题

书里我写了钟声，一个女孩的呼喊就像钟声一样不被人听到。很多事情也是这样。

很多人不知道常书鸿，他被称为"敦煌的父亲"。常书鸿变卖家产，带学生们到敦煌守卫莫高窟，缺衣少穿，把树枝一折就是筷子。风沙侵蚀壁画，他们就在莫高窟周围修了一道 1000 多米的围墙，每天都在做这件事。有人想破坏莫高窟，常书鸿和学生们就手拉手，挡在莫高窟前面。

我写的《锦裳少年》讲昆曲。有一次，我到江苏做讲座，问大家：小朋友，你们知道昆曲吗？这些孩子竟然不知道。我说：你们要知道呀，昆曲是江苏的大宝贝。有家长不认同，下课以后跟我说，为什么江苏人就要知道昆曲？

通过《十四岁很美》，我发现一些女性看不了悲剧。也是一位编辑，她说自己非常想看，但就是不敢看。我问，为什么不敢看？她说，就是不敢看，害怕。

有一位朋友讲了一句特别经典的话，她说：生活已经很难了，这就是添堵的书。这是一个行外人提供的观点。书对于他们来说是一种娱乐和消解、解闷的事物。当这本书提供不了娱乐功能的时候，就不选择它来读。

作家可以轻而易举地娱乐自己的读者，这是能做到的。但书的功能不应该只有娱乐，它应该承载一些更大的命题。

也有不在出版传媒行业的朋友听说这本书出版的事，以她朴素的认识，直觉地认为这是一件好事，会帮助到一些人。在上个世纪八九十年代，只要是从事与文字相关的行业，编辑，或是写文案的人，人们都会肃然起敬。但现在，作家受到的尊重被稀释了，一个职业的意义被消解了。在当下，文学在一个恰当的位置，过去因为信息渠道的单一，文学可能被过度重视了。

这些年我的写作方向主要有两个，一是写当下青少年儿童的真实生活处境，如反映校园暴力问题的《给我一个太阳》，涉及女童保护的《十四岁很美》，我的第一部书写的是艺体生艺考的故事，这一类属于"问题小说"。

我捕捉到问题后，尝试挖起问题背后的庞大根系，向读者们展示错综复杂的问题是如何产生的。我们无法把这些归咎于个体，每一个人都必须把自己也摆进去，我们需要在文学叙事中反思，这些书才会产生大于它自身的价值。

第二个方向就是以《锦裳少年》为代表，以中国传统文化为背景，用少年视角，把每一代人的命运融进真实的历史进程中。《锦裳少年》写的是自昆曲的第二次消亡，也就是抗日战争时期至今几代昆曲人的故事。有的故事等着我去寻找，有的故事找到我，可以说，《锦裳少年》是等着我去敲门的那种故事。

我一直有个困惑，现代青少年，包括成年人，我们谈汉赋、唐诗、宋词、元曲这些老祖宗留下的东西，它们至今还能给我们的文化艺术源源不断输送营养。再过几百年，我们这一代人能给后辈留下什么样的文化呢？这个问题困扰我很久了。

把最残忍的部分掰开来

今年年初，我到鲁迅文学院上了 3 个半月的课。家离学校只有 3 站地，每天一早坐地铁去听课。老师在讲台上谈文学、谈文学史，我在底下听，很开心。放学以后，有同学去逛街、聚会、看电影，我不去，一下课就回家，到家就躺床上，一动不动，脑子里跟放电影似的。

有很多人问我，为什么要做这本书。问得多了，自己也陷入了困惑。

我在《十四岁很美》里投入的精力是最大的，它是我最在意的一本书。它不是一本赚钱的书，现在可能刚刚回本，还引起了争议。

我写的其他书，比如《锦裳少年》《追光少年》都卖得很好，5 万册、10 万册地销，上各种榜单、拿奖，被翻译成他国语言。还有《刀马人》《涂布敦煌》，写了之后也没管，影视版权就卖出去了。

有一种声音是，把方向转一转，写成云山雾罩式的，看完可能也不知道讲了什么，但会觉得很美好，也会有伤痛。我觉得不太对，孩子不是不能接受沉重的东西。

我也能理解，他们认为这个主题太残忍了，但孩子总会长大，他总会明白。成人把伤痕遮住了，只给孩子看一个阳光、美好的世界，伤害就会消失吗？不会的，伤害永远存在。

还有一种声音是，为什么只写性侵以后，为什么不像林奕含写《房思琪的初恋乐园》，像张纯如写《南京大屠杀》，完完全全地写出来？

林奕含把所有细节都写了。从某种程度上来说，她是把《房思琪的初恋乐园》当成遗书，跟世界做诀别。张纯如也是这样，她把最真实的人性、最残忍的部分掰开来、揉碎了写出来，摊开在眼前，自己承受不住，无法在世界上存活。

我对这本书已经竭尽全力了，也有一些地方我自己还不满意。但在 30 岁这个年龄，我只能做到这个程度。

还有人说，《十四岁很美》最大的败笔是姜佳说了真话，承认性侵发生在 14 岁之后，但最后法律站在受害者这边，没有减刑，维持原判。

如果在实际判案中，受害者不会像姜佳一样。（受害者）过了 14 岁（犯罪者）确实会减刑。几乎每年都有人大代表提出，要提高性同意年龄，从 14 岁提到 16 岁。

我知道一个好的现实主义小说是怎样的。在写的过程中，我做了思想斗争，我做不到，那个结局太绝望了，受害者说了真话，罪犯却得到减刑，我没办法接受，我觉得作品总要给人一点希望。

今年，我 9 个月没写了，还终止了两个合同。我对编辑说，如果能够体谅我现在的状态，就等一等，如果体谅不了，咱们就解约。其中一个是关于黄梅戏的，写了 4 万字；另一个是敦煌主题。

也很巧，前几天有一位作家给我发微信，说不想写了。她写了十几年，书卖得也很好，是江南女子，写的文章都是"沈从文式"的，读起来很美，岁月静好。

孩子大了，要上小学，她想从郊区搬到市里，问我们小区的房价。我告诉她，6万一平，算一算，买一个小两居的房子要500万，还没算装修的钱。孩子一直都是她自己带，一边上班，一边写书，写书挣的钱还没上班多。在这种情况下，文学的价值就很飘忽。

成人文学更难。书店里基本都是经典，青年作家的书摆得很少。这是不是一个人、两个人的困境，这是85后、90后一代作家共同的困境。

奢侈品有鄙视链，文学也有鄙视链。在会上，有一位作家发言，直直地说：儿童文学不是文学，不在文学讨论的范围中。在很多场合你都能感受到，成人文学作家看不起儿童文学作家。

我有一个短篇小说《刀锋》，小说里一个小男孩手里拿了一把刀。编辑告诉我，手里要换一个东西，拿花，小孩不能拿刀。他拿刀是因为父亲家暴，他要保护妹妹。他也不是真的要捅父亲，拿刀只是一个意象，展现他的内心。

前两天，一个专门写童话的作家告诉我，编辑不让她继续写精灵系列了。我问为什么，编辑说因为精灵属于封建迷信。

之前有一位出版社的编辑问我，下一部书想写什么。我说想写教育，写来城市打工的父母，他们如何面对教育、房子。他说好，写出来再看看。

皇帝的新装和生活的真相

采访对象：王璐琪
采访时间：2021 年 8 月 6 日

认识王璐琪很偶然。7 月 9 日去江苏盐城研讨会的人，本不是我。因为对口同事比较忙，几经辗转后单位安排我去。那时南方正值雨季，空气里布满水汽，被子潮得像泡在水里。

研讨会上，作为首届接力杯曹文轩儿童小说奖金奖得主，王璐琪有一段简短发言。她提到了新作《十四岁很美》——一部写未成年人被性侵的现实题材小说。我在网上找相关图书，然而除了《房思琪的初恋乐园》，很难找到下一本。这时，我想到了王璐琪和她的《十四岁很美》。对于这次采访，王璐琪回复："随时有时间。"

那时，她正在经历一段困顿期，已经 9 个月没动笔写作了。起因是她做了一件很有勇气的事，把现实生活中正在发生的事写了下来——14 岁的姜佳，12 点过完生日后被性侵，罪犯是父亲的直系领导张肃军。因为题材敏感，《十四岁很美》没有做线下宣传活动。不断有人问她，甚至有人质问：为什么要写这个题材？为什么要给孩子看这么残忍的内容？

曾在童年遭受过性侵的受害者大多会成为缄默者，即便受到伤害，也会默不作声。心理医生或许是离他们最近的人——有人因此患上抑郁症、情感障碍，需要药物治疗。王璐琪只是书写了这一群体可能遭遇的困境，她却因此陷入困顿——就像站在山顶高喊,却迟迟没有等到回音,她不清楚自己做这件事的意义。大概相当于身在旅途,却深陷迷雾。

就像《皇帝的新装》里戳破谎言的小孩,王璐琪揭开了真实生活的一角,露出生活残忍的一面。在此之前,我也经历了很长一段时间的困顿。我们自嘲,"两个困顿的人总能做一点事情"。稿子发出来后,我将它转发给近300位教育工作者,其中有教育局副局长、教研员、校长、一线教师。幸运的是,这次《十四岁很美》得到了积极回应。

事实上,学校很重视性教育、安全教育,问题在于缺乏授课材料。还有一位教师专门给我打了一个40分钟的电话,讲她身处的山区学校,很多女学生要走很长的山路回家,一个人走夜路,而小路没路灯。这类事需要多方面的重视,事情的解决也需要很多人托举。

我在稿子里夹带了一句"私货"——正文第一句:"王璐琪出现在咖啡馆,她很瘦,一米七三的身高,像一根旗杆一样飘过来。"

这是外貌描写,"旗杆"也是一个意象。空有旗杆,没有旗帜,意味着无人声援。我想成为那个人,那个为她摇旗呐喊的人。如果我不说,也许这份爱意永远不会被发现。这大概就是身为写作者的"特权"。

前两天,我在整理书架时翻出了研讨会合影。这时我才发现,在三四十人的大合影里,我和王璐琪竟然挨着。照片里的我们还没加上微信,更不知道8月6日会再见。人和人的缘分,有时就是这么奇妙。

文珍

进入写作下半场

专访

对于作家文珍来说，早上 8 点是一个重要时刻——从这一刻起，她要在羽毛球馆打满 2 个小时，几乎天天如此。先是单拉球热身，然后打混双或女双。两两对决，连打上几局就挥汗如雨。

球友韩老师提到了文珍的专注。"如果没接到球，你从她的动作和眼神里能看到懊悔。"令他印象深刻的是，一般打完上半场人就疲惫了，下半场打得会松散一些，但文珍不是这样。"她仍然很专注，甚至可以说更专注了。"他说。

从某种意义上来说，为 13 年编辑工作画上句号的文珍，正在进入下半场。在 13 年里，她同时经历着作为编辑和作家的甜蜜和痛苦，就像走了一段长长的路，现在她走到了分岔路口。在两项热爱的事业面前，她选择了更热爱的写作。球场响起不规则的脚步声，清晰、绵密。当场馆里闪动着跳跃的人影，文珍更加专注。此刻，她是球手，也是作家。

重新获得入场券

辞职后，文珍产生过担心——担心自己闭门造车，从此和社会脱节。曾经的编辑身份让她拥有一张进入人群的入场券，现在这张入场券被收回了。进入老舍文学院后，单位分配给文珍一间办公室放书，却不要求坐班。为了让"脑力劳动和身体锻炼有机结合"，她开始打早场球。推开这扇新生活的大门后，忧虑消失了。

在这里，姓名变得不再重要，人们对彼此的微信昵称烂熟于心。场地有限，需要提前一天在微信群报名。"不打早场不会知道，原来北京早上不上班的年轻人这么多。"文珍经常和青、静、娟、微风、彬、团团组队，她们年龄相仿。慢慢熟悉后加了微信，文珍才发现每个人的生活状态都不同。她们中有全职妈妈，开设计公司的创业者，因病在家休养、暂时不上班的白领，也有工作时间相对自由、接近中午才去单位的销售人员，甚至还有一名微商——日常在朋友圈发广告，但从来不向球友推销，只是偶尔赠送一点小样。男球友里则有保险推销员、西餐厨师长、钢琴培训机构的教师……

球场里的"固定人员"多数是离退休的老人，每逢周三、周五占两个专场。于是，这两天报名就格外火爆，因为可以提供给年轻人的场地少了俩。其中有一位年轻球友家境很好，但她的生活反而非常低碳，很少买东西，欲望很低。"因为从小不缺，没有匮乏感。"

文珍对这一生活方式表示钦羡，同时半开玩笑地说起自己喜欢买东西，尤其是玩具和文具。"不知道是不是当过一两年留守儿童的后遗症。"儿时，文珍有一两年父母不在身边，祖母异常节俭，所以一部分孩提天性被压抑。长大后，匮乏消失了，但匮乏感仍存，她仍会通过"买买买"来治愈，因此她完全可以理解自己笔下《物品志》中一名囤物狂的心情。在自己和球友身上，文珍看到一个人的过去如何与当下交织。

球场是一个高度浓缩的社会，形形色色的陌生人聚集在同一块场域，唯一的共同点是羽毛球。大家在组队中形成默契，散场后迅速重回各自的生活，互不打扰。文珍坦承自己喜欢打羽毛球胜过跑步，因为"自己格外喜欢人"——打羽毛球始终有互动，球场是特别的社交场。

在很长一段时间里，文珍始终扮演着观察者和倾听者的角色。还在出版社上班时，她偶尔会和保安们聊天。其中一名保安会间歇性地消失几个月，过一阵又出现。有一次，文珍终于找到机会问他。他说，当保安清闲，但太无聊，所以回老家红砖厂搬了半年砖。搬砖又太苦，干一段时间感觉身体要垮了，就回来当保安。重复之苦甚于搬砖，文珍深有体会。她连上下班乘坐的交通工具都不愿重复，如果连乘几天地铁，就会改乘双层巴士。总之，竭力避免生活日复一日地重复。"怕闷。"她说。

还有一位保安是文艺青年，大家叫他小焦。小焦攒了一大堆过刊，偷偷写小说，还会自告奋勇帮编辑校对稿件。有一次，他带文珍去自己的"秘密基地"——社里的车库，角落有几十摞高高码好的杂志，这是他的宝贝。那年冬天保安队排查火灾隐患，清理杂物，宝贝面临被清理的命运。小焦花了 2000 多元的邮费——几乎是他一个月工资，把所有杂志寄回了老家。

得知小焦被开除的消息，文珍震惊得当场落泪，路过的同事目睹了这一幕。当天这个消息传开了，很多同事都很同情小焦，还有编辑老师积极为他介绍新工作，找新住处。

当年年底，《当代》杂志的接力赛专门邀请了小焦，也特意把文珍叫过来。见面后，文珍和他握了握手，却一时不知说什么好。之后小焦到离出版社不到一千米的银河SOHO继续当保安，但因为上夜班，半年来虽然同事们经常去SOHO，却几乎从未遇到他。讲到这里，文珍顿了顿，继续说："我以后也许会写一个保安的故事。"

城市缝隙中的漫游者

2021 年 8 月，文珍有两部小说集由文景策划、推出，分别是《找钥匙》和《气味之城》。前者是文珍最新的短篇集，后者是小说集《十一味爱》的重版，与初版正好相隔 10 年。新集子里收录了文珍来北京后写的第一篇小说《找钥匙》，这篇小说最早发表于 2004 年《羊城晚报》。

她在后记里提到一本上中学时看过的书，书里说有一种圆舞，规则是一个人只要一直跳下去，终究会遇到最早的舞伴。这次重版，她与最初来北京的自己重逢。

两部小说集的腰封上都印有同一个 title（头衔）——"城市缝隙中的漫游者"。本雅明在《单向街》里也是一个漫游者的形象，每天在柏林城里游来荡去，不时驻足观看。文案由编辑提供，文珍审过。她大概不讨厌这个形象，至少当时没有驳回。值得一提的是，《气味之城》里收录了《安翔路情事》，这一中篇斩获了 2014 年度老舍文学奖，文珍由此成为老舍文学奖最年轻得主，这一纪录保持至今。

这个故事是在街上发现的。文珍在安翔路上的中国音乐学院住了 10 年。这条街上生意最好的是老胡灌饼和麻辣烫，中间相隔三个摊位。同时，摊灌饼的小胡和卖麻辣串的姑娘生得赏心悦目。"如果这条街上一定要发生一个爱情故事，那么很可能发生在这两个人之间。"当时文珍排着队，心里暗想。

真正让她决定写下这个故事的，是一个与爱情无关的瞬间。那天一早，她 6 点多出门办事，看见鸡蛋灌饼已经出摊。晚上 12 点多，文珍看完演唱会坐出租车回家，透过车窗，看见灌饼摊还开着，生意火爆。那一刻她感受到了一种震动。"从早站到晚，还要做准备工作，他一天睡几个小时？"文珍忍不住想。她看到了一种困境：人被困在一个直径不到 1 米的空间里，重复抬手烙饼，每一张饼都像西西弗推上山的巨石，烙完一张还有下一张，永无止境。生意不好是另一种困境，身体虽然停止劳作，但忧郁的神情会爬上脸庞，甚至发梢。当麻辣烫摊前门可罗雀时，文珍见过这种浸透肌肤的忧愁。

为了写下这个故事，文珍连吃了几个月灌饼。每次排到文珍，她只是看，不说话。唯一问过的一句是："您老家是哪里的？"小胡边烙饼边低头说："安徽绩溪。"收钱的小女孩是他妹妹，负责备料的是母亲，文珍常买灌饼，推测出了人物关系。书里关于烙饼和卖麻辣烫的细节全部来自观察。麻辣西施小玉不爱刷槽，因为油大，却也不得不帮姐姐刷净。文珍见过收摊时的麻辣烫店，铁槽的确每晚要刷，不然第二天势必糊底。

　　快递员张南山的故事也发生在安翔路上。他无数次驶过安翔路，身后是巨大的LED屏——如果烙饼的小胡和小玉抬头，能看到同样的屏幕。这名来自农村的少年，莫名地爱上了音乐学院的大学生，这场暗恋无疾而终。小说《张南山》源于一封突然出现的情书。那时，文珍还在出版社就职，编辑室每天吞吐着大量信件，一名快递员在同事桌上留下了一封情书。

　　文珍意识到，这里可能有一个故事。两人没有太多接触机会，他怎么喜欢上的同事？他又是如何想象一名都市白领的生活？就这样，快递员走在路上的日子生出了吸引力。她和常来单位的另一名快递小哥约好，跟他一起派件。文珍勉强坐上狭小的三轮车，和若干快递以及小哥一起行驶在朝内大街上。"幸好没被同事看到。"文珍笑着说，带着一丝羞怯。小哥告诉她，自己最崩溃的时刻是打不通顾客电话，又怕丢件，不敢放门口。文珍感到歉疚，她说："我们可能每天都在作恶，只是没有意识到。"

爱情像股市，上下沉浮

不久前，文珍下载了小红书 APP。在这里，她看到了文学的另一种呈现形式：有人用钢笔工工整整地抄下《画图记》里杜乐表白的语句，上传到平台。《画图记》是《气味之城》的第二篇，小说里一对表姐妹同时爱上宋伟乔，姐姐白灵是"红玫瑰"，妹妹杜乐是"白玫瑰"。"可能小说写出了爱情里的不确定性，一方格外患得患失，而另一方却过度自信，这种戏剧化的错位打动了读者。"文珍猜测。《十一味爱》出版逾 10 年，这段表白的热度不减，此前还曾在微博上被反复转发。"其实现在看来也一般，是女孩爱得太卑微了。"她说。

2018 年，《画图记》被文珍改编成浸没式话剧《请再和我跳最后一支虚舞》，导演是码字人书店的李苏皖，5 月 20 日前后在书店连演三天，场场爆满。演着演着，演员哭了，底下不少观众红着眼眶。文珍发现故事更换传播路径，仍然具有生命力。2021 年她到伊犁采风，遇到一名在微信公众号看过相关宣传的工作人员，两人聊起了这部话剧。

"爱情跟股市一样，在人心里不停浮动。随时会变，有时跌停，有时涨停。"从写作伊始，文珍就执迷地书写爱情。感情是模糊概念，但一旦划入"爱情"范畴，一切都变得具体可感。《第八日》里，顾采采初入职场，她爱上了办公室里的同事许德生。这桩暗恋昭然若揭，就像顾采采常带到单位的芒果，即便放在帆布包里，也会弥漫出烂熟、鲜甜的气味。

同时，爱情也是复杂的，掺杂着责任、权力、欲望、依恋和孤独。加班时，顾采采以为许德生"就好比她的父亲，她的兄弟，她的情人，她的一切"。她孤身一人生活在北京，"没有朋友，没有亲人，没有爱"。与其说是暗恋，不如说是一场绝地求生式的自救：庞大的城市不停运转，一个渺小又孤独的人希望和另一个人产生链结。

《安翔路情事》的尾声发生在圆明园，小玉提出分手，小胡离去。当晚景区疑似有人投湖，小玉哭着找了半夜一无所获，整个人像死过一次。她想，自己辜负了小胡，得陪他一起死。直到走到安翔路，她看到了灯下的小胡，他在灌饼店，像往常一样摊饼，摊好一面再摊另一面。文珍将其归结为女性对爱情有一种"罗曼蒂克的想象"。"她会把自己的情感责任夸大，我要对这个人负责，如果不能回馈就会内疚。"文珍身边很多女性朋友都是如此，容易心软，容易被"情感绑架"，分不清什么是爱，什么是需要，什么是怜悯。

在短篇《地下》里，责任感以极端的形式出现。小音在法国和西蒙订婚，回国后被初恋张铭囚禁。接连几天，小音缺水、缺食物，嘴唇像干旱的土地一样起皮、渗血。在地下室，张铭播放了恋爱时期的照片，一共有 400 多张。看完照片，小音答应了张铭的求婚。这不是斯德哥尔摩综合征，文珍解释："爱是一件会醒过来的事，那一刻爱被唤醒了。"小音感受到了极度强烈的爱，她想为此负责。

故事的最后，张铭飞奔出地下室买花，迅速被警方抓获。出狱后，张铭再也没有出现。"其实他们都没有做好在一起的准备,两个人都很意外。爱有时差,那一刻过去了,就永远过去了。"文珍没有写一个破镜重圆的故事。分别了 10 年,两人在各自的人生里走了太远,就像再回不去的 17 岁,爱也无法重来。

《地下》被收入《气味之城》,书中收录了文珍早期一些作品,大多是她 20 多岁时写下的,故事里"爱的浓度很高"。那个年纪的情感剧烈、喷张、炙热而忘我。她意识到,有的篇目只有在那个年龄才能写,"很庆幸在当时(把它)写下来"。《气味之城》与新作《找钥匙》间隔 10 年,其中显著地体现了一种转向:有意识地降低"爱的浓度",不再那么黏稠。最近,文珍正在修改一部长篇小说,虽然还是一个爱情故事,但她想"添一些新东西进去"。

有时雨水落在广场

《有时雨水落在广场》是文珍 2020 年完成的中篇,被收入《找钥匙》。小说讲了一场黄昏恋,丧偶不久的老刘到北京投奔儿子,每日唯一的期待是跳广场舞——他能和王红装说说话。这场爱情珍贵且脆弱,孙子出生后,亲家母来照顾儿媳,房子小,老刘只得回老家。王红装处在一段不幸的婚姻中:丈夫年轻时出轨数十年,老了患老年痴呆,因为一直没离婚,她只能照顾。"广场"是一个意象,象征爱情的生发地。他们一生的雨水同时落下,雨水有时落在广场,有时落在田间。总之,雨水无法控制,就像命运叵测，人生身不由己。

文珍从小和外婆感情很好，想写这个故事也是源于外婆。外婆曾经和他们一起在深圳居住了20年。早年父母忙于工作，文珍住校。外婆只会说湖南方言，听不懂广东话，年纪大了也缺乏社交渠道。她不跳广场舞，楼下跳广场舞的老人都比她年轻。一到傍晚，外婆就开始催母亲回家吃饭，隔半小时打一通电话，一遍遍热做好的菜。

几年前外婆去世，文珍时常会想：外婆这些年快乐吗？她说："（外婆）就像一株植物，被从老家的泥土里连根铲起，移栽到阳台的花盆里。"一旦老人离开故土，根深蒂固的社交关系被彻底切断。他们无法给自己浇水，而雨水有时落在阳台，有时不落在阳台。

人到老年，衰竭的还有对人生的掌控力。事实上，老刘还有一个困境。他和妻子一生相爱，妻子去世不久，他怎么跟儿子说自己又爱上了另一个女人？说了以后，儿子能接受吗？这份感情是脆弱的，随时可能被打断。文珍见过真实的案例，姑爷爷丧偶，妻子在车祸中去世，一开始家人瞒着，瞒不住了只能说。有一天姑爷爷睡醒，跟子女说的第一句话是："你妈去哪了？"意识到妻子离世，他偷偷躲起来一个人哭。

过了不到一年，姑爷爷告诉子女，他要娶保姆，保姆比他小20岁。这个决定遭到了子女的一致反对，甚至到了断绝父子关系的地步。即便如此，他们还是结婚了。又过了10年，老两口过得很好，子女也转变了态度。在这个故事里，金钱的重要性在降低。对于一个老人来说，如果没有人爱我，守着一堆钱有什么用？和年轻人一样，老人也需要爱，需要陪伴，需要关注，而这一点常被忽视。"人真的是一种一生都葆有爱欲的生物。"文珍感慨。

在动笔写这个故事之前，文珍准备了三四年。每到一个城市，她都会去看广场舞。在夜色中，像生活在当地的市民一样，她有时在广场遛弯，有时坐在公园座椅上，只是看着，从不提问。"就在旁边看十几分钟，待久了人家以为你也要跳。"她笑着说。

舞队也是一个微型社会，站位、次序都有讲究。要想获得尊重，必须努力训练。老刘下载了 APP（手机软件），在家练习。"手怎么这样甩出去，腿怎么那样拐过来，不一会儿工夫，老刘就折腾得满头大汗，最狼狈的一会，脚差点在客厅中央把自己给绊倒。"

这个画面既滑稽，又透露出些许心酸——一位老人为了有人说话，甩动起僵硬的四肢，卖力学舞。文珍想表达的是一种生命力：即便到了老年，人也有力量融入、适应新生活。想要获得高质量的情感互动，需要为之付出努力。文珍联想起自己打球的经历，"虽然不会说出口，但大家心里都有一杆秤。如果你打得不好，没人愿意陪你打"。

后来，我把老刘练舞的片段读给球友韩老师听。电话里传来了笑声，他说："很真实，我们都是这么过来的，自己在家看视频、练动作。"

终将到来的时刻

文珍养了三只猫,她的微信头像是一只通体雪白的猫咪。它叫包子,今年 13 岁,是家里年纪第二大的猫,更大的那只叫当当,是只 16 岁的美短。养猫是一件快乐的事。一起床,猫就来了,它们就像长在脚边,文珍走进一间屋子,它们就跟着进去。房间里出现三只猫,就形成了某种规模。文珍脑海里蹦出一个词——"猫多势众"。

一个人在家写作,三只猫陪伴着她。它们很安静,连呼噜声都带着小奶音。包子偶尔会跳上桌面,趴在键盘上。文珍把猫从键盘上拨开,即便换了位置,包子也不走,继续趴在文珍手边。写累了,她就到客厅里转转。刚坐下,一只猫就搭在她脚背上。躺在沙发上,另一只猫挨着她的头,像个枕头。包子跳上沙发,躺在文珍怀里,远看像一块铺平的长绒毯。这些亲昵的互动,让文珍感到被信赖、被需要。这是来自猫的爱意。

在她的小说里,猫时常出现。《咪咪花生》中独居男孩收养了一只流浪猫,因为他暗恋的女孩喜欢猫。《猫的故事》写了一场意外,一只流浪猫从棚顶掉进了卤味店的橱窗。在故事里,猫成为堤坝,抵挡如潮水般涌来的孤独,同时映射出人性的美丑。最近几年,文珍发现朋友中的"含猫率"提高了。"大概是因为养猫比较省事,不用遛。"她猜测。

除了早上打球,文珍基本都在家写作。每天对着电脑写六七个小时,写得顺利就早早结束,不顺利就坐到晚上九十点钟。哪怕写不出来，也继续坐着。"只要坐着，总会写出来。"她没有讲述创作的艰难时刻。文珍对待写作这件事，就像对待爱人：既然心甘情愿地爱他，为之付出了努力，哪怕没有回报也不要心怀怨怼。一旦出于甘愿，所有的艰难都会被消解。

采访进行到三个半小时，文珍提出了结束。起因是她看了一眼时间，略带担心地问："聊这么久，你之后会不会很难整理？"当编辑的时候，她负责整理研讨会实录，要从三万字的速记里删改出8000字。离职前，她作为一本重点书的责编，一个月去了深圳三次，需要整理每场活动的对谈稿。编辑工作是一条生产线，从生产、宣传到销售，每一环都不能落下。在生产线上跑了13年，两条轨道出现无法兼容的部分。就像顺着路走了很久，走到了岔口，她需要作出选择。

在采访尾声，文珍聊起了在北大读书的日子。2004年，文珍考上中文系，是北大招收的首位"文学创作与研究方向"研究生，相当于国内众高校MFA（艺术硕士）的前身。上世纪50年代，北大中文系主任杨晦曾说："北大中文系不培养作家。"但文珍除外。她无数次推开图书馆二层尽头的223房门，在文学借阅区吞咽下小说、文学理论和画册。无论是百叶窗前悬浮的微尘，还是阅览室外时钟的滴答声，一切都历历在目。

那时，每周有一堂讨论课。她和徐则臣、李云雷、魏冬峰、赵晖等师兄师姐坐在教室里，一起讨论文学杂志上最新刊登的作品。讨论之激烈，一度导致她不敢向杂志投稿。因为无论刊发在哪家杂志，都会无所遁形，面临被所有人当堂"解剖"的命运。

到了毕业前夕，需要交一个有分量的中篇作为论文毕业。

"再也逃不掉了。"她想。那段时间，文珍陷入了焦虑，时常失眠。"好吧，那就写一个失眠的故事。"她对自己说。于是，她写了《第八日》——一个因为焦虑而失眠的故事。

毕业后，文珍没有直接选择写作，而是进入人民文学出版社成为一名编辑。这个选择多少带有一点反叛和延宕的意味。北大中文系培养出来的作家是什么样？在"编辑"这个壳子的掩盖下，人文社给予渴望藏身的她足够多的安全感。

几年后，"编辑"和"作家"的双重身份渐渐在她身上显影。文珍和作家一起讨论稿子，聊着聊着逐渐转向——更是同行探讨文学的另一种可能。其他编辑带作者去领奖，而文珍偶尔会和作者一起上台领奖。当责编时，她感到自己正悄然滑向另一条轨道。

人文社像一所大学，文珍把 13 年的编辑经历比作"读博"。又到了毕业的时刻，她再一次走出"校门"——即便这一刻被推迟了 13 年之久，北大中文系培养的作家文珍还是成为了一名全职作家。与其说文珍进入了下半场，不如说这才是真正的主场。为了这一刻，她准备了许多年。

对话

江玉婷：《气味之城》和《找钥匙》里一共收录了 22 个故事，几乎全是爱情故事。为什么执迷于写爱情？

文珍：我第一本书发布会的题目就叫"年轻时还有什么比爱

情更可说"。爱是理解他人的通道、切口。小说要写人与人之间的关系。

我在书里写了各种各样失败的爱情，只有少数结尾接近成功，但也前途未卜。《画图记》里有一个小女孩叫杜乐。她身上有那个劲儿，就是哪怕会失去爱人，也要维持自己的骄傲。这可能是离我最近的一个角色。每个人写作时都会把一部分真实的自我投射进去。

江玉婷：看《画图记》的时候，我确实联想到了《红玫瑰与白玫瑰》。时代不同了，但好像有一些东西没有变化，或者说变得很缓慢？

文珍：现在我们读张爱玲笔下的爱情故事，仍然会觉得好看。因为爱情本身没有发生变化，它的欲望法则没变。虽然时代背景变了，但是我们和毛姆时代的英国人，和张爱玲时代的中国人，面临的爱情本质上是一样的，都是一种以爱之名的欲望。

江玉婷：《气味之城》是《十一味爱》的重版。为什么想改书名？

文珍：这本书在成型之初就叫《气味之城》，也是书里第一篇的题目。这个书名被当时的编辑否掉了。与其说改名，不如说是回归。

我还记得《气味之城》完稿的那一天——其实前一天完成了初稿，第二天一早觉得不太妥当，上午又改了一会，一直到下午才改完。那天好像是个周末，家里没人，我高兴地去花鸟市场买花，带着一大束花坐公交车回家，阳光透过车窗打在花束上，很香。车上站着的人也都设法避让，笑着看着我。整个过程都记得很清楚。可能就是太快乐了。

江玉婷：《气味之城》让我想到斯特林堡的《半张纸》，都是丈夫独自进入房间，由此想起和妻子共同生活的日子。为什么想突出气味？

文珍：《半张纸》当时没看过，我是很后来才看到的。《气味之城》其实更多受德国作家帕特里克·聚斯金德的《香水》影响，他用气味打通五感。我想写一个系列，色声香味触法，对应眼耳鼻舌身意。《我们夜里在美术馆谈恋爱》里的《录音笔记》写了听觉，《气味之城》写了嗅觉。

读完《香水》，我意识到每个人在不同阶段认识世界的方式都不一样。我在北京生活了 16 年——一个足以让婴儿长成少年的时间。刚到北京的时候，我是靠饭馆来定位的。比如，美术馆后街有一家贵州菜馆很好吃，巴沟有一家酸汤鱼。通过一个个小馆，我拼凑出一个完整的版图。现在可以参考的坐标点就多了，有合作过的出版社、打过球的羽毛球馆，甚至是以前在出版社时和同事遛弯儿买过点心和奶茶的小店……这些坐标点都和时间、记忆、对人的情感有关。

江玉婷：在《气味之城》里，《安翔路情事》和《地下》挨着。连着看会有些残忍，前者因贫穷分别，后者一开篇就是"巴黎的公寓、普罗旺斯的薰衣草、Vera Wang 的婚纱"，有一种强烈的撞击感。

文珍：这两篇都是悲剧，甚至《地下》的主角可能更惨一点。一句话，有感情或有钱，都不足以抵达幸福。

有人跟我说，小玉太作了，她在小胡和小方之间反复摇摆。

当我进入一个卖麻辣烫的姑娘的逻辑里，她的纠结、不甘心，我是可以理解的。

小玉和她姐姐不一样，姐姐来北京是为了赚钱，小玉不是，她是为了长见识。所以她想去鸟巢、故宫、颐和园，想看 IMAX 版的《阿凡达》。如果她和小胡在一起，以后就要去农村。她从小在城里长大，从没想过到农村生活。这不是嫌贫爱富，她想要的一直都很单纯——想看一个更大的、更丰富的世界。小玉和小胡的供需是错位的。小胡生意越好就越没时间陪她。如果他们结婚，那么婚后很可能是一个"包法利夫人的故事"。

这可能不仅仅是一个麻辣烫西施的困扰。很多人说性格决定命运，选择也会决定命运。一位编辑老师曾经说，我小说里的人一直在做选择，不停地做选择，甚至是被身不由己的选择推着走。小玉很难抉择，选择结婚对象本身就是一件很难的事，需要考量诸多风险。在现实世界里，很难有一个人能够恰好满足你对婚姻的所有想象，都需要取舍、选择。

江玉婷：《地下》里，小音和张铭的供需也是错位的？

文珍：对。张铭没想过小音会答应嫁给他，他是抱着"此生再无瓜葛"的心态实施绑架。在他的计划里，这是两人最后一次见面。他爱小音，但这种爱里包含着巨大的恨意。出狱以后，张铭没有再找小音。他也知道自己做错事了，两个人再也无法在一起生活。

虽然他求了婚，但是当小音答应嫁给他，那个执念就过去了。就像一个小孩一直想要一个玩具，心心念念很久，但是当你真的把玩具给他，他会突然发现没那么想要。他们曾经有过美好，但美好被打断了。他真正介怀的是这个，并不是两人要真的在一起。

看起来小音得到了很多爱，每一任男友都对她死心塌地，但她始终不知道自己想要什么。正因为这种不知道是潇洒还是茫然的态度，导致她在爱情中的姿态显得轻盈，也更容易让人像捕捉蝴蝶一样渴望让她尽早安定下来。但捕手越多，她越厌倦。这就是爱情里面的错位，就像排列组合一样，不同的人碰撞在一起会产生无数种可能。出国留学的时候，她经常想起张铭。这大概也不是真正的怀念，而是她在国外待得太久，身边都是外国人，隔了时空滤镜，会下意识美化有关张铭的记忆。

江玉婷：《有时雨水落在广场》里儿媳给老刘买了一个洗脚盆。洗脚盆堆行军床旁，它体积相当大，落灰、碍事。老刘有时觉得自己和洗脚盆一样，"看上去好像还有点用，其实就是废物一个。"您怎么发现老人有这种心理？

文珍：也是因为外婆。有一次外婆做饭，菜叶里有一只虫子。我发现了以后，就说有虫子。外婆的表情让我难以忘怀，她明显不想我爸妈知道。我就把话吞回去，用纸巾把虫子包起来，继续吃。她立刻松了一口气。我当时就意识到，她很怕被子女嫌弃。我们达成了一个短暂的"同谋"。我妈是远近闻名的孝女，对她非常好。但外婆的自尊心不允许我妈去请保姆、小时工，她就是要亲力亲为，证明自己还有用。

我妈不希望外婆那么累，但徒然心痛，毫无办法。我就在想，这种过于强烈的自尊心其实是一种无能的表现，或者说意识到自己能力在丧失，于是强行挽尊。

如果有亲朋好友来家里,没用敬称称呼外婆,她会特别生气。她极度需要外界的尊重,比我们想象中要在意得多。内在强大的人不会这样在意外界评价。每到外婆整寿,我妈都要从老家请来若干亲戚,在饭店操办一番,安排住宿、差旅。但外婆就是为了要别人羡慕,并且称赞女儿有孝心。也很难定义这是虚荣,但这肯定是一种虚弱。

江玉婷:其实您并不赞同让老人离开故土?

文珍:应该让老人在自己的地盘上。子女只是提供了一个花盆,但人是社会动物,需要社会关系。《有时雨水落在广场》里的老刘有一个潜在的隐患是孙子,其实他自己也意识到了。孙子来了,他照顾不好,就会被请走。儿子的注意力也会更多地在下一代。

十几岁时,我妈给我买衣服,外婆会有点嫉妒。她会说年轻人穿什么都好看,记得女儿忘了妈之类的。然后我妈就只好去商场买一件衣服给她。(笑)我妈会觉得,女儿在慢慢长大,可能更需要漂亮衣服。打扮老人和打扮少女,心情是不一样的。我妈是个很孝顺的女儿,但她也很难摆脱这个窠臼。

后来外婆丧失生活能力,一直是我妈贴身照顾。她还有一个弟弟,但舅舅没和外婆生活在一起,也不知道这种艰难,隔很久见一次,总吃惊"妈妈怎么变成这样了"。我妈妈就说,人老了真不好——人老了,健康、记忆、尊严都在丧失。但是如果在自己的家乡,有足够多社会关系作为抓手,每天有各种各样复杂的人际事务要处理,是不是能衰老得慢一点?我不知道。但是,空巢老人在故乡无人照顾,同样是一个很大的社会问题。

江玉婷：您写过快递员、编剧等职业，怎么深入不同的人群？

文珍：能写编剧的故事，是因为我认识很多编剧，大家聚在一起也会闲聊。写完《河水漫过铁轨》以后，我拿给一个编剧看，他说可以，"我们这个圈子，写成啥样都像。"写完《有时雨水落在广场》，我也拿给一位跳广场舞的阿姨看，她说，"没错，就是这样的。"

我的习惯是写前不问。问多了会受干扰，小说的人物、情节、结果会被局限住。广场舞的故事写了好多年，去年才写完。真正写的时间很短，一两个月初稿就写完了。中间有三四年，我一直在看，做资料收集工作。你会发现，广场舞有严格的层级，舞队间也有竞争关系。我也会看新闻，里面也会发生诈骗、相亲等等。

张南山的故事写得比较早。2011年，我想写这个故事，开始留意有关新闻。科技发展得特别快，收集的资料越来越多，直到2016年才写完。最近我跟快递员聊过，整个行业的生态已经发生了变化。但有一些东西没变，他们还是需要抢时间。

写《张南山》的时候，我在出版社上班，单位有一位常来的快递小哥。我跟他说，派件的时候喊我一下，我跟着送几次件，他同意了。你愿意了解他们的生活，他们都会尽力配合，也不会多问什么。他说，自己最讨厌的就是顾客不接电话。刚离开又打回来，要求重送。

这个职业里有我们难以想象的艰辛，但有没有一点点乐趣，或者是一点点对这座城市的眷恋和向往，让他留下来做这件事？他到底能挣到多少钱？我们每天都见到快递员，但很少去想这些问题。

江玉婷：《找钥匙》的序言里有这样一句话：更准确一点说，写的都是一些我生命之外的"他者"——常被视为边缘人、同样参与建构这座城市，却始终难以真正融入主流族群。怎么理解"他者"？

文珍：对于居民来说，快递员是陌生人，是"他者"。但因为送件，陌生人之间的关系突然被拉得无限近。快递员是分片区的，同事未必会知道你的住址，但快递员知道，甚至可以偷窥你的日常生活一角，打破了圈层和某种界限，催生出短兵相接的戏剧冲突。我当然也可以写"华尔街之狼"，写富人也脆弱，但他们离普通人的生活太远了。我们很难共情，似乎也没有必要。我还是希望通过小说让人看到司空见惯的人群的另一面。

事实上，没有真正的边缘人——在自己人生的舞台上，每个人都是中心。但人一定会觉得孤独，因为人生经常没有观众，没人关注你，大部分时候都是独角戏。

我写作也是因为很多话没法和人说，只能写。我小说里有很多人也是这样，并不全然出于荷尔蒙的驱动，很多时候只是想找一个能说话的人。老刘跳广场舞一开始是儿媳随口提的，大家都没当真。但他没地儿去，没人可说话。在舞队里，他找到了说得上话的人——与年纪、身份、性别无关。作为社会动物，寻求连结几乎是唯一的、也是最重要的一件事。

爱情的迷人与可能性

采访对象：文珍

采访时间：2021年9月7日

如果采访地点由作家定，作家一般会选择自己熟悉的场地。这次采访地点是文珍定的，但她找不到，因为这里她也是第一次来。文珍也是我遇到的第一位一进门就直奔厨房找厨师长打招呼的作家。这一切都让当时的我感到新奇。

她和厨师长是球友，这也是她第一次来球友的工作地。后来，厨师长成为旁采对象。套用一句俗套的比喻，就像《泡沫之夏》里的尹夏沫，文珍有一头"海藻般"的长发。她的声音很轻，软软的，像蘸了白砂糖的糯年糕，观点却很犀利，爱与憎泾渭分明。

《气味之城》是她的旧作，2021年再版，《找钥匙》则是新作。这两部书都是写爱情，但能看到显著的变化：一开始是写炙热的爱情，写游离的情感、极端的爱欲，后来写人性、现实、境遇。

我特别喜欢《有时雨水落在广场》，这篇讲的是老年人的爱情，写了人生的无可奈何——有时雨水落在广场，有时不落在广场。故事本身很奇特，在大多数爱情小说里，主角多是红男绿女，抑或是命运跌宕的中年人，鲜有老人作主角。

《有时雨水落在广场》里，老刘老来丧偶，到儿子家被儿媳嫌弃。小说主要用男性视角，但我还是不可避免地想到了姥姥。

老人的生活有其特质。我上大学时，假期会去姥姥家。看报纸之前，她要先掰开眼镜盒，架上老花镜，报纸翻页时，会扇起夕阳下的细小尘埃。晚上睡觉前，她打开电视，把声音调得很大，看一会电视，又在电视声中睡着，一会又醒来，一会又睡去。如果没有生活细节，无法写好一个让人确信的老人。

当我分享了与姥姥的相处之后，文珍也讲述了自己的家人，以及家中的长辈。

事实上，那篇专访是过长的，大量笔墨用在作品解析上。我不确信这样处理是否恰当，只想传递一个信号——文珍不仅仅写了许多好看的爱情小说，看完以后你要再往前走一步，故事本身值得思考，这和你有关，也和我有关。

在某一刻，我们可能是《张南山》里渺小、孤独的快递员，可能是《北京爱情故事》里在抉择面前摇摆的卖麻辣串的女孩，可能是《地下》中无法停在原地的小音，也有可能是《第八日》里陷入失眠的银行职员顾采采。我们或许渺小，但绝不卑贱，与命运搏斗或许会落败，但决不放弃。

文珍讲到了猫。她的微信头像是猫，家里养了三只猫。我在稿子里也写到了猫，写猫是为了带出作家在家的状态。她与动物的相处，存在柔软的部分。文珍是年少成名的作家——老舍文学奖最年轻的得主，至今仍是这一纪录的保持者；也是在写稿时，一旦发现冰箱里巧克力、果冻空了，立马下单补货的普通人。这段之所以在采访稿里没写，主要是因为篇幅不够（太可爱了，没舍得写）。

第二次见面，是在"好书探"直播间。当天，我们很默契地穿了深蓝色和藕粉色的衣服——恰好是《气味之城》和《找钥匙》

书封的主色。直播日期是 9 月 9 日。文珍喜欢单数,单数意味着不圆满,还有提升空间,而 9 是 10 以内最大的单数,当天又逢九。

如果把直播当天视作一场小型友人会面 party,一切都刚刚好。至少现在回忆起来,是这样。

许诺晨

一场从古龙小说迷
到作家的奇幻漂流

这是一名作家的成长史，她的童年经历与现实生活在文学世界里交汇。

儿童文学作家许诺晨有着规律的生活，白天上班，夜间创作。下班回家后，6 点左右，她走进书房，坐在电脑前，开始写作。近年来，她写的一套童书"淘气大王董咚咚·灾难求生"常常被读者提起。

这是 2017 年出版的一套书，分为 5 册，《致命病毒入侵》《地表震动模式》《不沉的冲锋舟》《火烧摩天楼》《追风少年》，分别与传染病、地震、洪灾、火灾、台风相对应。

许诺晨笔下的故事能在她的童年中找到痕迹。比如，《地表震动模式》源于她对地震的恐惧，而文中夹杂的诙谐，则是她喜爱古龙小说的延续。"你要让自己每一天都过得开心，去做一个开心的人。"许诺晨说，这是她从古龙小说中学到的最重要的事。她的每一本书都在传达这一点——好好生活。

文学与现实的边界

最先被提起的是《致命病毒入侵》这本书。书中的东湖市突然出现了不明致命性传染病毒，这一病毒具有极强的传染性，通过接触及空气传播，发病时常见38℃的高烧，并伴有咳嗽、气短、呼吸困难等症状。东湖市迅速封锁出城通道，防疫站建立隔离区，外来人员入城须隔离3天。乘客如果不戴口罩，出租车司机可以直接拒载。这一幕，很容易让人联想起2020年年初突降的新冠肺炎疫情。

紧接着是《不沉的冲锋舟》一书。书中解放军用沙袋加筑河坝，转移码头危险品，还曾遭遇泥石流。2020年8月，黎巴嫩首都贝鲁特发生大爆炸的新闻上了热搜。另一本书《火烧摩天楼》讲述了一起火灾，两个故事的相似点在于，都是由硝基化合物引发的爆炸。只不过，前者发生在码头，后者发生在摩天大楼——世贸大厦。

当书中的故事一次次在现实中重现，文学与现实的边界逐渐重合。这也就不难理解，为什么会有那么多小朋友追问许诺晨，她是不是一位"大预言家"？

面对这个提问，许诺晨给出了否定的回答。她无法预知未来，只是记录了自己的亲身经历。《致命病毒入侵》的创作可以回拨到2003年，那时她还是一名高中生，经历过非典。她记得，无论走到哪里，呼吸进鼻腔的空气都掺杂着消毒水刺鼻的气味，这段经历也让她萌生了写故事的想法。

《地表震动模式》荣获 2017 年冰心儿童图书奖，这本书的创作可以追溯到 2008 年。那时，许诺晨正在吉林大学读大三，主修经济学和心理学。这一年的 5 月 12 日，远在 3000 公里外的四川发生了汶川大地震。那段时间，一打开电视就是灾情实况，《人民日报》头版几乎整版与震区相关。

大地震发生后，许诺晨的精神一直紧绷着，她每天都在网上搜索关于灾区的消息。在铺天盖地的信息中，一则新闻引起了许诺晨的注意。桑枣中学 2200 多名师生在 1 分 36 秒内安全转移，无一人伤亡。这是一所农村学校，资金并不充裕，加固教学楼的费用都是学校向教育局分批申请的。时任校长叶志平重视安全教育，自 2005 年开始，学校每学期都组织一次紧急疏散演习。

这则新闻让许诺晨找到了方向。"在灾难发生的时候，孩子是最无助、最弱小，也是最容易受伤的。我就在想，我能不能为他们做点什么。"她的心中由此开始构想故事：主角是小学生，主线是自救知识和求生技能。

她希望这组故事能带来"一点点生的希望和火苗"。"哪怕只有一个孩子、两个孩子看到，也是一件好事。"当时的许诺晨从没想过这组故事未来能出版，还会引起那么大反响。

书写可能遭遇的困境

同样是儿童文学作家的母亲李秀英至今依然清晰地记得，

女儿决心创作灾难求生小说的场景。一天下午，女儿看了一本国外引进的灾难教育童书，没看几页就把书合上了。她说要写一个适合中国孩子阅读的灾难求生故事，国外引进的这套书有些"不接地气"。女儿说着话，午后阳光打在她的侧脸，温暖而又坚毅。

许诺晨也记得那个午后。她向记者解释了"不接地气"的含义。引进图书主要讲野外求生，比如在热带雨林里如何应对猛兽袭击，如何通过人影在沙漠中判断时间，没有聚焦国内常见的自然灾害。她要在自己的作品里添加人文关怀，描摹人与人之间的温情。"国内一旦发生灾难，你会发现永远有军队迅速开赴现场。包括疫情时期，军医也是第一时间驰援武汉"，许诺晨顿了一顿，继续说，"我希望小朋友知道，祖国越强大，我们越安全。"

对震区的关切，可以追溯到许诺晨的童年。她自小在安徽合肥长大，这里是我国大陆内部的构造地震多发地。对于儿时的许诺晨来说，"地震"不是一个空洞的名词，更像是一个随时可能降临的噩梦。一旦临近省份发生地震，她都会陷入恐惧。睡前，她会在床头倒放一个空啤酒瓶。轻微的震动会使啤酒瓶倒地，发出预警。即便如此，她也不敢睡得太沉。

倒放啤酒瓶的细节出现在《地表震动模式》里。去往 W 市的飞机上，小学生欧阳圆圆发现窗外的云朵又细又长、整齐地排列，就像"法棍"一样。班长左拉拉辨认出"地震云"，预感到地震将临。众人到达酒店后，左拉拉找来一个空啤酒瓶，小心翼翼地倒置在床头。在人体感知到地震之前，啤酒瓶坠地并发出巨响，惊醒了熟睡中的董咚咚。

书中一个大人带着 4 个孩子躲进卫生间，众人在第一波强震中活了下来。向楼下撤离时，董咚咚的胳膊嵌入了玻璃碴子，母亲刘悠的左腿被砸伤。等待救援时，左拉拉把醒目的红色睡衣系在窗口挥舞，又对着前来救援的直升机不断晃动小镜子，发出求救信号。等待救援时，他们再次面临考验——缺少食物和水。几天后，直到他们用床单捆成逃生绳索，下降到裙楼楼顶与救援人员会合，危机才真正解除。

这些困境是儿童面临地震时可能遭遇的。评论家薛贤荣希望许诺晨能不断写下去，"就像19世纪法国科幻历险小说家儒勒·凡尔纳那样，全景式写出当代人类已知和未知的所有灾难以及人类从灾难中自救脱险的传奇故事"。在主角逃脱困境的过程中，许诺晨融入灾难常识和自救知识。在书写故事的过程中，许诺晨也抚平了儿时对地震的恐惧。

在生活中留下印记

"我至今还记得小时候看过的好多书，里面的一些话给我很大影响，甚至改变了我的人生轨迹。我在创作时，经常在想这本书会给孩子们带来什么，他们能不能在我的书里得到什么，这是我最看重的地方。"许诺晨说。

她的真诚得到了回应。安徽省合肥市杏林小学重视安全教育，每年5月都会组织防震演练。自2018年起，教师们自发将《地表震动模式》与防震演练相结合，在课外阅读中强化安全教育。2019 年，合肥市杏林小学教导处副主任刘洁联系许诺晨组织了一场公益见面会。

见面会地点定在了安徽博物馆，准确地说是博物馆附近的一块空地，一抬头能看见不远处的恐龙雕像。那一日，刘洁印象最深的是天气，见面会下午 3 点开始，正是一天中最热的时刻，水泥地冒着热气。刘洁提前查了活动资讯，博物馆正在开放恐龙展，见面会结束后，家长们还可以带着孩子去逛一逛展览，看一看"恐龙"，一举两得。

然而，刘洁却低估了孩子们对于见面会的热情。学生们排着队，拿着书一个接一个地请许诺晨签名。家长们自觉地在外圈高高地举着手机，抢先拍下孩子和作家的同框瞬间。拍完合影后，学生们不愿离去，围拢着许诺晨，仿佛有说不完的心里话。见面会整整持续了一个半小时。当刘洁带着儿子急匆匆跑进博物馆看恐龙展时，发现工作人员正在进行闭馆工作。

这也是刘洁第一次见到许诺晨，在此之前，她更熟悉的名字是"诺米姐姐"——这是许诺晨的笔名。面前的许诺晨，身着牛仔裙，青春又干练，乌黑的长发扎成麻花辫自然下垂，嘴角一直带着丝丝笑意，宽宽的粉红色短绒发箍显露出柔美。

孩子们大多是在一两年前开始阅读"诺米小说"，手里的书由于看得多、翻得勤，页边都黑了。对于书的新与旧，许诺晨丝毫没有在意，她在每一本书的扉页上认真签下了自己的名字。在刘洁看来，这位年轻的女作家不仅有学养，还很有涵养。

见面会即将结束时，李秀英带着外孙女来到了现场。小女孩一见到妈妈许诺晨，兴奋地跑了过去，一下子扎在许诺晨怀里。

直到这个时刻，刘洁才真正感受到"作家"许诺晨的真实感。"看到那个瞬间，你就会觉得，她不仅仅是一个作家，更是一个普通人，一个普通的妈妈。"

在生活中，刘洁也常常感受到这套书的影响。一家人去黄山旅游，三人坐在缆车上，不一会起了大雾，浓得化不开。行至中途，缆车突然停了，开始左右晃动，看不清周围的景物，一家人悬吊于空中。

儿子没有惊慌，反而镇定地提起"灾难求生系列"，并严肃地和父母讨论，如果发生意外该如何逃生。"它在我们心里埋下了一个种子，我们会不断地去想，假如这个时候遇到了危险，我该怎么做？"刘洁谈起这套小说给生活留下的难忘印记。

2020 年 5 月，许诺晨的新书《逆行天使》出版，刘洁收到了样书。刘洁打算自己读完后，把书作为奖品赠给学生。几天后，在儿子房间换被罩时，刘洁意外地在他枕头下发现了这本书。"不知道什么时候，他趁我不注意，就拿到房间一口气读完了。"刘洁笑着说。

多元主题下的底层逻辑

作为一名儿童文学作家，许诺晨的创作主题不仅多元，而且跨界。如果将她创作的图书列成一张书单，看这张表的人一定会深感诧异，并心生疑惑：一位作家缘何能涉及这么多主题，还有什么题材是许诺晨无法下笔的?

《逆行天使》是一部讲述抗击新冠疫情的非虚构作品。为了写好这部长篇小说,她作为志愿者前往社区防疫一线,广泛搜集医护工作者的故事。《逆行天使》出版不久即入选"中国好书"2020年5月榜单、国家新闻出版署《2020年农家书屋重点出版物推荐目录》。

她写过抗日题材的小说。2015年"抗日红色少年传奇"系列由安徽少年儿童出版社出版。这套书受到小读者的喜爱,先后重印8次,销量近20万册。更重要的是,一些孩子开始反思战争。读者来信中,常常有孩子问她:"诺米姐姐,为什么会有战争?"

读者群里,有一个小女孩问:"诺米姐姐,你说当医生难不难? 我觉得鲁小花好厉害,我希望以后也能成为医生。""鲁小花"是《抗日红色少年传奇·小英雄鲁小花》的主角,她从小在医院长大,掌握一些急救知识。许诺晨鼓励她:"想成为一名医生,就要好好学习。"小女孩随即作了肯定的回应。

这段简单的对话,长久地温暖了许诺晨,让她感受到了创作的意义——一个懵懂的小女孩读完故事后,为人生锚定了一个清晰的坐标。"我不知道她以后会不会真的成为医生,但至少她是一个想通过努力去帮助他人的人。"许诺晨感受到善意从书中走到了现实,从文字落到了孩子心里。

许诺晨还写过"非遗"主题的图书。这套书聚焦竹雕、剪纸、瓷器、菜肴和戏剧,传递非遗魅力和工匠精神。"昆仑记系列"是仙侠小说,新书《昆仑记·七弦篇》以九重天上司乐上神龙音与魔界首领蛩猛进行斗琴比赛,争得碧落泉归属权为开头。在旗舰店里，有买家评论"送学生的心愿礼物，非常喜欢"。

环保也是许诺晨关心的话题。2018年，"淘气大王董咚咚·环保小纵队"系列丛书出版，关注水污染、濒危野生动物、全球气候变暖等议题。其中《七彩艳阳天》《幸运北极星》聚焦雾霾和北极冰盖消融。全球变暖导致冰川消融，这会引起全球气候异常。"地球只有一个，当大自然发怒的时候，人类只能接受。"许诺晨表示，这套书的落脚点是保护环境，培养孩子的环保意识。

乍一看，这些创作主题显得跳跃而分离。如果联系起来看，也能找到逻辑。"昆仑记"系列是一种文学的想象，"抗日"系列和"非遗"系列在回顾历史，《逆行天使》和"淘气大王董咚咚·灾难求生"科普当下，"淘气大王董咚咚·环保小纵队"着眼于未来。这些议题在不同的时间维度上告诉孩子们同一件事——好好生活。

打开属于自己的那扇门

大学毕业后，许诺晨考入公务员队伍，每天朝九晚五地上班。她的创作时间很规律：5点下班，5点半到家，6点打开书房门，坐在电脑前敲击键盘，一直写到八九点。这段时间只属于她自己，女儿有体贴的外婆照看，家事不需要她操持。

如果顺利的话，许诺晨一天可以写4000字。"淘气大王董咚咚·灾难求生"一共有 5 册，将近 50 万字，她花了半年时间。2001 年正式开始创作，至今为止许诺晨写了 13 套书，其中"爱与智慧校园阅读新小说"写到了第 3 季，加上单行本《逆行天使》《北极焰火》，共计 70 余部图书，总字数在 600 万左右。她不认为自己是一个"高产"作家，"产量可观"只是因为保持每天写作习惯。

那些在作家身上常常出现的为了逼迫自己创作而采取的强硬措施，或是匪夷所思的写作习惯，很难在许诺晨身上找到。比如，海明威写作时要单脚站立。雨果为了按时交稿，把头发剃了一半，外衣锁进柜子里，再把钥匙扔进湖里，以此拒绝朋友的邀约。

对于她来说，写作是一件开心的事，过程中的"不舒服"都可以克服。"就像打游戏，如果一直赢的话，可能就没那么快乐。一定得输几把，之后再赢的时候才开心。"她承认写作中有艰难时刻，但并不认为那是痛苦的，而更像是一种甜蜜的负担，她能够自我消解与圆融。

在她的书中，姓名具有符号意义。比如，欧阳圆圆是众所周知的"贪吃鬼"，口袋里永远藏着零食，"圆圆"与体型呼应。《追风少年》中，留学生班尼的中文名是"陆小风"，他的多功能雷达叫"花满楼"——虽然没有人类的双眼，却能看得比人类更清晰。"花满楼"是古龙笔下的人物，自幼失明、武功高强却从不滥杀无辜，是主角陆小凤的好友。

这些角色中，董咚咚和左拉拉是"绝对主角"。许诺晨以董咚咚和左拉拉为核心人物，创作了"明星班长左拉拉系列"和"淘气大王董咚咚系列"。"董咚咚"的名字容易让人联想起拟声词——"咚咚咚",就像一个人站在门前,连续敲了三下。这个小男孩一次又一次敲响房门,打开不同的大门,走进不同的房间,看见不同的世界。在许诺晨的设定中,董咚咚承载着这样的功能。"董咚咚像一把钥匙,人物会不由自主地聚集在他周围,由他串联起不同的故事。"

许诺晨认为,一部作品可以分成三个层次——思想、结构、文字,最重要的是思想。在故事结构上,作家或多或少需要一些"天分",文字组织能力可以靠勤奋弥补,而思想则没有捷径。她拿自己举例子,"像我30出头的年纪,我对人生的理解程度还不够深。思想需要时间,不到那个年纪,思想就深刻不起来"。

在她的构想中,一个作家创作的"黄金时代"是45—55岁——对人生有了深刻的理解,对创作富有激情,身体能够持续创作。虽然写了10年书,但她觉得10年只是一个开始,远没有达到她的理想状态。她要继续写下去,直到打开属于自己的那一扇门。

一个终将抵达的地方

上小学时,许诺晨逢人便推荐两种书,一种是《小王子》,另一种是古龙小说。

《小王子》是一个纯净的故事,孩子画了一条吞了大象的蟒蛇，在大人的眼里却是一顶帽子——展现了儿童想象力的瑰丽与梦幻。这本书告诉她，心里永远要藏着一个孩子。她还喜欢读武侠小说。读金庸小说时，她沉浸于磅礴的故事架构。而读古龙小说，她感受到的是纯粹的快乐，以及近乎天真的乐观。

为了解释这份"乐观"，许诺晨联想到了 TVB 制作的电视剧。其中有一句经典台词——"做人呢，最重要的就是开心。"电话那头，她带着些许粤语腔说出这句话，自己把自己逗乐了。"古龙小说传达的也是这种心态，你要让自己每一天都过得开心，去做一个开心的人。"这是她从古龙小说中学到的最重要的事。

她清楚地记得，小学五年级课业骤然增多，常常觉得上学很累，幻想第二天可以不用上学。在疲惫和倦怠的时刻，一打开古龙小说，阴郁就被吹散了。"原来有人可以这样生活，原来快乐最重要。那我为什么要不快乐？"在被快意恩仇的武侠世界吸引的同时，她找到了快乐。

这份快乐宝贵又短暂。在家里，武侠小说是一种奖励，只有考高分才能看"闲书"。一旦成绩下滑，母亲就会搬来世界名著。在小学生许诺晨眼里，那些名著都像砖头那样厚重且生硬，摞起来的高度令人生畏。她拿起《巴黎圣母院》，看了一会就坚持不下去，内心满是困惑，"这些人为什么住在城堡里？城堡长什么样？"

有一阵子，母亲拿来的书都是俄国作家的著作。书中的人名都是一长串。摊开书以后，她没有感到快乐，内心里有一个声音在呐喊，"为什么人名这么长？为什么不叫花满楼？陆小凤多好听！"在读完这本书之前，她对所有俄国人名心生厌恶，对所有俄国小说深恶痛绝。更为重要的原因是,她很难像读古龙小说一样,感受到文字里流动的美感和韵律。

虽然不能拒绝,但她有对抗的办法——有时在大部头里夹一本薄薄的小书,有时摆出一本正经的样子翻书页,其实一个字也没看进去。到了睡觉时间,她乖乖地上床。等母亲走出房门,她立即掏出古龙小说,藏在被窝里,打着手电筒看。

上初中以后,她不再抵触名著,真正意义上的握手言和是大学时期。"到了那个年纪,很自然地,我就想看看主流文学是什么样的。"许诺晨平静地叙述这个转变过程。课余时间,她几乎都泡在图书馆,看世界各国的名著。推理小说是她的心头好,她爱读松本清张、江户川乱步等日本老派推理小说家的书,读完了几位俄国作家的代表作。大学生许诺晨解开了小学生时系下的扣儿——不再拘泥于俄国作品中长长的人名,开始感受到俄国小说的美感。这一转变,她花了将近10年。

在成长的海洋里,许诺晨像一条在水下的鱼。看着茫茫无涯的大海,她偶尔会陷入迷茫和压抑。海面不是密不透风,母亲留了一丝缝隙,她有时会浮出水面,在缝隙里透一口气。呼入肺部的每一口空气都让她感到新奇、鲜活、生动和充实。

这些阅读过程中的曲折,许诺晨从未和母亲直接交谈过。再一次面对这些问题,是在许诺晨成为母亲后。她的女儿长大了,到了上小学的年纪,已经认识不少汉字。生命进入了下一个轮回,阅读书目的议题重新摆上桌面。母亲开始给外孙女物色图书。

这时,许诺晨吐露了自己的心声。她坦诚地告诉母亲,那些对自身产生重大影响的书,大多不是出自大人挑选的经典书目。

当身份从女儿转变为母亲，回顾成长历程，许诺晨希望给女儿更多的选择空间，她想把"那丝缝隙"撕得再大一些。经典名著就像一段必经之路，一个爱读书的人总会来到这里。许诺晨兜兜转转的阅读经历，恰恰验证了这一点。既然总会抵达，这一次，她想慢慢来。

起点

采访对象：许诺晨
采访时间：2020 年 8 月 3 日

2020 年 6 月，我国南方部分地区发生洪灾。我随手翻到一则类似科普的热搜：洪水泡过的食物不能吃（可能有家禽溺死后腐烂，或是农作物霉变，污染水源及食物）。在此之前，我从不知道这件事。

那一刻，我忽然明白了，为什么要往灾区运成箱的矿泉水、泡面。以及产生了一个疑问，如果成人缺乏常识，孩子该如何自处？于是，我开始对灾难求生感兴趣。就在这时，许诺晨出现在了我的采访计划里。

国内这一题材的童书不多，许诺晨的"淘气大王董咚咚·灾难求生"系列（现已重版，书名为"淘气大王董咚咚·紧急救援系列"）卖得不错，入选了诸多书单，拿了不少奖。采访中，许诺晨讲到了自己的童年、阅读经历、写作经历，以及成为母亲后，当她重新审视女儿的阅读书单，提出了自己的看法。

这个囊括祖孙三代的故事，让我非常着迷。现在想来，这或许是我第一次借由采访，潜入进入另一个家庭之中，了解一位作家的过去和现在。我是如此渴望写下这个故事，如击鼓传花般，迫不及待地，将它交到下一个人手里。

很快，我写完了，却因字数过长而无法发表，就算发在微信公众号上也不行。我与部门主编说，不开稿费，发在网站行不行？仍旧得到否定的答案。那大概是一个深秋或冬季，北京还很冷，我穿着一件 Oversize 的黑色加绒卫衣，不可抑制地发抖，无法说出连贯的话。走出会议室的玻璃门，耷拉着手，袖口冷冰冰的，噙满了水。

一年以后，我没有断绝写作家专访的念头——相反，这个念头在脑海中愈发牢固。这时，恰好社里有人事变动，我换了部门，名正言顺写起了作家专访。2021 年 6 月 19 日，这篇专访得以在网站发布。讲这些无关紧要的事，主要是想说，当一个人真正找到自己热爱的事，是无法被阻挡的。时间、规则，一切看起来权威的存在，都无法阻挡。

看起来，好像是我在选择——选择工作，选择部门。事实上，我别无选择。就像一个喝着白开水长大的人，有天突然喝了一勺糖水，他再也没办法忘记那一勺糖水的味道，于是日思夜想，辗转反侧，夜不能寐，渴望再喝到一勺糖水。有时候，人就是这样，只要走出了一步，哪怕只有一步，就回不了头了。在文学作品中，这通常被叫做命运，或者是宿命。

时至今日，我仍不知道，自己的命运通向何处。写到这时，我想到了《牧羊少年奇幻之旅》中的话："当你全心全意地想做一件事时，全世界都会来帮助你。"我确信，我结识的所有人，都是来帮我的人，大家帮我的途径和方式各不相同。总之，《许诺晨：一场从古龙小说迷到作家的奇幻漂流》是我写作家专访的起点。也是，我走上这条路的开始。

殷健灵

我为什么要三次写
留守儿童

2022 年初，新蕾出版社推出了《云顶》。这是殷健灵第三次写留守儿童。上一次还是 10 年前，殷健灵进入贵阳大山，随后写下"甜心小米系列"。再往前，2009 年《蜻蜓，蜻蜓》出版，这是殷健灵第一次关注留守儿童的生存状态。"说到底，那时候写这个题材，是胆怯的，底气不足的。"她在《云顶》后记中如此写道。

为了写好《云顶》，2020 年、2021 年殷健灵两度深入贵州和四川的大山深处。在四川南江县黑潭乡元顶小学，她一住就是 10 多天，和孩子们一起生活。睡前，她为年龄小的孩子擦脸、洗手。昏暗的灯光下，十几个孩子排着队，挨个走到冒着热气的不锈钢脸盆前。第二天，一个叫浩浩的小男孩"啪"地一下把小手放在殷健灵手心。校长陈果在旁观察，对殷健灵说："他信任你了。"

与 10 年前相比，当下乡村留守儿童在物质上已经有了很大提升，但生活中的困境仍然具体而黏稠。殷健灵在书中写道："好端端的可爱的孩子，走着走着，丢了妈妈，又或者丢了爸爸……"《云顶》入选了"（中国出版传媒）商报严选好书"。写作过程中，一旦遇到瓶颈，殷健灵就开始阅读——读书，看电影、话剧……当然，在她看来，最重要的是读生活，读人。

人生有另一种出发和抵达

殷健灵祖籍江苏，生于上海，张嘴是一口标准的普通话，只有说得太快时，才会偶尔在句尾露出"侬""啦"的余音。

2012年，殷健灵第一次进入留守儿童的生活，这源于网友"蚊子"的提议。她是殷健灵的读者，少年时曾在书店读完了长篇小说《纸人》，由此记住了作家"殷健灵"的名字。10多年后，两人在博客上相识，这时的"蚊子"已经成为一名特岗教师，在贵州山区小学执教。

互联网打破了空间阻隔，直到真正踏上旅途，殷健灵才清晰地感知到两人之间的距离：从上海出发至贵阳，贵阳到黔西市2.5小时，黔西市到中坪镇2小时，下车后还要走2小时山路。进山前，殷健灵在拉杆箱里塞满了给孩子的礼物，来接她的"蚊子"则背了一个背篓，里面装着新鲜蔬菜。那年大旱，村民收成惨淡，自给自足都艰难，山里买不到吃食。每周回家返校，"蚊子"都要背一背篓的蔬菜进山。

全校45名学生，除了校长，村小只有两名教师，复式教学。其中一位老师生病请假，空出了一张床铺。那一周，殷健灵就睡在这空床铺上。宿舍有一个水缸，盛着山上引的泉水，喝前要加明矾过滤。学校处处显露出贫瘠的面容，厕所是茅坑，一个大缸上放两块木板。学校提供一顿午餐，一到中午，教师会站在灶台上，用一柄铲子炒饭，这样大的铲子通常用于铲煤。这样的场面让殷健灵印象深刻，她说："是一种震撼，同时也得到了洗礼。"

震撼殷健灵的不是贫穷，而是在这样的境遇下，孩子眼中的明亮。殷健灵问学生，长大以后想干什么？男孩告诉她，以后想当司机。那时，村里没通路，出山只能靠步行。以后如果有一条进山的公路，他能在公路上开车，这就是他最崇高的理想。一个小女孩说："以后想当个好妈妈。"答案同样质朴。每天，大孩子带着小孩子打扫校园，吃完饭以后自己洗碗，每周清洁厕所。男孩无论如何淘气，回家后都是一把干活的好手，打猪草、挑水……忙不停歇。

　　在这里，上五年级的女孩已经当起了姑妈。她怀里的婴儿是侄子，哥哥外出打工，生了孩子送回老家。即便自己还是一个孩子，她却照顾起了另一个孩子。

　　在另一户人家，家里没有大人，两个孩子撑起了家——姐姐五年级，弟弟二年级。他们把日子过得很好，衣服洗得干干净净，晾在门口的晾衣绳上，扁竹板上晒着玉米、萝卜干。

　　殷健灵问："你们家附近有亲戚吗？"女孩说："有的，外婆在。"外婆在照看表弟，表弟更小，他们有时会去看外婆。殷健灵又问："你到外婆家有多远？"女孩淡淡地说："走山路要7个小时。"

　　这一刻，殷健灵发现，人生路上有另一种形式的出发和抵达。在她看来是困境的当下，他们仍在感受生命的美好，带着不加掩饰的笑容，坚韧地生活。

生活不断抛出难题

2020年9月、2021年4月，殷健灵分两次进山，前往贵州和四川的大山深处，前后一共待了20多天。与上一次自发前往不同，这一次她是受新蕾出版社邀请。

殷健灵是新蕾社合作多年的作家，"殷健灵经典爱藏"系列、"殷健灵暖心成长书"系列在新蕾社出版。留守儿童在当下算不上一个新选题，新蕾社看中的是"童伴妈妈"项目——这个由中国扶贫基金会启动的公益项目，通过培育农村妇女开展留守儿童关爱保护工作，很有积极意义。

从某种意义上来说，这是一部在主题出版框架下的"命题作文"。这也是殷健灵第一次接下"命题作文"，她有些忐忑，担心自己陷入主题写作的"套路"。一方面，殷健灵一直关注留守儿童，并且一直思考，既然现代化的进程无法阻挡，父母外出打工是一件必然的事，那么面对留守儿童这样一个群体，人们还能提供怎样的帮助？借着写一部书的机会，殷健灵尝试解开内心一个长久的疑问。另一方面，她也想进行一次尝试，能否抛开主题写作的"套路"，通过鲜活的人物塑造，让作品真正回归文学，通过文学的力量来打动人。这也是她的初衷。

与八年前相比，这一次进山是完全不同的体验。泥砖房改成了二层小楼，家家通了自来水，坑洼的山路上铺上了平整的水泥路、柏油路，村里通了网。即便是村里最困难的人家，也在政府的补贴下装上了抽水马桶，有了贴瓷砖的厕所。不到十年，人们的生活面貌发生了巨变。

当山区贫瘠的面容被揭下，生活还在抛出难题。一个常见的难题是娶妻生子，比如男人外出打工，在外面谈了一个对象。女人跟男人回乡，一看老家太穷，婚事吹了。还有意外，有人意外去世、犯罪坐牢，或是失踪。意外降临，妻子大多会选择逃离，把孩子交给老人，自己改嫁，或是外出自谋生路，与家庭进行切割，少有人返回看孩子。

《云顶》里，殷健灵写到了李千万，这个男孩的身世是现实生活的缩影。父亲在城里打工，替打群架的小兄弟出头，被人用刀伤了颈动脉，还没送到医院人就没了。父亲意外离世，留下一大一小两个儿子。妻子改嫁后，又生了一个儿子。后来，爷爷奶奶发现大孙子李千万越长越像儿媳改嫁的男人，心里有了结，又无法言说，于是对两个孙子区别对待。本就失去了父母，又因为猜疑，李千万失去了最后的避风港，无处可去。

现实生活中，浩浩的父亲是一个老光棍，长年外出打工，因为穷，存不下钱，三十好几娶不上媳妇，而他又想有一个孩子。他在女人家帮工，白干了三年，最后拿到的工钱是一个孩子——女东家给他生了一个孩子。生完孩子，东家把孩子扔给男人，不再管别的，他只有抱着孩子离开。一个老光棍难以照顾好一个孩子，他还需要打工。于是，他把浩浩送到了元顶小学。

刚到元顶小学时，浩浩瘦小，一看就发育不良。穿的衣服偏小，绷在身上，头发是脏的，指缝也是黑的。殷健灵到元顶小学，每晚睡前给孩子洗脸。没过两天，浩浩就和殷健灵混熟了，每天黏着她，闹着要抱抱、要抱抱。学校孩子多，教师少，根本抱不过来。在一个突然出现的陌生人身上，他尝到了久违的母爱。殷健灵说："你很明显感到这些孩子身上爱的缺失。"

看着那些被母亲抛弃的孩子，殷健灵会有震动，"在我们脑海里会有一种观念，母爱大如天，能克服一切艰难险阻。"但在这里，母爱失灵了。失去丈夫以后，为了脱离家庭，孩子成了一件可以被切割的物品，能够清晰地被剥离出去。殷健灵不想从道德层面评判，这样的选择与善恶无关。"道德评判是虚弱的，假若你没有经历过那种真正的生存困境，或者是真正处在她们的境地，你其实很难去评价当事人的选择。"作为一个写作者，殷健灵选择尊重。

从留守儿童到"童伴妈妈"

20 多年前，陈果、张蓉夫妻放弃了火锅店的生意，回家乡建了一所留守儿童小学。说是小学，其实只是一幢两层楼的房子：一层是教室，二层是宿舍，墙皮脱落了，栏杆布满铁锈，一口铁灰色的小吊钟在房檐下摇晃，两只生锈的水龙头一滴一滴往外渗水，好像总也流不完眼泪。这是云顶小学最初的样子。

随着当地政府的支持和慈善机构的捐赠，日子一天天变好。慢慢地，学校有了能自动冲水的厕所，有了一台太阳能热水器，还有了全自动洗衣机、一体式净水机、碗筷消毒机。为了省电，张蓉还是用双桶洗衣机，不插电的消毒柜成了碗柜。

硬件设施从无到有，但仍不足以负荷这个人口众多的"大家庭"。山间喜雨，一旦下雨，晾在操场上的衣服都要重洗，张蓉急于找到一个足够大又能遮雨的地方晾衣服。一台太阳能热水器供不了几个孩子洗浴，热水常常不够用。晚上，殷健灵给孩子们洗脸前，陈果往脸盆里撒了一些盐。在他朴素的价值观里，盐有消炎杀菌的作用，能洗得更干净。更主要的原因是，热水缺乏，得紧着用。

在山里的那段日子，殷健灵也给孩子们上过课。一天，她发现这堂课的课文里有高洪波的童诗。殷健灵给高洪波留言，想请他给孩子们讲几句话。那时，高洪波还在病中，一看到微信立即回复。课上，殷健灵播放了高洪波的语音。听到诗人的话语，孩子们都觉得很惊奇。

除了在元顶小学生活，殷健灵还跟着"童伴妈妈"项目在贵州绥阳县各个村落走访。在见到李前梅之前，殷健灵就知道她身上有故事。"当时给我介绍这些童伴妈妈，我最感兴趣的就是她。为什么？因为她曾经是个留守儿童。"殷健灵讲到一张"童伴妈妈"的宣传海报，李前梅笑着，背着一个背篓，背篓里是她的两个孩子。

李前梅1996年出生，23岁时已经是两个孩子的妈妈。丈夫在外务工，为了不让孩子成为留守儿童，她选择留在老家。2017年，应聘"童伴妈妈"后，她挨家挨户摸底，为村里的儿童建档。因为孩子还小，她只能背着孩子走山路。一条关于"童伴妈妈"的新闻写到，2018年李前梅花了800多元给三名留守儿童买过冬棉衣，那时她一个月工资是1800元。

在人们印象里，李前梅永远笑着。但一提及童年，一张口她就开始哭。"你看她平时很开心，但是不能触及到她的童年，童年的疼痛无法弥补。"殷健灵说道。两人面对面坐着，中间是一张课桌，殷健灵拄着桌子，捧着李前梅的面庞，擦去她的眼泪。

李前梅儿时是留守儿童，一年到头见不着父母几面。她和爷爷关系好，后来爷爷又去世了，再后来奶奶去世。她仍然没有等回父母，兄妹相依为命地长大。选择成为"童伴妈妈"不仅是为了一份收入，更重要的是，当她在有玩教具、图书和设备的"童伴之家"和孩子们一起组织活动时，她的童年仿佛也被治愈。

殷健灵将李前梅的童年经历融入了小说里的"春晓妈妈"，春晓和丈夫创办了"云顶小学"。故事的最后，学校在媒体的帮助下在新址重新翻盖了校舍——这个结果是虚构的，现实中的张蓉仍然对突如其来的阵雨发愁。

现实生活还在继续，但小说需要结尾。小说里，云顶村开发了旅游业，企业在云顶办茶厂，村民有了新的谋生方式，在外务工的父母返乡。这是殷健灵构想的远景：那些已经走出去的人回来，一家人完整地生活在一起，这就是最好的生活。

对话

江玉婷：《云顶》来自真实生活，这是一部纪实文学吗？您怎样处理虚与实的关系？

殷健灵：写《云顶》，我考虑最多的是如何摆脱真实新闻事件和人物的无形束缚，提升作品本身的文学性和艺术性。因此，确切地说，《云顶》不是纪实文学，而是一部儿童小说，有人物和事件原型，但更多的成分来自虚构。文学和新闻一样，都是现实世界的反映。

文学又和新闻不同，新闻告诉你世界的真相。但是，当新闻形成文字之后，新闻的意义也就终止了——我们很少会在 10 年后去谈论一条当年的热点新闻。文学不同，文学即便来自某件新闻事件或是某个新闻人物，它也是生活的提炼，是诗性的、人性的、精神的、终极关怀的，经由写作者的艺术创造，会带给读者强烈的审美感受，它可能会在你心里余音不绝。

现实生活提供了大量鲜活的素材，这犹如一把双刃剑。一方面，它可能支撑起一些作品的细节；另一方面，也束缚了作者的创造力。因此，创作《云顶》的过程，和我先前创作《野芒坡》《象脚鼓》等取材自真实历史事件或是真实人物的作品一样，是将大量散沙一般的素材重新打乱、变形、切割、揉捏、整合、打磨、再创造的过程。只有将琐碎的素材重构为不失真实的"故事"，才可能离"小说"的模样近一些。

《云顶》不仅仅是一对模范乡村教师夫妇以及"童伴妈妈"的写照或者赞歌。他们是普通人，我想写的是他们的心路历程，他们为什么选择这样的生活，他们的骄傲与愁闷，困惑与无奈。《云顶》描摹的是失爱的乡村留守儿童群像，他们的父母迫于生存的压力或者因为各种原因暂时离开他们——脱离了残酷的生活现实，任何道德判断都是无力的。幸运的是，他们在"云顶"

得到尽可能多的情感补偿。我想写倔强的童年在暗淡中盛放，写生命和希望，写梦想与渴望。

我想，同样的素材到了不同写作者那里会呈现不同的样貌。这和写作者的世界观、人生观、价值观以及审美取向都有关系。到我这里，我希望呈现的《云顶》是童真诗意的，是直面真实，又启人思考、燃点希望的。

江玉婷：《云顶》里有两组对照关系，杨果和小石头，春晓和金枝。他们是师生，也是某种意义上的"父子""母女"，还是"我"和曾经幼小的自己。这是两代人的对话，也是两代人的救赎。您为什么要写云顶小学教师的过去？为什么找回他们的童年如此重要？

殷健灵：人物的真实可感，在于他的所作所为符合他的性格逻辑和生活逻辑，如此塑造的人物才是有根基、有说服力的。而童年是一个人人生最重要的根基，直接影响了他后来的性格养成和人生选择。

杨果的回来，来自童年这块土地给予他的哺育，来自做教师的父辈给予他的人生方向的指引；而春晓的选择，除了对丈夫杨果的"跟随"，更来自自身童年爱的缺失，因此她才会对当下留守孩子感同身受。她在付出的同时，也是对自己童年缺憾进行补偿。

包括小说中的儿童群像，小石头之所以胆怯、缺少安全感，是因为他从未得到过母爱，有过被关柴房的心理阴影；幼菊之所以如此渴望与手机亲近，是因为她被外面世界表面炫目的光彩迷醉过；金枝让人怜爱的懂事和善解人意，是因为她为自己和哥哥对春晓夫妇的亏欠耿耿于怀……

每个人都有自己的行为逻辑，即便那些行为不可理喻，依然可以找到他们之所以这么做的理由。一个宽容的写作者，对善与恶都能一视同仁，并且用同情的目光观照人和世界——这也是我一贯想用自己的文字向成长中的读者传达的观点。

生活中的一切高尚常常以平常的面目出现。高尚应该来自一个人内心自觉的选择，却又从不以高调示人。取与舍相辅相成，奉献的同时也是一种自我实现和满足。这个世界上，一定有比舒适的卧榻、豪华的屋宇更有价值的东西——那就是富足而高贵的精神世界，这个精神世界强大到足以为别人发光发热。

江玉婷：和十年前相比，当下留守儿童的生活状态、精神状态发生了哪些变化？他们更需要什么？

殷健灵：十年前，留守儿童除了缺爱，还缺物质。十年后，脱贫攻坚已见成效，乡村生活状况极大改观，加之有了"童伴妈妈"之类切实有效的公益项目，留守儿童有很大一部分已经不缺物质，但仍然缺爱，来自社会的关爱不足以弥补亲情的缺失。同时，网络发达，交通便利，他们还要面对复杂世界的诱引，这比十年前留守儿童的境遇更加复杂。

我在《云顶》里提出了一种"最好的生活"的设想：走出去，是为了更好地走回来，一家人完整地生活在一起，这便是最好的生活。听上去特别朴素简单，但是，实现起来也许并不那么简单。

江玉婷：《云顶》写到了学生的苦难，有的孩子自小被父亲或者母亲抛弃。这类现象会让您感到困扰吗？

殷健灵：被妈妈抛弃，这是我近年在乡村生活体验中感到很受冲击的现象。年轻一代的妈妈更加自我，在贫困面前，母爱、责任都变得虚弱无力。这确实是让我困惑的一个问题。传统家庭结构的牢固性也面临挑战——这不仅是山中家庭的问题，也是现代社会面临的一个普遍问题。

江玉婷："留守儿童"这个主题为什么这么牵动您，愿意一写再写？

殷健灵：一部作品带给不同读者的感受是不同的，对自己的任何作品，我都没有什么预设。读者会在阅读中将文本再创造，他们甚至会带给作者意想不到的惊喜和解读。《云顶》出版后，在有限的两次与大小读者面对面分享中，都有大人和孩子被打动、流泪，甚而有孩子回去跟家长宣布：要把自己所有的"财产"捐给那些缺少爱的孩子。这部小小的作品能让人沉思，或者心灵颤动，或者激起对生活的热爱与希望……这大概就是阅读文学作品和新闻的最大不同。

"留守儿童"牵动我的不是这个话题的社会性。它不是中国独有的现象，在国外不同时期都有不同类型的"留守儿童"。我在作品里一向关注成长中的心灵，留守儿童无疑是遭受心灵风暴的一个群体，因此也更能引起我的关注。

江玉婷：可以聊聊您的写作节奏吗？写不出来的时候如何克服？有哪些写作习惯？

殷健灵：我写得比较慢，准备阶段往往比真正的写作阶段长得多。因为还有一份媒体人的职业，这么多年，几乎从来没有用一块完整的时间写作过。以前只在周末写，现在一般是晚上写作，一两千字，几百字。若遇瓶颈，便停下来，阅读。是的，写作者如果不大量阅读，持续性的写作是无法进行的。事实是，我用于阅读的时间比用于写作的时间要多得多。阅读的不仅是各种类型的书，也包括影像、戏剧、舞台艺术，扑面而来的有选择的资讯，最重要的是生活，是读人。

珍珠

采访对象：殷健灵
采访时间：2022 年 3 月 3 日

采访殷健灵是一件"蓄谋已久"的事。为了解释这件事，我不得不再次提到 2021 年 7 月出差去江苏盐城参加的研讨会。在另一篇采访手记里，我也提到过这次出差。

会上，我见到了殷健灵，她是评委之一，有一段发言。我已经记不清她说了什么，但她的点评让我震惊。她穿了一件蓝裙子，上面带着白色纹路。"集美貌与智慧于一身"，我想到了 papi 酱的 Slogan（标语）。她的美很有力，不是绵软的美，像一颗珍珠。

也许是因为她戴了一对珍珠耳钉，我恰好目睹；也许是因为她那象牙白的皮肤，和贝壳的颜色相近；也许是因为她一口标准的普通话，语速过快时，会在句尾露出"侬""啦"的莹润余音。总之，她让我想到珍珠。

还在盐城的时候，我就下定决心采访殷健灵。过了大半年，机会来了。她的新书《云顶》上市，这是一部关于山区留守儿童的童书，主题值得关注。我很快读完了《云顶》，我喜欢主角苗苗，喜欢苗苗出现的每一个段落。殷健灵先是用文字回复了提纲，后来我们又通了电话。采访过程很顺利，我们聊了不到40分钟，几乎没有什么铺垫，直奔采访核心。

采访的顺利，并非由于我们见过面。这或许和殷健灵也是媒体人有关。她非常清楚我要问什么，给到我需要的每一个部分。这种感觉我在采访付秀莹时也曾感受到。她曾是记者，跑过文化口。

殷健灵说起她去山区小学的几次经历。当她提到老师站在灶台上用铲煤那样大的铲子炒饭时，我的脸仿佛被白色的蒸汽嘘到了，睁不开眼睛，闻到了米饭、鸡蛋和葱花的气味。她的语言组成了一个画面，我似乎也在山区小学住了几天。采访中的顺利，延续到了我的写稿。

郑在欢

我是周星驰的粉丝，
喜剧是我的底色

专访

小说集《今夜通宵杀敌》出版后，作家郑在欢在一段时间里接受了密集的采访。对方抛出的那些问题，围绕着他本人——1990年出生、留守儿童，经历丧母、家暴，16岁辍学打工，而后成为作家。这段真实经历打上具体的标签，就成了一个有关突围的故事，充斥着高浓度、戏剧化的元素。像反复咀嚼一段甘蔗，郑在欢从过往里打捞事件。越往后，能想起的事儿越少。

他把宣传作品视为创作者业务链条里的一环，郑重面对。"如果没有这个经历，（他们）可能会觉得没什么看点，我也很理解。"同时，郑在欢又很疑惑，轻声问了句："难道文学不是更好看吗？"

父辈从来不给答案

《今夜通宵杀敌》收录了郑在欢 24 岁之前写的短篇小说。全书分两辑，第一辑"昔时少年"，第二辑"U 型故事"。前半本书里，他回忆了少年时代。

那是一段颠沛流离的日子：七个月大，母亲去世。父亲长年在外务工，奶奶把他带大。再后来，郑在欢住进继母家。继母脾气暴躁，腰宽背厚，对孩子动辄打骂。继母曾把五岁的亲儿子玉龙扔到墙上，又补上一脚，玉龙还来不及哭，就昏了过去。还有一次，继母把玉龙一脚踹进家门口的粪坑。因此，郑在欢勤勤恳恳干活，老老实实挨打。他照顾更小的孩子，先是妹妹玉玲，接着是弟弟玉龙、玉衡。被打狠了，他几次离家出走，有时在草丛过夜。

《撞墙游戏》的故事发生在这期间。小说里，李青离家出走，流浪了几天，走过陌生的村庄。夜幕降临，在小池塘边，李青遇到了醉酒的舅舅阿龙。阿龙带李青回家，李青在床头桌上翻到两本书，一本是安利的企业介绍书，说安利不是金字塔型的事业，他很费解。阿龙语焉不详地解释。后来，阿龙带李青去公路旅店，大人喝着酒，李青坐着听，也听不大明白。

阿龙的原型是郑在欢的舅舅，一个世俗意义上的"失败者"，丢了银行的"铁饭碗"，妻离子散。郑在欢在桌上摸到一盒烟，抽出一支点燃，盒里还剩一半。他说："童年时，我们会被带到很多地方，大人交流，小孩在下边要么玩自己的，要么就听他们说话。屋里有人的情况下，我不太会自顾自地玩，这就导致我脑子里留下了很多谜团。"而以阿龙为代表的父辈，从来不给答案。

李青还出现在《这个世界有鬼》里。三个少年相约自杀，他们掏出兜里的钱，买烧鸡、啤酒。最初计划跳楼，发现通往天台的门锁死，三人沮丧。这时，刘毅想起家里做猪头肉用的亚硝酸钠，因为"觉着自己在这次行动中，起到了决定性作用"，他兴高采烈地往家跑。在草坪上，有酒有肉，这是每一个农民向往的生活，但他们不以为意。

这是一个绝望的场景，几个绝望的人没来由地想死。郑在欢看到的是一代人精神危机的集中爆发。父辈"有酒有肉就是好生活"的价值观，无法得到下一代的接纳，他们需要尊重和承认。生命的脆弱时常在生活中浮现，也许是一次失恋，也许是一个低分，也许是父母的一次责骂，孩子"啪"地一下坚持不下去了。而责骂背后，是两代人的情感错位。

刘毅死后，放猪头的柜子空了一格，继父把骨灰盒塞了进去。李青见了，不顾继父反对，把骨灰盒拿出来，因为刘毅讨厌猪头。郑在欢解释，继父是一个"经济水准以下的父亲"，虽然冷言寡语，但没虐待过孩子。他大部分精力用来谋生，经常思考的是猪头怎样保存得久一点、今天卖了多少钱。把骨灰盒放那儿，只是因为正好有空缺。他不讲究，也讲究不了，因为"意识里没这个东西"。故事讲完了，烟烧到了头，烟头掉进烟灰缸，他又抽出一支新的。

"他没有精力去管你。我跟你这样说话，你会不会觉得疼痛，或者我这样跟你交流，你会不会恐惧？他们不会这么想，但新一代人已经开始注重心理感受了。"在和父辈的交往中，郑在欢时常能感受到两代人的冲突。

这篇小说最初发表在《小说界》，刊发前加了一个结尾。三人寻死的故事是李青在逍遥网吧的创作。关机之后，三人相约吃猪头肉。对此，编辑一直对郑在欢抱有歉意。"当你想去做某件事，这事就有着非常强的吸引力。但当你真的做完之后，发现也不过如此，你可能就不会去做了。"郑在欢想给极端行为祛魅，传递生机。

前段时间，他的朋友写了一篇书评，说郑在欢写到了各类父子关系，但一直没写到自己和父亲。"我以前没想过，她说到之后，我才猛然一惊。"郑在欢一直没写父亲，只在写李青时稍微写到一点。他不知从何落笔，"也许这是我目前没有能力触及的东西，我在逃避"。但有一篇小说是留给父亲的，名字起好了，叫《哺与报》，哺育的哺，报答的报。

父子关系就像一个大背景，隐隐存在于郑在欢的小说中。父辈的生活模式、言语方式、生存智慧，塑造、影响着下一代。郑在欢很少写母子关系。他沉默了几秒，想了想说："可能因为我对母亲不熟。"他不认识母亲，不知道她长什么样。自懂事起，母亲就埋在土里。别人聊到母亲，他听着，就像说起一个遥远又陌生的古人。

在贫穷面前，尊严不值一提

短篇《今夜通宵杀敌》的发生地在皮鞋厂，十五六岁、十七八岁的少年完成发育，首要任务就是找对象。然而，环顾一圈发现，"女人远远不够，很大一部分刚在B超下显形就被化成血水冲走了"。在这里，郑在欢不是特意写社会问题，这正是他们所遭遇的——到了谈恋爱的年纪，发现姑娘不够。

16岁那年，郑在欢和继母爆发了一次争吵。离家出走后，父亲不再为他缴学费，他只能辍学，坐上前往河北的火车。郑在欢不是个例，第二年春天，郑在欢就读的学校超过三分之二的学生辍学，曾经容纳3000人的学校变得空空荡荡。其中，多数人去了南方。进厂后，长辈和郑在欢的交流话题变得单一，只剩下结婚生子。

"跟昆虫一样，螳螂交配完就可以死了，对吧？"他不认为这话残忍，因为这就是生活。产下第三代以后，父母觉得使命完成，不再说别的。郑在欢从小接受的教育是多吃、长高、长胖，只有这样才有老板要。干个几年，把攒的钱拿回老家盖房子。有房以后，亲戚才好给你说媳妇。儿时，郑在欢长得不高，对此奶奶总发愁。

随着经济发展，农民一年能挣几万块，郑在欢的表弟表妹上了大学。"能生存下来以后，他才能冷静地说，我给你一点东西让你去发展，那就是所谓的上大学，而不是说，你有力气了，你就去干活。这是经济决定的。"郑在欢想到以前家里穷得连10块钱都得借。大人带孩子挨家挨户敲门，不带孩子未必借不到，但带着是一重保险。"在穷苦的人面前不要谈尊严，不要谈那些虚头巴脑的。"他总结道。

2009年，郑在欢到北京，投奔在大红门做批发生意的亲戚。

一次，他和同宗的伯父从北京站出站，需要打车。伯父不熟悉北京，也没开过车，用近乎卑怯的语气和司机交涉。郑在欢很崩溃，"我可以 handle（处理）这事，没必要置我们于这么可怜的境地"。伯父认为郑在欢是孩子，应由长辈出面沟通，又产生了一重错位。

那时，汽车在伯父的生活经验之外。而现在，他自己已有了一辆，女婿的车停在门前，儿子的车停在院里，多的时候，家里能停三四辆。提到开车，他已经能谈笑自如，变化就发生在这十年间。当一个人的财富如肉眼可见增长后，生活状态和认知面貌就会发生转变。"这个东西，一旦攥在手里，你才能了解。"烟盒空了，说着话，郑在欢开了一盒新的。

《今夜通宵杀敌》里，女孩追求钱帅未果，第二天便辞职，去了永和豆浆上班。她心里经历了一场海啸，也许在后厨切菜，也许在前台收银，也许在打包外卖，这家店所有的食客都不会了解这些。"大城市的服务人员沦为了一种设施，就像健身器材一样。他就在那儿，你不会过多关注，甚至都不会刻意去看一下他的脸。"郑在欢在北京生活了 11 年，他总觉得这儿缺少人情味。高度的社会分工把人切割得更细碎，人与人之间界限分明，永远不会相遇。

郑在欢住在大兴区，他对楼下没有好吃的馆了这件事深恶痛绝。所有的快餐店都一样，加足了味精，这是他最不能忍受的。"我吃不了味精，然而全放味精！"因为生气，郑在欢的脸鼓了起来，像一只胀气的河豚，他愤愤地说："鲜味是用食材烹饪出来的，加这么多味精绝对是走捷径！"在家乡，他称对方"老板"，粉里少加点酸笋,咖啡不要糖,店主记得顾客的喜好;点菜也不必看菜单,想吃什么直说。他们为人提供真实的服务,不是一颗标准化的螺丝钉。

人应该在一口缸里,互相搅拌。郑在欢从小就有这个心态,浪漫的冒险故事是人创造的,人和人会有奇遇,走得越远,奇遇越多。他去云南的小镇旅游,街上做保洁的阿姨主动和他搭话,怕指不明白,一路领他们到目的地,哪怕自己手里拿扫帚还有一摊活没干。郑在欢喜欢这样的交谈,这让他感到"人和人是扭在一起的"。

"诗意在散漫的事物里,目的性太强没有诗意。"郑在欢谈到北京,大家一起聊天,大部分人有惯性——要达成共识。或者聊了一会,这个项目能干,一拍桌子,马上奔着事去了。闲人不是这样,闲人就想聊天,不在意对方是否认同。疫情之前,郑在欢每年都回老家,没有别的考虑,只是转换心情。农村不是商业社会,除了农忙,人们多在聊天。

小说和剧本是两套模式

2015 年,郑在欢进入影视行业做编剧,2016 年开始写剧本。刚入行,他买了好些专业书,看了大量影视作品,琢磨怎么写。他写剧本很快,一部几万字的剧本一般几天写完。剧本每集有固定冲突,就像流水线上的作业,环节规定得很死。"10 分钟该发生什么，15 分钟该发生什么，到了那个点没给到，观众就会不爽。"郑在欢提到，一旦写商业剧本，就要去遵循"那套无聊的东西"（好莱坞模式）。

好莱坞剧本里有个专有名词叫"最后一分钟营救"，无论是007 这类谍战片，还是星球大战的科幻片，危机总在最后一分钟解除，把观众的心悬到最高点。又或者，主角被推下悬崖，大概率用两个手指扒着地面，然后镜头往下一晃，恐高者看到势必小腿一软。总之，写剧本就要写冲突，密集的冲突，不断给观众生理刺激。平时，郑在欢也会看电视剧，看一会就大概知道接下来演什么。

近两年，"工业糖精"紧俏，"甜宠剧"风头正盛。有人找来，说："欢欢，帮我们写一个小甜剧呗。"郑在欢没接，因为写不了。他掐着烟，肃穆地说："我不理解，它跟我隔代了。"烟烧了一段，他弹了弹烟，把灰磕进烟灰缸，补了半句，"还隔了性别。"郑在欢不懂"发糖"，也不明白为什么霸道总裁一手把女主角摁到墙上就会内心"小鹿乱撞"。"这个真不会，你得承认，你有情感触角达不到的地方。"手里的烟抽完了，他抽出烟盒里最后一根。

知道郑在欢写剧本，有编辑拿到小说，猜想是不是剧本不好写，所以欢欢才写小说，或者是觉得他的小说受剧本影响大。"会有先入为主的想法"，郑在欢自如地泡起茶，继续说，"小说和剧本是两套模式，小说看的是思维逻辑，调动的不是一个感官。"茶泡好了，他把两杯茶分开，一杯放到记者面前，另一杯放在自己身侧。

相比写剧本，电影对郑在欢的影响更大。他看了几遍《教父》，写小说时偶尔会想，如果是《教父》这段该怎么写？在他的创作法则里，小说写的是奇妙的感受、诗意的场景。同样是写一个贼出狱后杀人，剧本要写过程，最后交代结局。而小说一旦开始写，就要像泡茶一样，泡发枝蔓——贼偷东西时的感受，杀人的感受，他人对贼的感受……当枝蔓相加，权柄就到了读者手中，读者会揭晓贼为什么杀人。

郑在欢的写作之路要从继母讲起。因为继母的辱骂和毒打，郑在欢在作业本上写满了"崩溃"二字。那时太小，还没学到"溃"字怎么写，只能用拼音代替。他每天用潦草的笔迹写下文字，"就像类人猿在山洞留下壁画一样目的单纯"。

一次，姥爷吩咐郑在欢要像"越王勾践一样，卧薪尝胆"，把生活里挨骂的事儿写下来。郑在欢遵照姥爷的教导，每日去杂货铺后的空地写一小时，写了一整本。随着毒打升级，他写的越来越多，发誓日后照此报复。因为总要离家出走，他把本子藏在奶奶家的墙缝里。老人不识字，把"记仇本"全当草纸用了。

16 岁前，郑在欢都在纸上写作。到北京后，郑在欢买了一部诺基亚 N72 的智能手机，开始在手机上写。当时，一个手机网站举办文学比赛，首奖 30 万。用一台按键手机，郑在欢在网站连载了两部长篇小说，其中写杀手的小说获三等奖，奖金 8000元。他用这笔钱买了一台笔记本电脑，自此正式投入创作。

十年前、北京、用手机写作，郑在欢没有意识到的是，他无意中踩中了时代的风口。那时，手机阅读还是新兴文化产业。2010 年 5 月，中国移动在北京举行发布会，会上发布了一组数据：当年累计用户超过 3000 万，每天有 25 万本书被中国移动用户从头到尾全部翻完。通过这一数据，中国移动阅读基地做出了"中国手机阅读时代"正在到来的预设。郑在欢参加的文学比赛，正是这场浪潮的一个切面。

死亡是一个巨大的谜题

《今夜通宵杀敌》的出版花了四年。一开始，郑在欢打算用的书名是《少年不死》。那年他 27 岁，认为自己还算少年，"拍照挺漂亮的"。过了几年，人胖了，留了胡子，31 岁还出一本书叫《少年不死》，觉着"怪脸红的"。

"书出来以后，很多人没关注到最后一篇，其实它是这本书的底色。"郑在欢提到《收庄稼》，小说写了一个下午，人们收割芝麻，一边劳作，一边谈论死亡。同时，动物正在死亡，地里埋着人，一户比另一户收成多，芝麻也更大、更黑。大地之上，生死相连，轮回往复。

在年轻人的大脑里，死亡是一个巨大的谜题，挥之不去。平时，郑在欢老说，"我们村有 1000 多口人"。人多了，就意味着有各样的死亡，有自然死亡，有早逝，有自杀，有他杀，还有人外出偷电缆被电死……面对死亡，郑在欢常常在想人如何走到这一步。

在河南驻马店新蔡县的村里，少有荒山、荒地，大多被开垦成农田。村里没有专门的坟地，人死后埋在庄稼地里——别人家的地里。同样地，对家死了人，要埋在自己家地里。郑在欢家人多，坟头也多。那户人家不满，愤懑地说："你们家老死人，八辈人都埋这儿，我们那块地还能种吗？"

郑在欢掰着手指头说："至少有3个坟，我祖奶奶，我爷爷，还有我妈。"几座坟头连上，把农田隔断，犁地时要绕着坟走。那时郑在欢还小，奶奶粗着脖子，高声喊："这是定好的规矩，凭什么不让埋，我死了还埋。"在农村，人与人之间有斤斤计较的部分，但大家恪守一个准则——规矩最大。那户人家自知无法破坏规矩，只能发发牢骚。现在，老家推行火葬，规矩正在变迁。

长大后，郑在欢在宁波余姚待过一年。清明节到了，姨说"欢欢，走，上山捡贡品吃"，语气就像说出门遛个弯。余姚富裕，山上有大墓，有的墓修了屏风、石墙、石碑，一到清明节，墓前摆满贡品，瓜果不断。18岁的郑在欢怔在原地，他问："这能捡着吃吗？"姨说："没事。"在她的认知里，死亡不是一件不可说的事，墓前摆的苹果和树上结的没区别。

郑在欢讲起村里发生的一起杀人案。男人叫军舰（化名），因偷盗、抢劫入狱。出狱后，他夜间乘三轮车回家，没钱付账和司机起了争执，怕司机高喊，把司机杀了。第二天，警察找上门，军舰在家被捕。"那个晚上蛮困扰我的，他明明要回家和妻儿团聚，却因为几块钱的车费杀了人。"这个故事郑在欢写了两遍，第一遍用第三人称写了《回家之路》，收录进《驻马店伤心故事集》一书；第二遍用第一人称写了《谁打跟谁斗》，收进新书。

和小说一样，现实生活里的军舰讨孩子们喜欢。他会扛着卖馒头的箱子唱《好汉歌》《敢问路在何方》，当地孩子不顾家长劝阻，穿上雨鞋、撑伞去听。军舰会养鸡、钓黄鳝、捕鸟，逮到鸽子拿去卖，逮到麻雀给小孩玩。

十几年前的夏天，郑在欢的父亲没出去打工，在家待了一段。军舰给他介绍活——扛木头，树很粗，按立方算钱，一上午下来赚三四十块钱。父亲嫌累，干了十几天就不干了。军舰一直干，他还劝父亲说："你不知道现在城里干活多难，挣不着钱。"

军舰的妻子有精神障碍，缺乏生活能力，家里的儿子还小，需要人照顾。他没法出去打工，只能守在家，做过很多行当未果，最后只能做回盗贼。军舰是个怯懦的贼，被抓住只有挨打的份，从不敢还手。这样一个人，为什么会杀人？这也是一个谜，曾经困扰郑在欢。

另一个谜是军舰的儿子蹦蹦（化名），因为头大，衣服总是脏兮兮的，常被同龄人欺负。放学路上，郑在欢和弟弟玉龙沿着小路走，看见蹦蹦走在前面。每回快到池塘，蹦蹦必定又蹦又跳。经过池塘之后，他又恢复正常，慢慢走着。

有一次，郑在欢独自回家，又看见这一幕。他好奇为什么蹦蹦一到那儿又蹦又跳，同时感到凄凉——蹦蹦始终一个人，没人和他说话。"为什么在那个地方，他那么开心？"郑在欢至今不知道答案。他想把这件事写进小说，因为不知道加在哪里，最后没有写。

对话

人要成长，不可能永远靠直觉讲述

江玉婷：阿龙家只有泡面，李青出去打水。书里写："李青去院子里打了水，昨天还有月亮，但今天没有。"看到这儿，我在旁边写了4个字："苦难难挨。"

郑在欢：这是我最希望得到的阅读感受。句子是有言外之意的，句子是有弹性的，不是写什么才是什么，你能get到完全不一样的意思。这也是阅读最美妙的时刻。

这篇大概是十年前写的。书刚到手，我翻了两遍，有时忍不住捶桌子，"以前怎么写得那么好"。年轻时写作没有想那么多，遵从生命体验写，唯一的准则是不要煽情，但就是那么好，那么轻快、轻盈。

后来，写东西越来越慢，因为感受复杂了，需要过滤掉杂质。人是要成长的，不可能永远停留在靠直觉讲述的年纪。看到这样的句子，我就庆幸自己写作比较早。这样的东西，我会一读再读，因为它有诗意。感觉像在夸自己，但确实是这样（笑）。

李青的一夜，也是我的一夜。我确切地回忆到了那一天，我蹲在草垛里，看见月亮特别大、特别圆、特别亮。小说是虚构的，所以刻意写了"今天没有月亮"。

江玉婷："阿龙拿起一个玻璃球撞出去。他撞得太远了，远到远远超出他的活动范围。"我在这句读到了诗意，尤其是"远到远远超出"这几个字。

郑在欢：它相当于 rap 里的点睛之笔。用"撞得太远了""撞得很远"意思一样，但都不合适。用形容词修饰形容词，加上叠词，这是简单的文字技巧，也是写作者玩的文字游戏。句子和人物当下的状态相符。

这句是顺道写下来的。现在写得慢，主要是卡在句子上，这句写完，才能往下写。就像走路一样，必须一步一步走，不能跳过去。当然，一步步走也会有惊喜的时候。越写越觉得写小说像写诗，要找到句子。找到这样的句子，就是写作中最快乐的时刻。

写的时候，故事已经在我的脑子里了，包括结构、边缘。作者要做的是叙事，把故事讲得有味道。太阳底下没有新鲜事，再离奇的事件现在都很难引起人的震动。出人意料的是讲述视角、看事件的目光。这是我目前对小说的认识。

我写过很多自己的经历，大家会觉得我志在于此。不是的，写什么对我来讲没那么重要。哪怕今天写一个在河边散步的故事，如果能讲得有意思，我也会很满意。

江玉婷：李青是一个早熟的孩子，他明知道阿龙不太靠谱，为什么还跟着他？

郑在欢：他确实没地方可去。从饭店出来，阿龙带李青去偷窃，砸墙被货柜压倒在地。照理说，带着一个孩子，不该干这事。偷东西他也是临时起意，想到就干。

阿龙被人嗤之以鼻，但他有着遵从本性、寻找快乐的能力。都压地上了，只有手指能动，只要还剩一丝力气，他都想玩乐，结尾阿龙提议玩弹珠。不管对方是小孩还是大人，只要有人，他就想互动,这是一种积极融入世界的方式。只是他生活过得太烂,能找到的玩伴很少。

李青因为早熟,跟同龄人玩不到一块。离家出走以后更孤独,他渴望跟人平等交流,但是周围的村子陌生得不像话。这时,他遇到了马银行。我写马银行,他就像神话故事里的白胡子老头,突然出现在十字路口。马银行只想赢弹珠,玩了一会,李青发现玩不下去,就继续走。

跟阿龙出门,李青也有点后悔,他试图理解成人世界,起初也排斥阿龙。阿龙一无所有,只要有酒喝、有的玩,他就开心。去赊账大大方方,说什么"你信我就对了"。李青是一个不安的人,一个不安的人恰恰对这种松弛、安之若素的状态着迷。

阿龙问,要不要一起去挖洞?李青意识到,自己被需要了。这时,他的道德感、良知荡然无存。阿龙身上有动物性,人本能的蛮荒。但在生存的旷野里,一个文明人被同化,甚至仰慕动物性。

江玉婷:前半本里,有好几个故事是讲李青的。

郑在欢:二十来岁,能动用的经验很短,只能回忆到少年时期。我没办法像艾·巴·辛格一样,用几千字写"傻瓜吉姆佩尔"的一生。我没到30岁,不想去想象30岁,也不想写30岁,只想回顾以前。当然,我现在开始慢慢展望未来。

文艺作品里最击中人心的是时间流逝。十年后,物是人非,两人在街头相遇。"啪"地一下,这一点就打到你了,泪流满面。时间的运用在故事里像核武器一样,二十多岁写的都是"浓缩的时间"。

《收庄稼》写了两万多字，其实就是一个下午，《撞墙故事》是一个晚上，《漫斜》发生在一天里。我喜欢把事件安在一个短的时间里。这和早期对短篇小说的理解有关，它是一段时间里发生的事，而不是铺开来去讲很多。

江玉婷：《漫斜》这篇的题目是什么意思？

郑在欢：这有一个四边形，家和学校在对角上。上学要按边走，但小孩图省事斜着走，对角线更近，也就是抄近道。但这样会踩踏麦田。《漫斜》有暗示意味，公羊是一个走了斜路的人。

语言的可靠程度困扰着我

江玉婷：皮鞋厂里，露露做鞋子，干活又慢又差。里面有一句话："大家都很喜欢她，因为她太笨了。"我看到这句，莫名地笑了。

郑在欢：好的句子有很多理解面。你可以理解为她是一个蠢萌的女孩，也可以理解为她是一个构不成竞争关系的同事，还可以理解为大家可以因此取笑她，对吧？

小说另一个迷人之处在于，一句话中语义的急转。就像脱口秀一样，让你感受到惊喜。脱口秀，或者说戏剧的套路比较多，文学尽量不要用套路，因为文学容量更大。

我蛮喜欢用喜剧元素。幽默是我的底色，一直都是。我喜欢幽默，喜欢幽默胜过一切，我是周星驰的粉丝。电影里，周星驰的笑是有来处的，他不是为了搞笑而笑，而是提取了一种表现形式。

有一次，我们在上海写剧本，剧已经开拍了，三四天要改出三集剧本。几个编辑和策划一起开会，开到凌晨五六点，一天可能只睡三四个小时。压力达到这种状态，谁说了一句话，哪怕稍微转一下，大家就开始笑，大笑。用笑来释放，用笑来抵御，这也是我的生存哲学。

前半本回忆少年时代，回忆也回忆得差不多了。后半本是写作尝试，《谁打跟谁斗》是心理小说，《跑步宅男》是科幻加鬼故事，《坏笑》是一个独幕剧，《驻马店女孩》是对话体，带一点悬疑。就像吃巧克力一样，一盒里味道都不一样。我写小说形式比较多变，但会长期关注现实。

江玉婷：为什么用《今夜通宵杀敌》作书名？另几篇更有代表性。

郑在欢：书名一定要顺口，像一个固定词组。海明威的小说名字都起得非常好，《太阳照常升起》像一条真理，还有《丧钟为谁而鸣》《老人与海》《永别了，武器》《过河入林》等。现在一些流行歌曲、广告，用词不断重复，像病毒一样植入人脑。好的文学作品，一定要给人一个新鲜的词组。

我始终觉得艺术家要和人互动，书名要让人觉得好玩，利于传播。就像动物求偶一样，孔雀开屏，把人吸引过来。我不太喜欢隐喻式的标题，"今夜通宵杀敌"算一个新词组。我另一本书叫《团圆总在离散前》，这两个书名我都蛮喜欢。

书名我想了好久，备忘录里写了一长串，多到能刷屏。为了一本书，生造一个词组是难的，有来处才有生命力。想了一堆都不满意，直接从书里拿是最好的方式。《今夜通宵杀敌》当书名，后面有一篇小说作支撑。这篇小说写得很顺畅，词组读着也很顺畅，是一个宣言式的口号，带有一点少年气，也符合整本书的气质。考量就这么多。

江玉婷：《还记得那个故事吗？》里，"我"给发小打电话的故事，这是真事儿吗？

郑在欢：小说是重组，不是照搬现实生活。一旦开始写作，虚构就开始了。当你组词造句时，其实已经把现实转换了一次。小说只能谈感受真实，谈不了桥段真实。我写的小说，像军舰那么实的事儿反而少。当然，可能会有原型。

这个故事是我小时候听的，后来上网没找到。很多读者读完这篇，说在《故事会》上看过，是一个当地的民间故事，劝小孩不要乱吃东西。

书里，两人明显不在一个频道，一个不断问故事，另一个关心拧螺丝、修空调、做买卖。我在这篇小说里集中探讨了语言的可能性，语言能不能带我们抵达想去的地方？我时常感到，人们好像在聊一件事，但其实是在聊八件事，那七件事伪装成想聊的那一件，到最后大家都不知道自己在聊什么。

小说最后，两人看似达成了一致，想清楚了故事的全貌，但事实上还是存疑的。他只能通过语气感知，而不是通过语言判断。人说话的语气、举止，要比语言传递的信息多。我小时候听大人说话，确实听不懂，但能通过语气、语调判断人和人的关系。

文明靠文字记录，但文字记录没有现场感知可靠。而小说恰恰要使用语言，所以小说是一个被误读的工具。"啪"就放在这里，你怎么理解都行。关于语言的可靠程度，我在这篇小说里也没得到答案。这是困扰我的事，可能也是困扰写作者的事。

江玉婷：怎样处理真实和虚构的关系？

郑在欢：按理说，纯虚构的小说比较好。我追求的也是纯虚构的小说，只是有原型写起来比较顺手。基底是现实生活，脑子里会有很多坐标，拐弯的地方也有细节，可以随时拿出来用，也可以拼贴，就像拧魔方一样。纯虚构的小说，情节和桥段都没有，需要完全创造。这是一个理想状态下的小说，很难达成。

这本书里只有一篇比较接近完全虚构，《我只是一个鬼，什么也干不了》。这里几乎没有一个桥段是真的，但我写得非常顺畅。有一个大的基底在——农村赌徒的生存法则，有放贷的、借贷的、意外去世的，还有爱情。这些有现实逻辑，但写成小说以后，又没有那么明确的矛盾冲突，读者也能进入情绪里，这就非常棒。

江玉婷：会避免使用原型吗？

郑在欢：变形会比较好。那时我能力达不到，人物换个名字，就不会写了。早几年，写小说我会大量用生活中的人名。昨天写小说，我犹豫了好久，想替换那个名字，但替换不了，只寄希望于他不要看到。

江玉婷：是写了真事吗？还是用了同行的名字？

郑在欢：不是真事，只是用了他的名字，化用了一些他的经历。当然，都是拼凑起来的。按照我的写法来处理，他看到可能会有点难受。

不是同行，我基本不写同行。我不写作家、不写画家、不写摄影师，以及一切正在创作艺术的人。我关心生活中的人，而不是在生活中寻求意义的人。那些意义，恰恰这些人在生活中说不出来的，但他们能感受到，这种感受是鲜活的，没有调整过的，没有矫正过的，更接近于本能。对于我来说，这更值得研究。

现实是写不尽的，故事是写不完的

江玉婷：可以谈谈对文学的态度吗？或者说，好小说、好故事的标准是什么？

郑在欢：这个可以展开讲一讲。写作是职业，我经常琢磨，叙事、故事、情节、桥段、人物。它必然是在写作中时时要遇到的问题。我在《还记得那个故事吗？》里写到很多，它可以当成一篇文学评论来读，就是我对文学的态度。

我以前写创作谈，有杂志会来约稿，那时比较真诚，有什么说什么，知无不言，把能想到的都说了。后来发现，不能写创作谈，因为人对文学的看法是一时一变的，不能作为准则，它只是朦胧的存在。当然，写作趣味可以谈。以前我会总结，故事要幽默、多义、没有确定性，要有"三感"——陌生感、通感，还有一个，想不起来了。

再后来，我写创作谈都是"顾左右而言其他"，给对方一篇能发的就好，不会确切地谈对故事的要求。我还没到那个份上，我还在成长，还在变，不能当下就给自己框死了。

原因太强，肯定是低级故事。高级故事会隐约一个原因，但不会很强。胡安·鲁尔福所有故事都很高级，他说得少，藏得多，句子像诗一样，写人、写景、写对话恰到好处，不会多一点，也不会少一点。伊萨克·巴别尔有很多没头没尾的故事，也很高级。那种高级就像先天存在，写出来以后就存在那儿，就像天上的一朵云。

我很喜欢鲁迅，鲁迅的作品有使命，他的文章是要说明白一件事。我没有使命，或者说我的使命很小、很微弱——我渴望交流。胡安·鲁尔福不这样，他不渴望跟人交流，才不管你能不能读懂，《佩德罗·巴拉莫》用了大量拼贴式的手法，可能要读几遍才能看懂。这会劝退大量读者。但一旦读进去就会感受到美妙。

最早我写故事受地摊小说影响，地摊小说会在最后解谜，给读者一个强烈的震撼。以前写小说有这种倾向，后来越来越少用到。戏剧冲突太强，容易流俗。

江玉婷：《外面有什么》里，文（人物名）大年夜盗窃，发现满屋财宝和一具白骨。他和白骨合影，还享受地比"耶"。这个举动怎么理解？

郑在欢：富豪拥有财宝，但他孤独死去。这个贼什么都没有，进去以后，反而支配了一切。文可怜枯骨，甚至骄傲，因为他有妻儿，有儿子送终，所以才那么松弛。他不知道的是，儿子双腿已被压断。

文算不上一个好丈夫，因为自卑，对妻子的猜度之心特别强。她在饭店当服务员，跨年夜不值班，回家做饭。丈夫心里也是暖的，但惯性让他忍不住骂两句："这就是女人，想一出是一出，到手的钱还往外扔。"他爱妻子，另一方面通过贬低获得控制权。

人和人的关系是悬浮的，多变的。小时候看类型故事，角色分好人、坏人。长大以后，我们发现世界不只有黑白。人的感情也很复杂。前两年回去，一家子喝大了，我和继母抱头痛哭。继母说，欢欢，其实我很喜欢你。我说，我也是，我也觉得你很好。

都到这种程度了（笑）。情感很难说。

江玉婷：您写小说似乎不在乎完整性？《外面有什么》戛然而止，没交代这一家的命运。

郑在欢：你指的完整性，应该是每个人物命运的落点。看故事有一个很强的心理，他后来怎么样了？写作者只给出了一种可能，读者可以自行安排结尾。

我经常看电视剧、长篇小说，看到最后那一点，就不看了，或者过两三个月再看。我不想知道一个确定的结尾，在我心里结局已经有了。有人喜欢剧透，我对大结局没有好奇心，甚至想延后。我的小说没有真正的结尾，一切都是"假性结尾"，给读者留了一个口子。现实是写不尽的，故事是写不完的。

我们最早读童话故事，结尾常常是王子和公主过上了幸福的生活。总有人会问，婚后生活怎么样，生了几个孩子？但童话不会继续写下去。再大一点发现，一个班里总有正义者、学霸、热心人、恶霸，恶是消灭不完的。人和人的配置才是吸引人的地方。读完一个小说，如果读者愿意想一想，这个故事才真正开始。

江玉婷：您常写"漂流者"，他们的人生是不确定的，随时会从一个地方到另一个地方。

郑在欢：他们是年轻人，在农村没接棒，在城市无立锥之地，所以在各处漂着。我写不了公务员，我只能理解漂流的人。这个群体没有那么多准备，不想在皮鞋厂待了，哪天一看永和豆浆招人，她就去了。这是这个群体的生活方式。

虽然不在工厂干，但我没有脱离这个群体，还在这种状态里。

在北京，我没户口、没房子、没车子、没结婚，还在漂着。过年回老家，我和发小聊天，他还在端盘子，我们聊了好一通，和以前一样亲近。我只是换了一个职业，和以前没区别。

我也不希望被加上标签，比如农民作家、工人作家、野生作家、流浪作家……我想，最好的写作状态就是游离在一切群体之外，同时又参与。

想到 deadline（最后期限），人就开始难受

江玉婷：可以谈谈现在的写作状态吗？

郑在欢：我一般在下午三点到五点写作——午饭后，睡个午觉起床，不饿、不撑、不渴、不热、不冷，一天里最有精神的时候写。如果太撑，就会一直在意它，注意力容易分散。

以前不是这样，一个人在仓库看货，闷头写，甚至坐电瓶车还在敲字。半夜写效率可高了，万籁俱寂，"啪啪啪"敲键盘，有一种爽感。现在让我半夜写，我会担忧：写着写着困了怎么办？一旦开始讲究，要讲究的东西就多了，这不是一个好事，但是很难突破。

我从不设定 KPI（关键绩效指标），一天能写多少全看状态。我清晰记得《我只是一个鬼，什么也干不了》是散步后写下的。到家后，鬼使神差地坐在电脑桌前，敲下"天黑得要死"后，一下被诗句击中了。于是，顺畅地写完了一个 4700 字的短篇，花了一两个小时。这样的时刻可遇不可求。写不下去，就在桌前枯坐两三个小时，真写不了就走开，第二天再坐下，看看能不能续上。

2021 年，我在《十月》发了一个长篇《3》，写了十几万字。

基本每天下午写 1000 字，最多写 2000 字，写了一年，那是我最有规律的写作时段。我还做一份兼职，每周去一两天。这种规律的写作，在我整体的创作里占比特别少。我要么是一段时间写很多，要么是好长一段时间不写，可以达到半年，或一年以上。实在进入不了，我就逃避，每天玩游戏"自责到想杀了自己"，但就是不愿坐在电脑前，特别痛苦。一旦坐下来，真正写的时刻仍是幸福的，尤其是写了 1000 字能留下来，极其幸福。

接稿前，我会看"deadline"（最后期限），看时间够不够。写剧本的时候，我就很痛苦，一想到 deadline 到了，要交稿了，人就开始难受。我就想，为什么非要那一刻交？

江玉婷：您不认为自己的成长经历有传奇性。

郑在欢：不觉得，我从来不觉得。中午吃饭，我在看"芜湖大司马"的直播，他才是奇迹。一个 80 后，辍学，每天在出租屋里玩游戏。谁能想到他以后能身家上千万，当选市政协委员，成为一张城市名片？

剥除掉这些，核心是他对游戏的热爱，对玩发自生命本能的爱。阿龙也是这样，喝上酒就开心了。这其实是生命的共通，对一件事纯粹的热爱。

相反，我另一个舅舅把生活规划得特别好，日子过得井井有条，但心事重，大脑被占据，没法享受生活，所以他的房子越来越大，车越来越好，但眉头永远紧锁。

江玉婷：新书的宣传工作会占很长时间吗？

郑在欢：书出来以后，有两个月都在做宣传。我不是那种出完书就没事了的人。我还关注它的命运，让它多卖一点。当它被更广大范围的人看到，才焕发出生命力。就像听音乐，网易云一首歌的评论有 10000 条，大家一起讨论，它才立住了。

有一段时间，接受的采访确实多。你是很深入地聊文本，这类聊得少。像这样沉静的聊天，仅仅是聊文学，有多少人看呢？不知道。我喜欢看《巴黎评论》，里面就是聊小说、情节。小说人也想这样聊，不仅是聊意义，还聊为什么这样写，问得越细越好。《巴黎评论》有很多是这样，问作家这段时间干什么，那里为什么这样写。现在没有这个土壤。

数学题

采访对象：郑在欢
采访时间：2022 年 1 月 29 日

2022 年 1 月底，我去了郑在欢家。他家小区里的树，和我家小区的树，几乎是一个样子，秃得一片叶子不剩，黑细的树枝支棱着，像幅素描。我们约好在一个喷泉前接头，那很好辨认，虽然里面一滴水也没有，但能认出是一个喷泉。

在看《今夜通宵杀敌》的过程中，我可以确定，我的采访对象是"作家郑在欢"，而不是一个有关突围的故事。他看了提纲，说特别好，完全是关乎文本的讨论，很乐意分享。这让他觉得写作受到了尊重。

我们一直坐在客厅里，灯光逐渐变黄，大概是因为天黑了，日光的成色褪去。我把笔记本、样书、录音笔放在桌子上，占了桌角的一边，郑在欢占了另一边。

这是一张长度接近一米五的木桌，宽度也很富余，上面紧凑地摆满了东西，看起来像景区临街商铺的货柜，纪念品紧挨着纪念品。靠墙的一侧用书码出了一个小土包，书脊对着我，只能看到一片白。客厅连着厨房，这也许是张餐桌。他坐在同一个位置吃饭，随手捞起一本书开读。这是我想象中的事，未与他确认。

一开始，我们喝咖啡。进门前，我在楼下肯德基打包了咖啡。喝完咖啡，郑在欢开始泡茶。他想抽烟，征求我的意见。我狠狠地点了点头。一想到抽烟或许能让他松弛，我就像中彩票一样高兴。

郑在欢像吃饭一样抽烟，除了说话、喝水，就是抽烟，是一种很扎实的抽法。他一根接一根地抽，我简直看不到他是怎样点烟。我莫名较起劲来，为了看清他是如何点的烟，一眼不眨地盯着烟头上的红点。他抽电子烟，两种烟交替抽。我亲眼所见，他在三小时里抽空了三盒半香烟。我把这一点写进稿子里，以数学题的形式，就像阅读理解题，读完就能得出答案。

到现在我仍然记得采访那天的烟雾，像老房子着火。过了一周，我在呼吸时仍能感到肺里呼出一股尼古丁的气味。郑在欢大概没想到，一个采访可以持续这么久。他晚上约了朋友吃饭，在一个挺远的地方，打车要好一会。我的铁石心肠生效，哗哗地翻书，在我曾划线或标注的页面停下来，像念咒语一样读出来，企图用他的话留住他。

这样漫长的对话，让郑在欢想到《巴黎评论》，两人只聊作品，不聊别的。他问过我一句，"这么文学的访谈，现在真的有人看吗？"说实话，我忘了我当时是怎样回答的。

现在再让我回答，我只能说：写稿时，我曾经短暂地拥有这篇文章。当我写完以后，我们就分开了，它从我的身体里剥离出去，不再属于我。因此，我无法知道它的命运。

周大新

时间到了，
人要懂得撤退

专访

"一开始，我也觉得改动太大，但想想也没有别的办法来处理。眼下做到这一步已经很不错了，电影和小说的主旨是一样的。"2022年，改编自茅盾文学奖得主周大新作品《安魂》的同名电影上映。首映礼上，周大新坐在第4排观影，摄像师拍下了他流泪的照片。

在家附近的咖啡馆，周大新聊起不写长篇以后的生活，里面有写作、散步和看电影。小区门口，几棵桃树开花了，花苞很大。他还讲起了家乡，以及死亡和命运。

命运无常，无法按计划推进

"人的命运里，有很多不可捉摸的东西。生活不会像你设计的那样，一步步往下走。"周大新1952年出生，今年（2022年）70岁，活到这个年纪，越往下活，越能感受到命运的无常。在长篇小说《第二十幕》中，他写到了命运的神秘性。

"5条横线，5条竖线，组成一个网格。这就是你的人生。"把桌上的咖啡杯推开，空出一小块地方，周大新用手比画出一个线网，然后指着底部正中的一格说："在计划中，人会按直线走，抵达最上方的格子。但到了十字路口，一股力量出现了，既定的道路受到阻隔，人生走向了另一条轨道。"周大新把手往右挪了挪，点了点右上方的空格。

周大新不是否认奋斗，奋斗能改变命运，但它无法阻止人生转向。年轻时，周大新早早设定了人生方向。他坚信，将来一定会比现在好，明天一定会比今天好。然而，生活不听从安排，不断制造麻烦、制造痛苦、制造烦恼。人也会得到一些事物，但和原来想的完全不是一回事。"我没法掌控自己的命运"，他摆了摆手，"我常常想，为什么会变成今天这样？"

2005年9月28日，这天北京空气澄澈，风很静，鸟声大，周大新正在排队理发。退休后的周大新计划过含饴弄孙的生活。这时，他得到了儿子昏迷的消息。儿子被确诊为胶质瘤，该病的患病率为十万分之一，病因尚未有定论。2008年，儿子去世，周大新哆嗦着手把骨灰装进小小的盒子。他想到早年给儿子备好的婚房，特地和装修师傅交代，扶梯多安几根立柱，以后有了孙子，孩子在楼梯上玩更安全。

灾难面前，人无力逃开。周大新写下了《安魂》，父子两代人隔空对话。2012年8月，这部小说由作家出版社出版，当年获第三届"慈溪·《人民文学》长篇小说双年奖"。"人对归途会有很多想象，其中大部分是恐惧，而恐惧源于未知。"周大新融合了中西方文化，构建了一个死后世界。写完书后，他对死亡的恐惧减少了。

一边写，一边想，周大新也在问自己，29岁去世和79岁去世能差多少呢？儿子不必经历中年人的高压生活、老年人的病痛折磨。作为当事人，周大新尝到了失去儿子的全部痛苦。一旦站在更高的维度上看，一个青年的离去如同沧海一粟。写作短暂地治疗了他，但这仍然是一个很深的伤口。"不敢去触碰，确实不敢去触碰。"他说。

"人们总是不愿去想生命的终点，总觉得终点很远。但理智地说，应该想一想。"周大新讲起《超越死亡》里的一个小故事。一天，作者萨提斯·莫迪和友人聚会，在饭桌上做了一个游戏。萨提斯·莫迪把餐布摊开，左边放叉代表起点，右边放刀代表终点，按照朋友的健康状态，把盐罐放到两点之间。说着话，周大新把两个抽纸盒放在一条直线上，金色代表起点，黑色代表终点。他举起了咖啡杯。

"这位朋友60多岁，相对健康，他把盐罐放在中间偏右的地方"，靠近黑色纸盒，周大新把咖啡杯放在中间，"朋友一看，说不对，放得靠左一些。萨提斯·莫迪往左挪了一点。"说着话，周大新把咖啡杯往左挪了一点，接着讲："朋友又说，再往左挪一点。萨提斯·莫迪拒绝了，人能在一定程度上管理寿命，可没有那么多。"看着那把刀，朋友想到了死亡，心跳加速，紧张起来，整个人愈发严肃，当晚没再说起无聊的事。

意识到人生终点的距离，会让人郑重面对人生进程，选择真正重要的事情做。"我现在 70 岁，现在就剩下这么多"，周大新说着话，继续挪动咖啡杯，指着杯子离黑盒那短短的一段说："你就明白，你能做的事很少，必须把想做的事情抓紧做好。"

人老以后，就像夏天天黑得很慢

66 岁时，周大新写下了长篇小说《天黑得很慢》。书里，讲述了退休法官萧成杉的老年生活，他几乎经历了老人可能遭遇的所有苦难——丧偶、失独、被诈骗、丧失行走能力、失明、失聪、失智。在故事的开始，萧成杉不服老，他言辞激烈地反对女儿聘用保姆，"我不老，不需要陪护！你快让她走！"然而，衰老是一个不断丧失的过程，它不会突然到来，而是缓慢推进，就像夏日的黄昏，天总是黑得很慢。

"早期老人还能自理，能保证生活质量。如果后期没有他人帮助，最后一段生活就非常可怜。"40 多岁时，周大新没想过衰老这件事。那时，他在楼梯里遇见一位 80 多岁的白发老人。她拄着拐棍，走两步要歇一阵，手里拎着两颗洋葱头，好像拎着一件重物。周大新提着洋葱头，送老人回家。他纳闷，不就是两颗洋葱头，有那么重吗？这时他才意识到，人老以后，力气会流失，就像漏了口的沙袋。

真正开始写书时，周大新估摸着一本写老年人的书大抵没什么人看。没想到，书出版后销得很好，印了快10万册。老年群体反响热烈，经常有读者通过各种渠道找过来。"很多人只是年龄到了老年，但是精神还没到，没有意识到会面临的问题，这本书给了他们一个提醒。"他提到，书翻译成多语种出版后，国际影响也在增强，年轻人也在读。

从某种意义上说，《天黑得很慢》也是一本周大新写给自己的书，他在为终将到来的黑夜做准备。事实上，在周大新身上，你很难看到衰老的痕迹。他思路清晰，语言流畅，声音洪亮，保持着敏锐的观察力。早年当过兵，年轻时爱打篮球，这让他看起来更像五六十岁的人，站起来身体笔挺，走起路仍是阔步，迈步很快。

他用"外强中干"形容自己的身体状态——看着还好，但器官正在衰老，钙质正在流失，"说不准哪个零件什么时候出故障"。走路要小心，年轻人跌了一跤很快就能痊愈，但对老人来说意外摔倒可能造成致命伤。午饭时，周大新点了炒时蔬、醪糟鱼片、菌菇汤。"多吃点羊肚菌，羊肚菌对身体好"，他说。

周大新讲到了家乡的老人。村里人越来越少，年轻人、中年人到外面打工，一般是广东、上海、江浙一带。到了播种的季节，回来一趟，用机器很快把地种好，几天后人就走了。收割也是一样，收完粮食一卖，人又走了。在风摇麦穗的声响里、夏夜月光的虫鸣声中，村里只剩下老人孩子。老人越来越不能动，在夕阳的残影下，有人慢慢推着轮椅走，还有人卧床不起。过去办丧事，全村人帮忙，现在抬棺的年轻小伙都找不齐。

写书时，周大新未曾料到的是，《天黑得很慢》切中了社会老龄化现象。一个更大的背景是，老龄化正在成为世界性难题。2018年底，周大新在美国待了15天。他习惯早起，走出宾馆，下楼吃早点，每天都会看见流浪者。纽约街头，流浪者支起帐篷。帐篷外放着一个半开的纸盒，里面大约装过披萨。凛冽的寒风中，老人裹着羽绒服，瑟缩着。支帐篷的地点经过挑选，要么挨着地下管道，要么靠着暖气出风口，总有一些热气。朋友告诉周大新，纽约的流浪者还算少，其他州更多。

"那些老人很可怜，街上抢劫的事也多。"美国街头的帐篷给周大新留下了深刻印象。居无定所，没有稳定收入，生病只能硬扛，薄薄的帐篷无法抵御危险。流落街头意味着没有干净衣物，浑身散发着难闻的气味，更难在人才市场上获得工作。自此，他们陷入恶性循环，被彻底甩出正常生活，游走在社会边缘。

文学之路，一开始并不好走

儿时，周大新度过了一段充满忧愁的日子：缺吃的、缺烧的，没有像样的衣服，母亲没钱买药，交不起学费，也交不起每月四块五毛钱的伙食费……在很小的年纪，他学会了皱眉。为数不多的快乐光景在教室，语文老师在班上朗读周大新的作文。他的作文被当成范文，贴在教室墙上。有时，学校还会把学生作文贴到镇上展示。赶集回来的叔伯、婶子见了，总要到他家来夸娃儿有出息。

18岁，周大新离家从军，在山东一个野战部队当测地兵。当时新兵连领导要求，各班新兵及时把班里好人好事撰写成文，开饭时站在饭堂里朗读。周大新高中毕业，是班上学历最高的，他时常抽空写稿。在一百多人穿梭的饭堂里，周大新站得笔直，抑扬顿挫地朗读。

后来，连里有一个上台演讲的机会，一位班长准备了许久，讲完以后，领导觉着不大行，想到了周大新，临时安排他上。他一晚上写好讲稿，第二天上台直接讲。军里的一位领导到场，听了很满意。后来，周大新被提拔为排长，又调到团里政治处，写机关公文。当文书要出几块黑板报，遇到填不满的时候，周大新就写一些诗歌填上。

唐山大地震后，有消息说山东也可能发生地震，队里的士兵都很紧张。当时，连队驻扎在肥城县一个桃园附近。连里建立了地震预报值班制度：把酒瓶倒立在一个搪瓷脸盆里，一旦瓶倒脸盆响，值班战士就吹哨。

一天深夜，酒瓶倒了，值班员吹哨，官兵们立即撤离。几个新兵猛地起身，蚊帐掉到头上，慌乱之中扯不开身，只好缠着蚊帐跳窗，摔得满身是伤。周大新任连队副指导员，他庆幸宿舍都是平房，没摔出人命。这次乌龙事件加深了周大新对地震的恐惧。1995年，他写了一部给孩子看的科幻小说《平安世界》，寄托了他对精准预测地震的期盼。

在文学这条路上，周大新一开始走得并不顺利。最初，他狂热地学写电影剧本，前后写了4个，逐一流产。当时，电影剧本的成活率是五千分之一。1976年，周大新第一次写小说，写了三十几万字。自己觉着写得不成样子，一气之下一把火把稿子烧了。后来，周大新不停地写，不停寄到编辑部，30多篇稿子被退回。

1979年，《前方来信》发表在《济南日报》上。这也是周大新第一次发表小说。直到短篇小说《汉家女》获1985~1986年度"全国优秀短篇小说奖"，周大新心里才有了底，觉得"可以吃文学这碗饭了"。

时间到了，人要懂得撤退

作为作家，周大新称得上高产。40多年来，他笔耕不辍，写了10部长篇小说，33部中篇小说，70余部短篇小说，还有散文、剧本等作品，先后获得全国优秀短篇小说奖、人民文学奖、冯牧文学奖、茅盾文学奖、老舍散文奖等奖项。2021年，他不再写长篇，新作《洛城花落》的书封上打着"长篇小说封笔之作"的字样。面对外界的疑问，他回应写长篇太耗体力，年轻时20万字一抬脚就过去了，现在感觉像爬山。最近，他写了几篇散文，整个系列的基调还没想好。

周大新讲到自己写书很慢，写一部长篇小说大概要三年，前期查资料就占半年。《第二十幕》用时最长，花了10年。"创作没人管你，自己给自己造成了压力。"他说起写的时候，每天都想着这件事，心里像压了块石头，"硬写（长篇）行不行？硬写也能写，但心里的压力受不了。"相较长篇小说，短篇、散文一周内能写完，"能轻松地迈过去"。

《天黑得很慢》里，退休法官萧成杉计划写三部书。他一旦开笔，就停不了，一口气写下去。这也是周大新的写作状态。年轻时，一大早就开始写，一直写到中午，午饭后稍稍休息一会，下午接着写，一直写到晚上，晚饭后还要写。"那时候，一天能写十几个小时"，周大新顿了顿，继续说，"现在不行了，人年纪大了，容易疲劳。"

"再要写到半夜，第二天两腿发软，浑身无力。"现在，周大新不敢再熬夜，写作变得规律起来，每天上午两小时，下午两小时，剩下的时间读书、看报、看电影。家在万寿公园附近，他经常散步，多的时候一天三趟，能走一万多步。写作时，书房关门的习惯一直没变。没有紧急事件，妻子不会敲门。有时，书桌是乱的，翻开的书摊在桌面。不论如何乱，家人也不会收拾，他怎么摆的，就怎样搁着。

写作时，周大新没有喝咖啡的习惯，大多喝红茶。一次在机场候机，周大新喝了一杯咖啡，登机后睡不着，整夜无法入睡。后来，他很少喝咖啡，上午可以喝一点，下午不敢喝。到了一定年纪以后，他愈发觉得很多东西都看过了，再用虚构的方式委婉表达，有些不过瘾。一位作家朋友刚写完一部长篇，立刻计划下一部，结果没完成。"不可能完成，你只能做你能做到的事。"周大新摇了摇头，更像在说自己。

指针拨到了 70 岁，他想抓紧为家里做点事儿，"家"指的是"家乡"。年初，他忙着整理书，理出来一万多册藏书，他大多看过了，让老家来车全拉了回去。周大新还购置了一万多册适合学生阅读的图书，在家乡建了一座图书馆。他掰着指头数时间，计划每年请一两位行业前沿人物给家乡的孩子做讲座。

采访最后，周大新聊起最近看的电影。故事发生在芝加哥的一个裁缝铺，男主伦纳德·布林是一名老裁缝。他原是英国人，混过黑道，娶妻生女后想洗手不干。老大为了让他重操旧业，烧死了他的妻女。他复仇后到了美国，成为联邦政府的线人，用裁缝的身份收集情报。他不断和命运抗争，想要摆脱杀手生活，但最后还是深陷其中。"其实它无意中诠释了一点，所有作家到创作的最后都会认识到这个问题，你无法完全摆脱命运的安排。"在和命运搏斗了一生后，周大新认识到了这一点，获得了平静。

对话

当作家编织故事时，往往要找到一个事件

江玉婷：《湖光山色》和《天黑得很慢》的女主角很像。《湖光山色》里，暖暖最初在北京做保洁，后来回老家发展旅游业。后者，钟笑漾留在北京做护理，应聘了萧家的保姆。如果暖暖在

《天黑得很慢》里，是不是也会做出相同的选择？您是怎样设计这类角色的？

周大新：小时候，家里很穷，吃的都是杂面，加很多红薯，面粉很少，咽下去划嗓子。我们那个地方吃饭有一个习惯，把饭做好以后，端出来，几十个人围在一起吃，要么蹲着，或者拿个小板凳坐着吃。这样吃饭的地方，村里有三四个。像我这样的小孩就端着碗到处跑。有婶子看见了，用筷子从香油瓶里蘸一下，滴出来几滴香油。碗里有油了，吃着就很香。要是家里做了好吃的，她们也端出一碗来给小孩子分着吃。

这样的事情给我留下了很深的印象，所以开始写作的时候，就会不知不觉受到影响。在我早期、中期的作品里，女性角色都很美好。回顾我的创作历程，也很少写负面的女性形象。你之所以会觉得这两个角色有相似之处，因为她们都是心眼好，有正义感，遇到不公正的事情敢于站出来表达不满。大概是这样。

这种写作倾向和作家个人的生活经历有关，作家还是偏感性的。如果按照理性来认识，在人类的缺陷上，男女其实差不多。但是有了这种经历，我就更想把歌颂、赞美放到女性身上。

江玉婷：《湖光山色》好像在讲一个有关权力的故事。选上村支书以后，开田变了一个人，成为另一个欺男霸女的詹石磴（前村支书）。

周大新：这本书写了一个乡村女性为了改变命运所做的对抗。最终她获得了胜利，尽管付出了很大代价。从开田扮演楚王贲开始，实际上他已经为他的命运埋下伏笔。如果开田是一个自省的人，就会慎重地运用权力，但他不是。当上村支书，他像皇帝一样作威作福。

江玉婷：您的小说里经常会有"裁决者"，比如《洛城花落》里有法官，《安魂》里有决定灵魂去向的审判者。

周大新：裁决者其实是作家借由角色做了判断。一个事件最终总要得到判定，那么就必须采用相关角色来落实。在文学创作里，作家可以不判断、不评价，只把问题呈现出来，这种情况也有。但我希望（事件）得到裁决，让公平、正义显示出来。

江玉婷：越读到后来我越觉得，您的小说不只是要讲一个故事，而是要说一件事儿。比如《天黑得很慢》是讲变老这件事，《洛城花落》讲婚姻这件事。

周大新：你这种发现倒是有意思，我原来没有注意。写小说当然要讲故事，必须讲故事，没有故事相当于没有框架，没有故事，小说就和散文一样。通过依附于一个个具体的故事，小说抽象的内核得以显现。

生活中的故事零散，没有经过加工，是一种自然的状态。它不像文学中的故事，有开头，有结尾，有矛盾推进。所以当作家要编织故事时，往往需要找一件事情让它推进。如果没有一个核心事件，故事容易往下或者往左、往右偏，也就很难推进。

是的，你的发现是对的。《天黑得很慢》是在讲人变老这件事，人怎么应对它，接着出现了很多故事。

江玉婷：《天黑得很慢》里，人物的命运有镜像关系吗？比如得知恋人出轨，钟笑漾决定复仇，萧成杉把毒药换成了红糖。后来萧成杉为了体面离世，决定服药自尽，钟笑漾察觉后把药换成核桃粉。在两次"换"之中，实现了救赎。包括萧馨馨因为多次流产无法生育，丈夫与她离婚，她得抑郁症后自杀。分手后，钟笑漾冷静下来后选择独自生下孩子。您怎样处理人物命运的走向？

周大新：设计人物命运的时候，必须根据人物的性格特征去选择。像笑漾的性格，她一旦爱上一个人就会全身心投入，一旦爱失去了就会转换为仇恨、沮丧，对生活失去希望，就会胡来。这是她的性格导致的。如果是另一种性格，更开朗、豁达一些，或者不那么看重感情，就不会伤得那么重，就不会像她一样处理男女关系，一冲动就要跟对方拼命。

确实是这样，看到馨馨想要孩子要不到的痛苦，笑漾就很想把孩子留下来。我在写的时候，没考虑过（镜像关系）。在往命运终点走的过程中，会发生各种各样的故事，萧成杉和笑漾既然在一块生活，在一个屋檐下过日子，他俩的命运就会交织，就会出现各种纠葛。萧成杉的命运也是按照他的性格设计的，虽然他执拗、倔强，有时不讲常理，但他内心还是很善良的。一开始，他对这个女孩是抵触的，不愿让人来干预他的生命。当笑漾遇到人生灾难时，他一心想帮忙。按照萧成杉性格，故事只能这样发展下去。

江玉婷：写的时候，具体情节是已经想好了吗？还是写着写着，情节才出现？

周大新：往往是有一个大致的设计，人物的性格基调会定下来，往前推进的时候，循着性格来发生故事。所以并不是都想好，因为都想好挺麻烦（笑）。每天面对稿子，都会有新的东西出现。特别是长篇创作，一般会持续写几年，面对屏幕的时候，每天都会有新设想，去修正原来的一些设计。

写作之前，作家要做好准备

江玉婷：《洛城花落》里，您引入了大量古今中外关于婚姻的观点。尤其是在庭审时，那种针锋相对的观点、理论博弈的场面，让人印象深刻。可以讲讲这部分吗？

周大新：这是创作准备时要做的。如果我确定写关于离婚的题材，就会读很多这方面的书。这时，还没有人物、故事，都没有。就是关于离婚这件事情，从各方面读很多书。都读完以后，加上现实资讯、最新研究、前沿理论，掌握得差不多了，再进入创作。

这个好处是，创作时想用到什么东西，就能立刻拿过来。如果没有预先准备，要写一场离婚判决，肯定是捉襟见肘，讲道理也讲不出来。律师在法庭上读讲稿，只重复那几句话，那是不行的，但现实生活中确实有这种情况。有律师跟我讲，他就是跟法官搞好关系，预先和法官商量好，说这人该判离，到时判了就行了。这是一种做法，但这不符合法律规定。律师就应该在法庭上辩明究竟谁有道理。在两方辩论的过程中，法官才能逐渐判断哪方是对的，才能做出正确判断。

江玉婷：人们对于婚姻的看法发生了很大变化。

周大新：现在对婚姻的认识，确实和过去不一样，观念已经发生了变化。

过去认为婚姻是一种完善的两性关系模式。今天，在北京、上海、深圳这类大城市，很多人不结婚，也不要孩子。结婚的人，很多在一开始也并没抱着"白头到老"的念头。这和上世纪五六十年代出生的人，包括 20 世纪 70 年代出生的人完全不同。他们就是要追寻自己最好的生活状态，如果和这个目标背离，那

（婚姻）随时可以抛弃。现在非婚生的孩子也很正常，上海可以登记落户。

这几年很多朋友找到我，找我给他们的孩子介绍对象，这种事很多。很多学历高、收入高、条件好的女性反而找不到对象。因为男性按照传统的想法，自己在一些方面比女性高一点，他才好把握家庭方向。现在不是这样，现在女性比他高。面对这样的女性，他不敢结婚，就要退一下，退一个层次，追求学历低一些、收入比他低的。我认识一些女性40多岁，没法结婚，她们就不选，就是我不要家庭，但我可以要孩子。

这和我们这一代人的情况完全不一样。所以今天再写离婚案件，要是再按照过去那种道理来讲，年轻人肯定就不愿意听，所以我做了很多准备。

江玉婷：可以讲讲准备过程吗？平时是去图书馆找，还是在网上找？大概要看多少书？

周大新：至少是半年时间，写作的过程中如果还需要可以再找。图书馆和网上都有，先在网上找线索，然后再去图书馆找书。我还拜访了几位律师，请他们讲讲自己在法庭上怎么辩论，有人把辩论的稿子发给我。他们承办的离婚案件，成功的案例，没成功的案例，都告诉我。

看书倒不一定说有固定的本数，觉得有把握就可以写了。读的书、资料越多，对作品已经有了一个大致的轮廓。

江玉婷：您理解当下年轻人面对婚姻的态度吗？希望通过《洛城花落》传递给读者们什么？

周大新：理解，一代人有一代人的精神追求。我们那代人两个人结合，一个重要目标是能吃饱、吃好，挣出基本的生活资料，今天这个问题人们早都解决了，于是追求精神生活的高度契合，对婚姻的质量要求更高。

现在很多年轻人不想进入婚姻，不相信有爱情，是吧？我想通过这本书告诉大家，其实爱情是存在的，爱在生活里。只是它会转变，两三年以后，最初两个人黏在一块、不想分开的愿望已经没有了，最终激情都会消退。它转变为亲情，就是民间所讲的"夫妻相"。两人在一起生活，用同样的东西，吃的也相同，相貌会发生改变。

到这个阶段，一些人会对婚姻失望，把当下和几年前相比。一比之后，人就失落，更加不满。其中一方撤退，或者两方都想撤出，这时婚姻就结束了。如果能理性认识，平静地面对激情消退期，就能理智地处理婚姻中的问题，而不是激烈地对抗。这是任何人都会遇到的，再换一个配偶还是这样。（爱情）不可能一直燃烧，一直烧，人就"烧死"了。

我们一定要看到感情变化的各个阶段，给感情变化留出空间，也就是有精神准备。结婚之前就要知道，婚姻不像想象中那样，以一种方式一直延续下去。这样你才能不失望，才能不在很早的时候就对婚姻下"死刑"判决。

我不信宗教，任何一种都不信

江玉婷：您的书里经常有一些神奇或者说是神秘的因素，比如《湖光山色》里有"三角区"，《天黑得很慢》里有长寿村等。

周大新：现实生活中的确有很多我们无法解释的东西。一个人的命运，他明天会遇到什么，我们一点都不知道。作为作家，他在写作的时候要表现这一点，就必须找到具象的事物。

《湖光山色》里的"三角区"就是具象化的体现，任何人走进去，再也走不出来。我对水有一种天生的恐惧感，特别是看到大的水面，我就害怕，所以不愿意在海上坐轮船。比如"百慕大三角"就是一片海水，和别处的海水没有差别，但是飞机、轮船到这里经常出事。生活中有很多神秘的景观，我想把它带进（小说）去。

江玉婷：您在《湖光山色》里写到寺庙，《天黑得很慢》里写到道观。您怎样看待宗教？

周大新：偶然事件经常决定我们的人生。一个人出了车祸，下半生必须坐轮椅。他恰巧在那个时间，走到了那个地方。如果那一天不出门，或者出了门而不在那个时间抵达那个地方，他就会避开车祸。因为偶然性存在，命运里有了不可捉摸的成分，有人寄托于宗教。

这也是每个人的命运：眼睁睁看着自己经过一生的奋斗，最后走向死亡，走向黑暗，这个结局很悲惨。所以一旦到了中年，越来越接近终点，人就会问为什么，为什么人人都是这种结局。宗教其实就是安抚灵魂，告诉你，未来还有一个世界，让你平静下来，让你不要焦虑。

我不信宗教，任何一种都不信。我写的是一种神秘的力量，它左右人的生活，平衡人的命运、生活前景。仔细观察，你就会发现，没有一个人在生活时完全幸福、顺利，没有一个人没有遗憾。每个人的生活都充满了烦恼、苦闷，只不过苦难不一样，轻重程度不一样，重量不一样，但每个人都是如此。如果找一个人，让他去和另一个人换一下人生，很多人不愿意干，因为他会觉得对方所承受得更甚。

很早之前我写过一篇散文，叫《平衡》。里面写到，人世上有一条平衡规律在起作用：一个人的失与得，差不多都呈平衡状态。你在这方面失去了，便会在那方面获得；你这段时间得到了，另一段时间又可能失去。一生诸方面都得到顺利、幸福的人没有；一生全是苦难、挫折、痛苦的人也没有。

在农村，有些老人能活到很大岁数，90多岁、100多岁都有。他们的生活条件没那么好，但内心安宁，很平静地看待一切，不紧张、不慌张。有的人享受权力带来的荣耀，生活水平很高，接受的医疗水平也很高，但七十多岁就去世了。他们的人生就在某种程度上实现了平衡。

江玉婷：您怎样了解当下正在发生的新闻事件？

周大新：我每天都看新闻，网上的、报纸上的都看，迫切地想了解外部世界。如果一个作家不接触外部讯息，不给他精神上造成刺激，他的创作活力就会降低，所以必须大量阅读。关于一些新闻，网上的视频也很单一，无法了解整体情况。我家里订了好几份报纸，（我）经常读到眼疼。睡前也会看一会（新闻），书读得时间长了眼疼，你们有这种感觉吗？

江玉婷：最近在读什么书？

周大新：最近在读历史书，和宋朝历史相关。昨天的历史，其实就是过去的今天。把历史和当下关联起来看问题，能看出事情的真相和规律。今天很多人都在重复前人做过的事情，比如官场上的争斗，前人也是这么折腾，但后人没有吸取教训，还是这样折腾。手机上经常会有这类消息推进来，比如有的微信公众号，经常把谁被查、被批捕，被双开、被处理公布出来，让人禁不住叹息。

还有对财富的贪占，无数人都想占有更多的财富，其实你根本用不了那么多。但是一旦走上这条路，他就控制不住，不断地要求财富增加，直到把人毁灭。读历史会让人看清前人的脚步，前人留下了脚印，后人最好避开。这也是我喜欢历史的缘故，从历史中可以看出应该避免的悲剧，但是很多人还是照样走。

宋朝的历史很有意思，值得研究。北宋时，国家非常发达，从《清明上河图》上能看到开封的繁荣。但转眼间，（宋朝）就衰败了，都城不得不南迁。怎么忽然间就不行了？其中一定有原因，史书中对这些原因有各种分析。研究这个朝代，对于我们今天观察世界上一些国家的兴衰会有帮助。

江玉婷：出国旅游还有其他印象吗？

周大新：我去过不少国家，在那里见过不少出国定居的朋友，他们都很有才华，但他们中的不少人在国外生活，其实也就是生活在华人圈子里。常常是一个城市的华人组成一个小型社会。这个小社会和当地人在语言上的隔阂已经没有了，可文化上的隔膜还在，他们还是很难完全融入当地社会，很像是"二等公民"，当然这只是我心理上的一种感觉。

几十年前，人们觉得外国比我们生活水平更好，但现在已经没差别了。一些朋友在国外生活，其实精神上并不舒畅。我自己觉得如果年轻人有才华，可以出国留学，当访问学者，做学术交流，最后还是回来生活好。

江玉婷：最近有回老家吗？村里有什么变化？

周大新：老父亲还活着，我经常回去看他。最近一次回去，就是3月初回去建图书馆。老了都想为家乡做点事，等你们老了，也会有这种想法。在外面有一点能力了，应该想着回报家乡。除了书，我手上很多现当代的书画都拿回家（乡）了，在图书馆里，有机会的话，你可以去看看。北京很发达，各个领域强者如林，不太需要这些东西。

现在村里变化很大，人往外跑，因为土里刨不着钱。我们可以算一笔账，一亩地一年种两茬，一亩小麦1000多元钱，一亩玉米收成好1000多元钱，收成不好几百块钱。加起来，一亩地每年挣2000元。几年前，我和小区保安聊天，保安每月工资2600元，抵得上一亩地一年的收成。所以说（光种地）确实不行，乡村凋敝得厉害。

房子离不了人，空的时间一长，很快就会倒。房子有人住，保存的时间才长，如果没人住，很快就会坏掉，虫子、老鼠就来了。现在国家提出乡村振兴，这确实是从根本上解决问题，让乡村繁荣起来，国家才能真正强盛。

大鱼

采访对象：周大新
采访时间：2022年4月12日

写采访提纲前，我看了四部长篇《洛城花落》《天黑得很慢》

《安魂》《湖光山色》。《湖光山色》是在手机上看的，我一直看到手机发烫，几近关机，看得很快乐。

采访地点在周大新家附近的一家咖啡馆，我们聊了一上午，三个半小时。他从容地谈起死亡，就像聊起当天的天气，带着平静的笑。这让我震撼。我身边的大多数人大多对"死亡"一词讳莫如深。我看着周大新妥帖地规划生命，列出一项一项事宜，感到了一种紧迫感，觉得要认清重要的事，不在琐事上浪费时间。

到了饭点，我提出一起用餐，一是为了感谢，二来也能再聊聊。正好楼上有餐厅。吃饭过程很愉快，但在埋单上，我们发生了分歧，展开了一场"拉锯战"。第一局，我坚持付账，谎称单位能报销，他识破了谎言。第二局，我趁机结账，周大新发现后，掏出现金塞给我。第三局，我贼心不死，尾随其至小区门口后现身，他大约是被吓到了，我如愿退还现金。

了结完账单一事，见面到了尾声。周大新转身离开，他的身侧是绿化带，花开得旺盛，背影伴着花海。我赶忙拍下照片。事情发展到这里都很顺利。这时，我意识到一个巨大的悲剧发生了——忙于拍照，录音没存上。我的职业生涯经历了一次毁灭性的打击。

历经了大喜与大悲后，我在恍惚中到家。我无法消解这种痛苦，只能写下来。为了写这篇采访手记，我又把那天写的文档翻出来，看过后感到太过羞耻，又遭遇了一次精神危机。能摘出来的只有两句：我的后背仿佛有一万只蚂蚁在爬，胸腔里也有一万只蚂蚁在爬，眼前也有一万只蚂蚁在爬……如果不是在公众场合，我可能会做出非人类的举动，发出非人的嚎叫。

吃饭时，周大新提到了自己的散文集，他在里面写过自己的创作经历。后来，我把散文集《你能拒绝诱惑》看完了，收获很大。我也在采访中得知了周大新的诸多经历。比如，他说到自己出国旅游，下楼吃早点，看到楼下的流浪汉。我仿佛能看见他下楼时通道的明暗变化，他坐定就餐时身后的玻璃门，以及透过玻璃门看见门外那粗粝的水泥路面。我看到的一切，都是我的想象。

稿子快写完时，我看到了一幅"老人与海"的画面。海浪呼啸，老人赤手空拳和大鱼搏斗，胜负已不再重要。重要的是，他收获了平静。

就这样，我找到了文章的结尾。

"其实它无意中诠释了一点，所有作家到创作的最后都会认识到这个问题，你无法完全摆脱命运的安排。"在和命运搏斗了一生后，周大新认识到了这一点，获得了平静。

命运就是那条大鱼。

周静

人生中大部分答案，
要靠自己去找

专访

不久前，浙江少年儿童出版社推出了周静的新作《簪花的雷神》，这是"鸭蛋湖系列"第二辑第一册。第一辑中，周静构建了神明的日常生活，其中有湖神泽泽、原野的主人鸭蛋公，还有三寸婆婆麻老太。《簪花的雷神》则是在成为雷公、电母之前，两人相遇的故事。

唯一略显特殊的是《鸭蛋湖传说》，以人的视角展开。作者以笃定的态度书写了一片神奇的土地：鱼在雾里游；龙突然出现，变成一座桥；鸡蛋能磕出宝石……在这里，一切神奇的事件都有可能发生。

童年藏着一个人所有的秘密。在采访中，周静回忆了自己的童年，她生活在神奇之中，乡土、老人交织在一起，屋旁一条大河奔涌。当她长大，神奇就在笔下流淌。

这是一个有关神奇的故事，也是一位儿童作家的成长故事，还是一个家庭里四代人的故事。

下面，周静将以第一人称的视角讲述她的心路历程。

和时间一起成长

小时候，我家开杂货店。当时开杂货店的人家少，我妈总是很忙。我爸是老师，后来当了村小校长，也很忙。忙不过来的时候，会接外婆来，或者送我去外婆家。有外婆照管生活，我就不愁了。外婆家在邻村，和我家隔五六里路。我有很多童年记忆和外婆相关。

外婆会把生活安排得很妥当。那时没有太多零食，夏天天气热，晚上多煮一把米，剩下的米饭第二天晒干，做炒米，或者做"甜酒"。"酒药"像汤圆一样，把它弄散，然后撒到米饭里和匀，放进钵子里。钵子盖好，用棉布包起来放灶头。灶头有余温，早上起来"甜酒"就可以吃了。我们那边叫"甜酒"，实际上不是酒，就是酒酿，很甜。

生活中，外婆有很多这样的小主意。要是实在没什么可吃，她就放一把绿豆到陶罐里，把罐子放灶头煨着。等我睡了午觉起来，放一点糖，就有绿豆沙喝。外婆还会去菜园里摘个黄瓜，摘个香瓜，总会让你嘴里有味道。出门前，外婆会换一身平平整整的衣服，从灶里捡一块冷掉的木炭，对着窗边挂着的小圆镜子描描眉。

外公特别得意一件事：他和外婆结婚的时候，用了花轿。外公总说他"三岁做短工，六岁做长工"。从小日子很穷，他就这样长大。结婚时，能用一顶花轿把外婆娶回来，他很自豪。外公很温和，他说，我一辈子没和你外婆红过脸。外公很能干，会种很多东西。到了 60 岁，他心脏不太好，要种橘子园。别人就讲，可能你种的自己都吃不到。他说，没关系，前人种树，后人吃果。然后，他就开始种树。

在我小时候，作物很贫瘠，地里就那几样。但外公会去种西红柿，种香瓜。这种植物很难种，没有种子，也没有果苗。听说哪里有苗，他就骑单车，骑很远，带米酒作为礼品交换。或者是糯米、豆子、芝麻，在农村这些都可以用于交换。换来几个苗，先把它们种在一个小钵钵里，看它们长大一点，再移到地里去。

农村的日常是很乏味的。但这些细节就像生活里的糖果，滋润了我的整个童年。我为什么愿意写这样的故事？我想，在外公和外婆身上，我看到生活是可以选择的，人可以积极地去面对，可以去创造一种生活。我也希望作品里有一种来自自然的甜味，它是甘甜的，是有余味的，甜过之后不是酸的，不知道我有没有做到。

你问我之前，我没有回溯过他们的生活。现在想起来，他们挺艰难的，把四个孩子养大，每日劳作，除了照管稻田，外面有菜地的活，家里有灶间的活，但他们会把生活安排好。外公、外婆就是普通人，没有更多的钱去购物，所以就自己种、自己做。在种的过程中，你会有期待。

这一次去，他会告诉你，西红柿挂果了，小柿子青青的。过几天再来，柿子熟了，就可以吃了。要是过几天没去，外公就骑着单车，用个小篮子把柿子一装，停在我家门口。现在长大想起来，那就是一筐西红柿，但对当时的我来讲，意味着每天都有新期待。有时是你主动发现，有时是惊喜突然找上门来，日子好有盼头。

现在很多人很缺乏这种能力，因为不善等待。小时候，人是和时间一起成长的。稻子种下去，禾苗长上来，再长一长有穗子了，大人会说"扬花了"。我们有两个假期，上半年春插，放假回去插秧；下半年有秋收假，有一个星期回去干农活。你会等待和劳作，也会有收获，一切都在眼前展现出来。我们是人与自然养育的孩子，人和作物的生长深刻地嵌入时间的痕迹里。

规则像空气一样

在农村，有很多说不清的规则，大家都是这样做，没人问为什么。比如，做"酒药"的过程很讲究，蓼花必须在向阳的山坡上摘，附近不能有臭水沟。做"酒药"这天要看日头，必须是一连几个晴天。药团得晾干，做一次用一年，如果没干透，"酒药"就存不住，容易长霉。

再比如，端午的雄黄酒要正午12点做，把雄黄酒和肥肉泡在一起。时间得卡很准，必须是12点。古人可能觉得那一天、那一刻天地之间的阳气达到顶点，做出来的雄黄酒驱虫、排毒的效果更好。

我家在湖南，屋边就是江，当地人喜欢吃鱼，经常用酸菜煮鱼。平时酸菜都是随吃随做，不会做太多。把青菜、白菜或者包菜过水烫煮一遍，再泡着。但立冬这一天，家家都多做。只有用这一天井水腌的菜，才叫"冬水菜"。

菜是一样的，工艺是一样的，井还是那口井，但人们认为这天水不一样了，所以"冬水菜"更脆，更好吃。直到现在，我妈还会说，"这个是冬水菜"，以和其他酸菜相区分。家里买了冰箱，她会把"冬水菜"拧干、冻上，给孩子们分下去。如果她不说，我是吃不出来的（笑）。但我妈特别认，她可能觉得那一天空气、阳光都不一样。这也很玄妙，说不太清。

在村里，家家都信灶王爷，不光过年祭祀，平时也敬畏。棉鞋打湿了，绝不能放灶上烤。灶眼里有热水，舀水时，洗脸盆可以放灶台上，洗脚盆就不行。这不是一个空悬的规则，里面也有合理的成分。灶台上总放吃的，鞋子、洗脚盆上细菌多，一旦污染了食物，人就容易生病。从古至今，很多巫术都讲禁忌，它可能就是人对生活的总结。

打我记事起，我爸就爱看报，他是一个坚定的共产党员，也是一个坚定的唯物主义者。我们那边平时爱吃腌菜、腌肉，农村都是体力活，认为吃盐长力气。我爸跟谁都说，别吃那么咸，吃多了不好。别人看他，都觉得他很怪。

过年，我妈做了腊鱼、腊鸡、腊猪头，腊肉一蒸油花花的，香极了，大家都爱吃。家里来了客人，我爸也会说，少吃点（腌肉）。我妈就容易急，让他别说。客人还劝我妈，"没事没事，周老师说得也对"，一边说，一边夹起大块腊肉，以示自己不在意。

去相熟的人家，我爸也会念叨两句，少吃腊肉。大家都笑，说这报纸说的是"外面人"的事，我们吃的是"老班子"的饭——老一辈留下的老规矩、老习俗。包括在卫生上，村里人都觉得我爸讲究得有点过头。

我爸脾气温和，爱说笑，别人有事找他，他总愿意出主意帮忙，多数也能帮上。我们上学那会儿，学费还是一笔不小的开支，他当老师工资也不多，挣的钱经常给学生们垫学费。加上村里尊师重教的传统，村里人对我爸那些"怪"也就不在意了，还很喜欢和他聊天。

我妈以前做豆酱，黄豆煮熟以后，让它长霉。家家都这么吃，她理所当然地认为这就是能吃的。我爸说不行，长霉的东西不能吃。现在我们知道了，它是一种菌丝，但那时候我爸不知道，报纸上也没说（笑）。

一到过年，我爸就给全村人写对联，从不给自家写，他不信这个。每年我妈都多报一幅，偷偷夹在中间，让我爸写了贴上。这两年他好些了，虽然还是不信，但看着喜庆，也就不管了。

从小到大，我爸给我的印象是，一些理所当然的东西未必对。生活中，家里总会有些小冲突，所以我看到一些现象时，不会完全接纳，也不会完全质疑。

故事长在大地上

我家住湘江边，小时候不知道那是湘江，村的人管它叫"河"。打雷了、下雨了，大人会说，这是龙王相亲。

如果雨特别大，他们甚至会争论是哪方的龙王，根据风的方向、云的颜色、雨水的气味判断，各有各的道理。大人们聚在一起聊天，底下一帮孩子听得津津有味。

你之所以觉得这个场面有点吊诡，因为你没生活在那里。

河的另一侧是洞庭湖，洞庭湖里会发生各种各样的故事。有一回坐船，我记得是一艘小木船，船上有棚遮着，慢慢往前走，船桨拍打水面，岸越来越远，比感觉中要远。漂在水上，人有一种不安全感，水那么深，那么神秘，水下什么都有可能存在。坐船的时候，人又特别爱讲故事。姐姐讲"金斧头银斧头"的故事，我感觉一伸手就能从水里捞出斧头。

在那个环境里，所有神话故事都是真的，你愿意相信它是真的，深信不疑。我在船上听了《柳毅传书》的故事。书生落榜，要回老家，路上见到牧羊女在岸边哭泣，于是上前问询。女子是洞庭湖龙王的小女儿，嫁给了泾川龙王的二儿子，婚后被赶出家门。

柳毅答应帮她送信，他又担心：自己是凡人，怎么到龙宫呢？女子就告诉他，带着书信到洞庭湖边，有一棵大柳树，敲三下，就有人取信。果然，敲了三下，虾兵蟹将出现，柳毅被蒙上眼，进了龙宫。龙王看了信，把女儿救回来，还把她许配给了柳毅。

小时候，我们那里河边都是柳树。我敲过好多柳树，一般都是敲两下，第三下不敢敲，好紧张，万一虾兵蟹将真的出来怎么办？又期待，又害怕，一种很复杂的心情。

民间故事有一个特点，就是地域性。故事发生在这片土地上，人会对故事产生信任感。我为什么会写鱼在雾里游，因为小时候就是这么想的。雾很大，天又黑，看不清远处，这个时候有很多声音出现，也许是远处的桨拨动水面。听到水声，我就想是不是有鱼游出来了。

坐在船上，岸在远去，代表着日常生活的远去。或者说，当你需要想象神奇的时候，要适当地迈开一点，走远一点。这就像一个镜像，人通过神话故事看待生活。人对神明好奇，神也会对人好奇。我以前写过一个故事，叫《雨娘子》，讲的是雨娘子进入山村的普通人家，看山里人过冬的悠远日常。

你想，神的世界里没有时间。他拥有无穷无尽的时间，也就没有时间概念。时间没有起点，也就没有终点，很多事就没意义。所以神会比较无聊，总想做点什么，当他进入人的生活，故事就来了。

《泽泽的湖》里，泽泽是湖神，她坐在门前吃糖渍桃子，觉得湖面上阳光刺眼，说"来场雨吧"，湖面上就下了一阵大雨。她爱吃麦芽糖，会去赶集，也有人的渴望。神的存在，也许是为了反射人的渴望吧。

我没法回答《鸭蛋湖传说》是怎么来的。其中一篇是《白雁塔》，灰麻的大雁从塘里钻过，变成了大白雁。只有重新被露水淋过，大雁才会恢复毛色。

这个故事是怎么来的，我也说不清。"白雁塔"这个地名就在地图上，我看到这个地名，故事就自然地写出来了。这是一片神奇的土地，人生活在神奇当中。

人会自己找到答案

家门口就是湘江，我从小喜欢看这条河。黄昏，搬个小凳子，坐在大地上看河。夏天，到了晚上，看月亮。

大堤把河水拦住，围出圩垸（滨湖地区为了防止湖水侵入而筑的堤），垸子中间是大片洼地，种稻子。我家的小屋在大堤和田野间，窗外就是田野。我也喜欢看田野。没书看的时候，就看这些。

我还记得，夏天午睡起来，人迷迷糊糊的，不知道干什么好，坐在后门口，就觉得很安慰，也说不清看了什么，坐那就很舒服。

上初中，我想不明白人为什么要活着，活着为了什么。每天骑单车经过田野，上学看日出，放学看日落，后来也没找到答案，但对于这个问题，我没有那么执着了。

在人生之中，我们会碰到各种问题，这是家长无法解决的，只能自己去找答案，自己去化解。自然、田野、乡村能够包容苦闷，她会把美展现给你。但城市里没有，眼睛看不到美，人会枯燥。

女儿小的时候，我是有焦虑的。她在城市里生活，好像被连根拔起一样。一到周末，你会发现，小孩们个个多才多艺，从家里被送到兴趣班，学二胡、笛子、舞蹈、钢琴……从一个房子走到另一个房子，家是一个房子，学校是一个房子，兴趣班也是一个房子。小孩觉得理所当然，也很开心。

人没拥有过，不会意识到自己失去了什么。我有过，我经历过，我知道少了什么。到了假期，我会尽量带她回老家去，上学后少一些。

到老家，她也很开心，玩得开心。一旦累了，她就要回来，觉得老家住得不舒服。她处在一种可选择的境遇，她会选择两者之中愉快的一面。

大人热衷于把孩子的生活填满，你怎么能无聊呢？孩子的选择面也很广，可以看书、玩游戏、看短视频、画画、打羽毛球，这些都可以做。孩子也无法忍受闲着，自己都要找点事干。

女儿读小学五年级，直到这学期我才报了一个羽毛球的班。班主任都很惊讶，问我为什么不报班，周末怎么能空着，学唱歌、学跳舞都可以，小女孩有那么多可上的兴趣班。

空闲的时间很重要。它让人在生活的惯性中停下来，去观察和发现生活。这和阅读、写作是一样的。"闲着"本身就很愉快。

我给女儿时间，不去干涉，她可以做任何想做的事。她主要做两件，画画、看书，或者一个人躺在沙发上，就是躺着，很舒服地躺着，放空。

这时，她喜欢问问题，比如，为什么要上学？我说，上学不是一件天生的事，这是国家发展了，才能保障每个孩子有学上，上学的机会很宝贵。我给她答案，她不接受，理解不了，我们在两个频道里。我说，那好，你自己来回答。她后来找到了，上学可以认字，认字以后可以读故事。

对话

大地是辽阔的，故事也是辽阔的

江玉婷：编辑工作会影响您的创作吗？

周静：我在《小学生导刊》做编辑，这是一份综合性期刊，发行量蛮大，光湖南省发行量就超过 100 万份。其中有一块是儿童报道，我们会进学校采访孩子，了解他们的生活。

学生知道希腊神话、罗马神话，欧洲民间故事，但说不出太多我们自己的民间故事，说来说去就是《牛郎织女》《夸父逐日》《女娲补天》，他们对自己的文化不了解。文化里有思维方式，不同的文化，思维方式不同。

从古至今，我们的民族都有讲述神奇的传统，比如《山海经》《聊斋志异》。我写过一本书，叫《月光照耀大地》，里面每一个故事都有来历。其中一篇是《月光的盐》。在陆山有一块黑石头，月光照下来，石头上会出现盐。圆月，盐是甜的；弯月，盐是苦的；没有月光，就没盐。还有一篇叫《看门草》，草放在门口可以看门。在我们的古书里，有很多这样的神奇，但在现在的讲述里，神奇消失了。最近我在看贾平凹先生的《秦岭记》，书里讲的都是这样神奇的故事。

为什么乡土中会有这么多神奇？或许是因为生活的枯燥，人会渴望神奇。我翻过县志，里面有一首诗，原诗记不得了，写了一位老农种稻子，头一年是旱灾，第二年是涝灾，第三年又是旱灾，第四年终于收获了。他端着那一碗饭开始痛哭。我看到这，眼泪也哗地下来了。生活的艰难让人更向往神奇，神奇能够安慰到他。

我们的传统里有神奇，它让人觉得温暖、美好，甚至是恐吓。不管是什么样的神奇，它最终把人推向敬畏，对自然的敬畏，对身处之地的敬畏。人有了敬畏，就不会乱来。

江玉婷：当下的孩子仍然需要中国气质的神话。

周静：和我这一代人的童年相比，现在的孩子有两个比较大的变化，一是迁徙，二是生活更为精细。密布的公路与铁路，让我们面临着前所未有的迁徙。

有一回参加活动，其中一位年轻人的发言主题是"另一座城"。她在另一座城上高中，一直在两座城之间奔波，总觉得下一座城才是生活的地方。

还有一次去学校，有个女孩问我，怎么才能写好《我的家乡》？她不知道哪是家乡，父亲说是江西，她在杭州出生，在北京上幼儿园，到长沙上小学，以后可能还会搬家。听她的描述，我当时就呆住了。

我们刊物有习作版面，常常会收到小朋友的作文。一个孩子在作文里写，户口在北京，出生在上海，现在在天津上学，中间还在武汉和杭州生活过。"老师要我们写《我的家乡》，我先是发愁，该写哪里呢？后来一想，哪里都能写啊。它们都是我的家乡！"他说得很好。

故乡从哪里来？从生活中来，从故事里来。故乡与故事在某种意义上是一体的。有社会学学者发现，人和人的区别往往在于他们相信不同的故事。传说和神话就是同一文化背景下的故事。

大地是辽阔的，故事也是辽阔的。中国很大，但再大也是一个中国，在这片大地上，不同的故事同气连枝，有着相同的东西在其中流淌。不同的故事，组成一个大故乡。我们倾听和阅读故事——读那些世代流传的古老故事，也读发生在这片古老大地上的新故事——了解我们生活的大地，借此在心中构筑家园。

江玉婷：可以谈谈您最初的文学创作吗？

周静：有次看书，我看到一句话："黄帝乃下天女曰魃，雨止，遂杀蚩尤。魃不得复上，所居不雨。"天女魃的命运一下子触动了我。她是黄帝战蚩尤的大功臣，结局却是不得重返天庭，居住在没有雨水的地方。我查了魃的故事。魃在传说里又叫旱魃，是人们驱赶的对象。一个在神话中拯救人类命运的大功臣，最终得到的是被驱赶的结局。这让我困惑，也让我愤怒。魃的命运在我心里纠缠。质疑、曲解、背叛，这不是现代人常常面对的困境吗？我以对于魃的命运的思考创作了《天女》这本书，并由此开始了神话题材的童话创作。

神话不仅仅停留在过去，还拥有丰富的现代性。神话展示的是人在早期社会如何看待世界，如何开拓家园，呈现出坦然和勇气。儿童需要神话的荒蛮之力，神话让他们有力量去打破、去创造。

生活塑造人的写作环境，给人提供思考和写作的素材。反过来，写作和阅读也可以再塑造生活。也就是说，传统可以通过阅读来延续、创造和发展。

我希望通过自己的创作，来塑造孩子们关于民间、传统、神话的这部分的认知和生活。这是我的野心，也是我的愿景。

江玉婷：写书时，您调动了哪些童年经历？

周静：写"鸭蛋湖"时，我想起的不仅是某一个场景、某一个画面，也是一种萦绕在童年里的气息。在田间赶路，很少能遇着人。田野寂静，总有各种莫名的声响，就会让人害怕。迎头见着村头的小庙，心头一喜。在小庙前坐下来，歇口气，念叨几句，喝口水，身心都舒坦了。有小庙说明什么？说明这里的人心里有神明。心里有了神明，就不会有什么大坏事。

一进入腊月，整个乡村都沉浸在一种喜气里。扫尘、杀猪、打糍粑、做甜酒酿、缝新衣、干塘（抽干池塘里的水，捞鱼）、熏腊鱼腊肉，推出单车骑上五里地、十里地，到酒坊去打酒。平日打上二两半斤是不去酒坊的。到了除夕贴春联，不止门上，各处都要贴：堂屋的墙上必贴"童言无忌"，水缸、米缸、猪栏、牛栏都要贴，贴的内容记不得了。

这是一种弥漫在日常中的气息，各安其位的气息。人人在年节说着"金银满屋、马上封侯"的吉祥话儿，过日子却是柴米油盐小心宁静。种地时，好好种下种子；收获时，捡拾起见到的每一粒谷子。节气到了，牙缝里省下的一升糯米蒸熟了，做成甜酒酿，或是打成糍粑。打好的糍粑摞起来，顶上盖一小片红纸，用麻绳系好，拎在手里朴素又好看。我喜欢有滋味的日子，写"鸭蛋湖"也想写出这样一种滋味。

江玉婷：您在书里写到了许多规矩，比如"头鲜"（第一茬收获的作物）用来祭祀，新架了桥要放鞭炮，否则不能过……为什么要把"规矩"揉进故事里？

周静：一方面"规矩"原本就和"滋味"融合在一起，写"滋味"就离不开"规矩";另一方面,因为"规矩"建立起一种连接。网眼有大小的规定,要捞大鱼放小鱼,小鱼放走了,明年才有大鱼可捞。把鱼捞尽了,下一年捞什么呢? 农民的生活不仅看眼下,还要看未来,看过去。

除夕团圆宴,人们给家里的动物准备一顿丰盛的晚餐,猫的碗里要有鱼,狗的碗里要有肉,牛羊的槽里多加蔬菜。这是人和动物的连接,感谢它们一年的辛劳。

乡间的规矩伴随人的一生。

在外公家,纸的用途是不同的,有的纸用来引火、点灶台,有的纸用来祭祀,有的纸必须单独拿个盆"化"(烧)掉。我至今不清楚这些纸有什么区别。

我妈做过一阵衣服,她是跟老师傅学的,盘扣往左还是往右都有讲究。她也说不出原因,一直都是这么做的。在乡村,人们会把原理、道理放进规矩里,这是规矩,就这么做。

当然,规矩有时会是一种束缚,有些束缚需要破除。我喜欢描述的是日常那些融合了"滋味"的规矩。

我喜欢习俗,因为习俗上有时间

江玉婷: 看完《泽泽的湖》,我感觉泽泽就像一个能在乡村独立生活的孩子。一个人过日子,又能把日子过得很好。

周静: 这个说法太有意思了。泽泽是一个孩子气的人,最显著的特征就是孩子气。她不是孩子,她是一个成年人,会对小细节感兴趣,会去凑热闹。有一位妈妈看过这本书后跟我说,这是她特别想过的生活,闲适的田园生活。成年人也有这种愿望,不是在压力下工作,生活里有小烦恼、小欢喜。

江玉婷：为什么想以"雷公电母"为原型写故事？

周静：写这个稿子是在春天，春天桃花儿开。小时候，乡间的屋子大多是土砖建的，墙壁刷着白石灰。日子久了，墙壁颜色会变暗，会有一道一道灰的、黑的、棕的各种痕迹。田野光秃秃的，常常下蒙蒙细雨，天空也是灰的。在这一片灰沉沉中，一声春雷响了，一枝桃花儿开了，一切似乎都亮了，人们都欣喜起来，春天来了。春天总是与桃花、春雷连在一块儿。

儿时，外婆说，雷神带喜。小孩怕打雷，但从不怕雷神。于是，在一个下雨的春日，我想到可以把桃花簪在雷神的发髻上。当我想把春天的欣喜写到文字里，一个有关雷公电母少年模样的故事就产生了。

江玉婷：关于《鸭蛋湖传说》这本书，我有好多想问。比如，我用文学批评的方式拆解《芦溪架起盘龙桥》时，发现动不了。我无法理解作者要表达什么，就像一个谜团上摞了另一个谜团。"龙"是突然出现的，您也没有解释的意愿。

周静：在乡土传说里，很多神奇的事物都是突然出现的。就像桥猛然出现在那儿，它就是一个神奇，不是由人一点一点修建起来的。生活在这里的人发现了这个神奇。你觉得无法拆解，因为文学理论那一套工具是西方传过来的，遇到本土故事会失灵，里面的思维逻辑不一样。

这座桥是龙变的，为了表示敬畏，人会放鞭炮。同时，人也是讲实用的，既然是一座桥，那就是要走的，放完鞭炮以后，该过桥就过，该摘葱就摘葱，不要耽误生活。就像剪纸里的扫晴娘，当她贴在墙上，她就是神奇的，可以把乌云扫开。没贴到墙上，她就是一张纸片，有实用价值。两者不冲突，既是实用的，也是抽象的。

写到这个故事的时候，我很开心，确实没想过解释。这就是神奇，不用问龙为什么会出现，而是要去感受神奇本身。你的解读很好，你帮我和你找到了答案。《盘龙桥》写的是人在日常生活中面对神奇的反应，写了一种生活现象。

我没想到你读的时候有这么多疑问。很多小孩读过这本书，他们不会提问题，孩子天然地相信神奇和美好，享受神奇发生之后的一切。跟小孩吵架很有意思，你跟她讲道理，她不听，她就问，你喜不喜欢我？一旦回答喜欢，她就像捋顺毛的猫一样，马上承认错误。孩子的感性要大于理性。

这一系列，我最喜欢《鸭蛋湖传说》。到底写了什么，我也答不上来。当我回头看，它就是在那一刻冒出来，出现在心里，然后我把它写出来。

我喜欢习俗，因为习俗上有时间。我买过一套饼模，木头上刻着鱼、兔子、福字，面团放进去一按，蒸出来的馒头上有图案。在那一刻，生活是不一样的，这个图案不是为了果腹，它和过去相连，带着祝福和审美，就像人不仅仅是为了活着而活着。

江玉婷：《鸭蛋湖传说》里有一个赵三和螃蟹的故事。赵三打开门，发现给自己做饭的是一只螃蟹，后来有了几只小螃蟹。这让人想起《田螺姑娘》。它属于"故事新编"吗？

周静：不光是"螃蟹姑娘"，"鸭蛋湖系列"第二辑里还有一本即将付梓的《田螺姑娘》，也用了民间故事。这算是"故事新编"吗？我也不知道。我把民间传说放进故事里，用故事和故事对照，写出新故事，这似乎和传统的"故事新编"有些不同。

"鸭蛋湖系列"以传说为题材进行童话创作，是我自己为民间传说的新变化做的一种尝试。我们总是从人的角度讲故事，认为神仙、精怪只有化为人形才能和人一起生活。在这个故事里，我想写的是人和动物是相通的，可以互相选择。人不止可以用人的状态生活，也可以变成一只螃蟹，生活在海里。

在很久远的过去，人和动物平等，人们甚至会崇拜兽，所以留下那么多的图腾。然而，在人类强大的过程中，平等消失了，随之消失的就是尊重。

江玉婷：还有一篇《杨梅溪》，写到孙女睡着了，发现妈妈和奶奶悄悄出门。她好委屈，不知道大人去干什么，为什么不带自己，然后一路尾随，钻过芦苇丛，结果发现她们是去泡澡。为什么要把这段写得像谍战片一样？

周静：有个绘本叫《让我安静五分钟》，讲的是妈妈想要片刻宁静，不用带孩子，哪怕只有五分钟。即便带孩子一起去泡澡，妈妈也不是在休息，她的一双眼睛无时无刻不在孩子身上，不由自主地想去关照孩子。

我写的是一个属于女性的空间。溪水只有在端午那晚是温热的，平时都是凉的，没法泡澡。这是一个秘密基地，妈妈和奶奶在这里休息。

在农村，婆媳多数住在一起。她们是家庭里最重要的人，穿衣饮食作息，安排日常生活的一切。婆媳关系不好，家庭处于紧张状态。婆媳关系好了，家里才是柔顺的、柔和的，就像一块揉好的面。

江玉婷：最后一篇《男孩的果树坡》有些不同，更像寓言故事，讲了一个男孩执意要在一块种不出庄稼的地上种果树，年复一年地堆肥。几年后的春天，荒地发出了巨大的禾苗生长的声音，好像是在说人要长期去做正确的事。是特地把这篇放最后吗？

周静：把这篇放在最后，是有考量的。前面写的是自然的神奇，最后一篇是人创造的神奇。男孩不是一个精明的小孩，他就是想种树，长不长得出来，跟想不想种是两件事。长不出来，可能是种子的事儿，土地的事儿，但种树是我的事，今年没长出来，明年继续种。

故事里是一个小男孩创造了神奇，但这不一定是个人行为。个体上存在概率问题，可能成，也可能不成。一旦放到整个人类的境遇上去看，那就是客观存在的，人类会创造神奇。

没有文化，没有故事，节日变成一种辛劳

江玉婷：刚上班的经历，可以讲讲吗？

周静：当时，《小学生导刊》成立 20 周年，有一个改版。我是上班后才接触儿童文学的。主任说，做儿童刊物就要了解儿童语言，最好的方式就是读作品。至少有一个月时间，我全部用来看书。我就开始读，就像打开了一个宝库，太好看了。我是先有一段阅读过程，然后再进入工作，并不是一开始就编稿。那段刚上班的时间太美妙了！

江玉婷：我也挺好奇，您为什么不给孩子报兴趣班？不焦虑吗？

周静：我很赞同人有热爱的事，从小就能找到，那是很幸福的。但现在兴趣班特别不好找。我家小孩喜欢画画，如果给她送到兴趣班，可能这个兴趣就没了。我见过一位美术老师，几年前开了一个美术班。她在黑板上画一双手套，让所有孩子都画手套。孩子的创作是什么？就是在手套上填花纹和颜色。如果把我的小孩送到那里，她可能上了一节课就不愿意再画了。

我没有什么焦虑，但我会用自己的方式让她画。我对民间艺术感兴趣，家里也有很多书，看到好看的，就会给她看。她喜欢绘本，家里有很多绘本。我也会关注插画师，插画师身上有故事。去年，我买了一本《如何成为一名插画师》，也会和女儿一起看插画师的演讲。天然出了一本《生活蒙太奇》，她很喜欢，看了两遍。

大人可以拓宽孩子的眼界。我们不光看画画的视频，还看夯土建筑的视频，介绍了现代建筑的特点，展现了建筑的各种可能。我记得，小时候我爸给我看《安徒生童话》，书封写着"[丹麦]安徒生"，我以为他就叫"丹麦安徒生"。那个时候，我不知道有一个国家叫丹麦。

小时候，我不知道世界上有作家这回事，从没想过书封上印的那个名字是什么意思，那个名字天然就在那。我也不知道有编辑这样的工作。头天上班，我才知道原来世界上还有这种好事，坐在这里看书就给你钱，环境还这么好（笑）。

大人的视野只能看到这，孩子的未来，社会未来的发展，我们看不到，也想不到。所以我只能把自己看到的好东西介绍给女儿，有兴趣的话，她可以看一看。

江玉婷：您怎样理解节日？

周静：节日是在故事里建立的。为什么现在的孩子对圣诞节那么熟悉？因为它是从作品里来的，我们知道圣诞节的氛围、模样。如果节日里没有文化，没有故事，那节日就会变成一种辛劳，奔波嘈杂。情感不同，人会对节日产生不一样的印象。

以前过年，女儿觉得无聊。后来我们带她去"送恭喜"。老家有这个习俗，除夕这天小孩拎个袋，到每家串门，开门就说"恭喜发财"，主人就会拿糖，或者是别的零食。她高高兴兴地说"恭喜"，对方好高兴地回复，人和人之间有交流。

农村不像城市处处都有灯。她从光明走到黑暗，再从黑暗走进下一户人家的灯光，不断重复这个过程。平时不给她吃糖果，这天她能搜罗到很多，还有酸酸乳、红薯片。她总会得到想要的，甚至是超出预期的，一整天都充满惊喜。这也像人生，送出去祝福，收获了友善。因为疫情，前年没回老家过年。她觉得这一年索然无味，"浪费了一个年"。

江玉婷：您小时候喜欢上学吗？

周静：我回忆我的小学生活，为什么要去上学，因为上学可以玩。上学才能把那么多人聚在一起。小时候玩"攻城游戏"，今天这一局败了，明天要扳回来，心心念念上学，盼着下课。

学习里有娱乐性，人和人之间有游戏。学校一方面教授知识，另一方面把孩子聚拢起来，大家学会相处，形成一个群体。学校的另一个重要作用在于把孩子丢到一个可控的群体里，有教师引导，大家在一起玩，在群体里找到自己的位置。如果过于甚至只强调成绩，各种问题就出来了，学习也变枯燥了。

江玉婷：为什么老人给孩子讲故事如此重要？现在小区里还有老人给孩子讲故事吗？

周静：像我这一代人还能听到老人讲故事，但到了我小孩这一代，乡土在失去声音，在慢慢消失。如果不把它记录下来，没人会知道这些。我看过一本书叫《精怪故事集》，这是英国一位女作家搜集的民间故事，她在离世前几周一直在编书，最后没来得及写引言。原版叫《悍妇精怪故事集》，书名就有一种粗鲁的力量，也有残忍和凶狠。她没把故事少儿化、文学化，而是保存民间故事的原始状态。

我从小爱看民间故事，长大以后找了很多书来看，包括袁珂先生对神话的研究。在出版过程中，民间传说中丰沛的内容消失了，精炼后的骨架印在书上，人们得到了一个故事的壳，读完以后获得了一个道理。

外公、外婆身上承载了我对祖辈的情感，所以会那么深厚。事实上，我的日常是和父母一起生活的，但在老人身边，就感觉处在一种从容的审美生活里。生活有精细，精细建立在生存之上，好像只是顺手做的，但又产生了美感。老人是从容的，生存压力没那么大，不需要着急地往前。

在农村，小孩愿意和老人说话，老人也愿意和小孩说话，因为他俩都有时间。老人对孩子更多的是陪伴，他不需要像父母一样为孩子规划人生，也就不焦灼，很从容。

我们小区也有很多老人，他们和孩子一样，都被连根拔起。在乡村，老人有权威性，他熟悉那个环境，知道哪有蘑菇捡，知道哪个枝上的果子最甜。他的信心在那，那是乡土给予他的。一旦到了城市，生存法则变了，他不熟悉。老人的根扎得很深，一旦被连根拔起，他是慌乱的，脸上会显现出惶恐。

老人在农村讲故事，想到哪讲到哪，走到哪，看到什么，想起来就讲。城市没有这些，他看不到，也想不起。偶尔想到一点，小孩缠着，老人讲一下。但坐在亮堂堂的客厅里，讲故事也是不自信的，人对故事的信任感没有了。

在农村，老人会讲一棵树是神奇的，有人要做坏事，但被树绊倒了，摔伤了，坏事就没做成。故事是代代相传的，有的可能就是一些小事，但在传的过程中会变，就有了变化。

江玉婷：可以讲讲自己的写作状态吗？接下来有哪些写作计划？

周静：我一般在早上写，这是带孩子以后养成的习惯。晚上会觉得累，早上精力比较好。睡得早起得也早，起的时候天还没亮，四点多就醒了，不用闹钟，自己就醒了，不分冬夏，写到六点二十，最多写两个小时。

也有写不下去的时候，可能起来走走，或者吃点东西，然后再坐在那。写的时候喝一点茶，但也不是必需的，可能泡了，写着写着又忘了喝茶这回事。

写一个故事，开头会比较顺利。写不下去的时候，一般是到了中间，故事推进不下去。只能写，不行就删，不断尝试。就像揉面，只能使劲揉它，揉上十次八次就软和了。实在不行，放那醒一会，把别的准备好，再回头揉面。像《鸭蛋湖传说》里的故事，一天写一个就很不错了。

唯一肯定的是，我还会继续写"鸭蛋湖"。我们的神明那么多，我们的民俗生活那么丰富，有太多可书写的。我想在"鸭蛋湖"里构建"离地一尺的精神故乡"，这个故乡是丰富的，故事就要丰富,需要一颗豆、一根草、一棵树、一块地、一间屋舍、一个鱼塘、一点星光……这样一点一点构建起来、丰富起来。我希望通过一部部小说构建一个"鸭蛋湖宇宙",它能成为有天地神明、人间万物的小世界。

房间

采访对象:周静
采访时间:2022 年 5 月 23 日

4 月初,书刚下印厂,我收到了"鸭蛋湖系列"样书,加上新出版的《簪花的雷神》,一共五册。书是小开本,插图很漂亮。我常常陷进语言的优美里,忘记情节,于是倒回去重读。我不断地重复以下动作:翻了一页,看了一会,又翻回去。这导致我读得很慢。

这也是我头一回遇到读不懂的童书——《鸭蛋湖传说》,我感受到了挫败。每一篇小短文都让我困惑,我没法拆解文本,不能确定作者的写作意图。故事到了结尾,也没交代神奇现象的原因。大学时学的文学理论不再奏效,我就像拿着刀叉面对餐盘里的黑洞,无从下手。我渴望和作者谈谈。

周静没想到我会这么困惑,存在于我身上的困惑并不存在于孩子身上。因为,孩子天然相信神奇,大人已经不信了。她所描述的神奇,是大地的神奇,是乡土的神奇,这种神奇不需要解释。只要相信，神奇就存在。民俗故事、神话、志怪故事，甚至是县志里，记载着这类神奇。对此，我浑然不知。

要谈论这种神奇很困难。我们都不确定自己是否准确说出了想要表达的意思。当音节从喉咙里吐出来，我们都意识到自己的意图经过语言的通道后，产生了某种扭曲。于是，每当一个人说完话，忐忑得像玩"你来比划，我来猜"，同时担心队友看不明白自己的肢体动作。我们不停地说话，但在神奇面前，我们丧失了语言。或者说，我们所掌握的词汇、对语言的掌控力度，不足以支撑我们讨论神奇本身。或许，更重要的原因是，神奇在语言的边界之外。

这种状态贯穿了采访全程。我们聊了四个多小时，通话到两个小时会自动挂断，这是运营商的设置，避免用户忘记挂机产生过多话费。我们打了三通电话。在这种时刻，直觉比语言牢固，虽然我们都清楚自己说出了"驴唇不对马嘴"的话，但我们仍然可以从对方"驴唇不对马嘴"的回复中，确信对方理解了自己的想法。语言像暗语，像迷宫，有屏障，我们需要密码本、藏宝图。

这是我第一次用自述的形式写文章，很忐忑。如果按照过往第三人称的叙述视角，必然会大面积地出现直接引语，这会加重拼贴感。更重要的原因是，神奇无法被直接回答。我们无法直接进入最重要的房间，只能绕着房间外的围墙打转。周静只能讲故事，讲她的故事，讲她和外公、外婆、父母以及女儿的故事。这些故事编织起来，就形成了一个有形状的大故事。这个大故事，就是我们绕着房间打圈的脚步，也就勾勒出了房间的外围。

我们只能做到这一步。我不确定自己是否把这个大故事编织得足够扎实。整个过程中，我们都在和不确定性共存共舞。采访结束后，我的嗓子冒火，张嘴都累，好像把一天的说话额度都用完了。周静也很累，挂了电话，她上楼睡了一觉，睡了两个半小时。

神奇在自然里。报社不远处有一条河，写稿那几天，每天中午我都去河边遛弯。我相信，看着树叶，看着阳光，眼睛里有自然的气息，人会感受到自然的节律，写出的文字就会有自然的味道。我不确定自己是否做到了。如果能做到一点点，那真是太好了。

周晓枫

我是一个在文字里勇敢，
在生活中胆怯的人

专访

在进入"作家"身份之前，周晓枫需要一杯咖啡。8月12日，中国出版传媒商报直播间，周晓枫坐在摄像机前。直播7点正式开始，在此之前有一个专访，这时周晓枫提出了当天唯一一个要求：1杯热水。她从包里掏出一袋皱巴巴的速溶咖啡。当装满咖啡的纸杯散出热气，"普通人周晓枫"在补光灯下褪去，"作家周晓枫"上场。

咖啡就像电脑的启动键。"相当于自我暗示，现在我要工作了。"她解释，更根本的原因在于自己没有足够的自信，"不太相信能离开咖啡的辅助"。

签书中途，周晓枫接了一个电话。她向对方解释："怎么能说我是著名作家呢？我不是著名作家。"这个"标签"太过沉重，就像一顶过重的帽子，压得她难以喘息。电话那头传出源源不断的人声，考虑到出版社要做生意——"也许这样便于宣传"，"不愿给别人添麻烦"的处世准则开始生效，她没有再提出反对意见。

周晓枫的右手有腱鞘炎，虎口贴着膏药。她自带了签字笔，签得很慢，签书时手腕要垫本书。每个签名像盖章一样精准，提笔时带有笔锋。周晓枫一边签字，一边把余光投在刚签完的书上，随时准备在书页合住、碰糊笔迹前的一刹那出手。

直播时，"不自信"的心理再次浮现。她郑重地说"我的字不好看"。还不至于太糟糕的一点是，签名是"最好成绩"。直播屏幕上弹出一句留言："周老师好温柔。"

形容词：最有力的武器

《幻兽之吻》是周晓枫时隔四年的新作。她的上一本散文集《有如候鸟》2017 年出版，获 2017 年度华语文学传媒大奖、花地文学奖。《幻兽之吻》第一篇《野猫记》获钟山文学奖。从某种意义上说，《野猫记》是她对真实生活的一次解剖与实验。

故事发生在阳台上。在"敷衍打理，斑秃似的生长"的草皮上，流浪猫来来往往，新面孔此起彼伏，"像是缺乏管理的流动人口"。一旦"我"撕开零食包装袋，就会有猫瞬间跳上露台。故事里的"我"开始喂养流浪猫，给它们起名字，比如邋遢王子、沙漠、毯子，而海盗、警长、大花生、斗斗和梦露则是"常住人口"。她在学着成为一个"理想的主人"，并借由猫思考更宏大的命题，关乎公平、善恶、宿命。

"那一排猫坐在一起，如果没有名字的话是无法分辨的。"周晓枫把手向左前方推开，她的指尖仿佛有一个阳台，指尖划过的弧线里有灌木丛和长条木凳，一只野猫用舌头舔着爪子，还有的在夕阳里躺倒。给猫起名，源于实用的目的。然而有了名字的流浪猫，就像《小王子》里那朵独一无二的玫瑰，产生了特殊的意义。"起名字，意味着建立了某种私人感情，这是特别动人的。"她说。

周晓枫尽量以猫的视角观察它们。猫与猫的关系，有时比人与人的关系还难琢磨——也许昨天还在伸出利爪缠斗，今天又像失散多年的亲人一样亲昵无间。为了更好地感知，周晓枫时刻提醒自己，不要被人类的思维所局限。猫也有非凡的技能和丰沛的感情。"我不可能是猫，但我愿意设身处地，哪怕这种设身处地是难以实现的，我也愿意去模拟和感受它的处境。"她解释，更准确地说，应该说是保持人类在大自然面前的谦卑，应有的谦卑。

"我们自身的角色，是主人亦是宠物。或者说，我们既是宠物样的人——奴隶，也是人样的动物——禽兽。"周晓枫在书里反思人与动物的关系。

喂猫引来了喜鹊，越来越多的喜鹊飞来，它们叼走猫食的残渣。书中的"我"开始陷入轻微的焦虑，一度担心猫会扑食喜鹊。真正的焦虑在死亡发生之后——喜鹊死在门前，不是个好兆头。"我的善念和真正的慈悲，貌合神离。"周晓枫像是外科医生，冷冷地握着手术刀，切割下一块溃烂的血肉。

她的语言，有时像诗一样。"雪白的猫，刚吃过一只羽毛斑驳的鸟，会飞的肌肉融化在它摇晃的胃囊里。"有时又像拿着一把放大镜。"热带鲤的脸，分布着数条静脉血管的淤青色，鼻梁上有两道横纹。腹鳍尖利，像是体内的刺针越出皮肤。"有人曾评论：周晓枫把繁复华美的形式和直抵内核的真相奇异地纠合在一起，克制而又深情。

虽然是一部散文集，但周晓枫把"精准"列为最重要的写作原则。在这场旷日持久的"战争"中，形容词是最有力的武器。"一般人会认为，使用动词更高级，使用形容词好像是初学者的习惯，但我不这样觉得。"周晓枫举例，打和拍、掐和拧、扔和摔、摘和拽、推和搡，联想这些动词的场面，其中微妙的不同，暗含形容词的区别。也就是说，形容词的丰富性被压缩在动词里。

"形容词"不只是武器，它还是罗盘。她常举一个例子，"朋友"是宽泛的区域，但如果加上一个形容词——"阴险的朋友"，这个词里就暗含了戏剧性。在一个大框架里，形容词是精确的定位系统，精准到毫米，而名词更像一个公共概念，如同在大街上擦肩而过的路人，别人只能瞥见他一闪而过的身影。例如，"月亮"是一个名词，它是温暖的，还是荒凉的？每个人都有自己的理解。

"我原来有点剑走偏锋。"回忆起创作历程，周晓枫说，"以前我很喜欢比喻句，为了好看会让句子绕很远，明明'几站能到'的事。"这几年，她的写作方式发生转变，更追求精度。

这应该归结为意识的转变：写作的准确有效，要远远重过"对自己的一个小小的炫耀"。精准的形容词像炮弹，能穿透文学与现实的墙壁，"让你不在表达中迷路"，导入文字的幽微之处。"这是写作者的骄傲，也是写作者的荣幸。"她说。

写散文时，肩上仿佛扛着摄像机

"相对来说，我是一个在文字里比较勇敢，在生活中比较胆怯的人。"在直播中，她这样说。在《幻兽之吻》里，周晓枫也用"胆怯"形容自己。"胆怯"在琐碎生活的缝隙里浮现，哪怕倒车入库也要系安全带。乘飞机时，她把安全带扯得很紧，"搭扣一侧，垂出很长一段尼龙绑带"，以及直到安全提示灯亮起，才敢重启手机。总之，这是一个特别规矩，甚至是"本分得有点僵化"的人。

这样"胆怯"的周晓枫，曾经做过一次冒险的决定。2013年，她放弃了 20 多年的编辑生涯，成为一名专业作家。有朋友替她惋惜，可她却不觉得遗憾。对于周晓枫来说，作出这个决定"根本不存在纠结"。"专业作家，我想象不出比这更美好的职业。这不是 52∶48，而是悬殊的 99.52∶0.48，能有什么选择困难？还有什么放不下的？"她反问。

在所有文学形式中，周晓枫在散文里待得最久。长久地凝视以后，她产生了一个疑问：散文这间屋子真的不能改变吗？正如那些普遍存在于城镇的成功范本，一家人通过奋斗买下一间小屋，几年后慢慢换成大的。在许多个夜晚之后，躺在床板上的周晓枫也在想，我是不是也可以换一间大一点的屋子？

这个刚刚萌生的念头逐渐变得粗壮而茂盛，具体表现为，她开始试图打破散文的边界。"散文可以有非常多的表现形式，只是我们习惯看到一些样貌，就以为它是一个固定模型，是必须去效仿和必须去复制的。"散文似乎总是泛起一种"怀念的味道"，夹杂着乡村傍晚升起的一缕炊烟与潮湿的新鲜泥土味，目光拉里拉杂地围着父母、农田、动物打转，写到眼泪在眼眶里充盈时停笔。对于读者来说，散文家总是更容易落泪。

周晓枫搬来了新家具。一些家具显然有些太过新奇，新奇到每个来做客的人都或多或少地流露出疑惑的神色。像是商场里最坚定的售货员，她一遍又一遍地解释。这种解释中隐含着疑问：小说结构是小说家的专利吗？电影镜头只能出现在电影院吗？我们为什么不能在这里演舞台剧呢？你不觉得诗歌的语言很美妙吗？

"一个盘子里可以装很多食物，不是说在里面放了几粒花生米就永远只能放花生米。"周晓枫做了一个比喻："就像我们看惯了长发少女，有一天她突然把头发剪短了，不能因为看不习惯，就否认她的性别。"女性的美是多样的，可以温柔，也可以飒爽，没有必要用一个固定方式去定义。文学也是这样，散文没有必要用同一种方式书写。"并不是说过去是什么，你就只能成为什么。文学的妙处还在于展现它可能是什么。"周晓枫阐释。

周晓枫写散文的时候，肩上仿佛扛着摄像机。她看中扑面而来的画面感，以及在放大到近乎失真的画面里寻找诗意的美感和动人。这种放大后的效应，会使熟悉的事物陌生化，有时会呈现出可怕、恐怖的一面。《幻兽之吻》的第二篇散文《池鱼》，描写了捕鱼的场景。湖面浩荡，星夜低垂，她把镜头对准被捕获的鱼。

"鱼和鱼挤靠在一起，这是短暂的依偎。随后，它们被重摔在颗粒粗糙的路面上；被塞进闷住头脸的塑料袋，呼吸它们根本呼吸不进去的氧气；被刀口甚至斧刃剁开，看到自己体内的脏器被当作垃圾倒掉。"

"当你以特写的专注去观察，局部有时会释放出我们熟视无睹的那部分威胁。"她继续说，"我不是要强调，或者是渲染恐怖，我只是要临近这个场景，并不回避呈现它的过程，以及其中的细节。"雷切尔·卡森是她喜欢的作家，在周晓枫的描述里，这位写出《寂静的春天》的小说家更像一位写实风格的油画师。"她要描写鸟,你仿佛能看到羽翼上的绒毛。她要描写鱼,你就能看到那个鳞片泛出的波光。那个时刻,就好像你站在海滩上,翻卷起来的海浪携着泡沫和沙粒靠近你的脚尖。"

讲到这里,她的声音停顿了几秒钟。直播间外,中国出版传媒商报社的大编辑部里大声地外放着直播,只有签版的编辑零星地拿着刚打印好的版样在过道里来回走动。直播有几秒钟的延迟。此时,从不同方位,几乎同时发出轻微的惊叹声。这意味着,周晓枫的语言在那一刻击中了听众。留言区的评论佐证了这一点。

周晓枫近视,刷上去的一条条留言对她来说就像"一个个跳动的色块"。主持人念了几条评论,周晓枫不自觉地摇了摇头:"是她们写得好,真不是我描述得好。她们的文字真的能做到既惊心动魄又丝丝入扣,又细腻、又温情、又狂野。那些文字才是真正有力量的文字。"说完后,她确认似的点了点头。"她们"指的奥康纳、萨冈、杜拉斯、普拉斯等一系列对周晓枫产生重大影响的女性作家,她把这些带有传奇色彩的女性写在《幻兽之吻》的《雌蕊》里。

每个人都会做梦,写作就是用文字做梦的能力。"写作应该保留那种刚刚看世界的新鲜感,我希望我能做到,但我可能还没做到。"她在《幻兽之吻》里如实地记录梦境,第四篇《梦见》收录了 27 个梦。很多人看到这一章不理解,跑来问她:"散文怎么能这样写?"

周晓枫讲起其中一个梦境。魔鬼骑在度假酒店的木马上,来回摇晃，游泳池里全是橙汁，他的眼睫毛特别长，能在上面烫出一个大花卷。魔鬼长得很天真，告诉她：他来这里度假。"很有意思，对吧？"讲完以后，她笑出了声。"梦境跟生活有互动关系，同时有神秘的空间和特殊规则。这个部分是很有意思的。"她说。

如果有可能，想再去动物园当饲养员

《小翅膀》是周晓枫 2018 年写的童话故事，不久前斩获第十一届全国儿童文学奖，这也是她写的第一部长篇童话。她把这个奖项视作一个突如其来的幸运，带有偶然因素。当时，《人民文学》杂志正在筹备儿童专刊，向周晓枫约稿。为了"填空"，她抱着"玩票"的心态开始写童话。

事实上，周晓枫和儿童文学有过一段"貌合神离"的日子。大学毕业后，她做了 8 年儿童文学编辑，却提不起兴致，直至心生倦意。在《幻兽之吻》里，她写道："我每天带着分裂的态度，一边缺乏热情地校对和编辑书稿，一边设计秘密的逃离之路。"后来，她如愿调到了成人文学期刊。

"耐不住性子，就是特别想去表达散文的那种犀利和穿透性。"她也承认，虽然那段时间是让人厌烦的，但这段对儿童文学作品持续 8 年的阅读经历，对她今天的儿童文学写作起到了至关重要的作用。

《小翅膀》是周晓枫写给自己的故事，更准确地说，是写给儿时的自己。"我小时候怕黑，但我还故作勇敢，显得自己好像不怕。我想每个孩子大多都经过这种时候。"她想写一个童话，听起来很可怕，但实际上是一个"温暖而明亮"的故事。一个叫小翅膀的精灵不喜欢自己的工作，因为他投放的是噩梦。每当孩子们钻进暖融融的被窝，小翅膀都噘着嘴，不情不愿地出发。在故事的最后，小翅膀最终和工作达成了和解。

《小翅膀》更像一个寓言故事。"我不认为只要长大以后，儿童时代的所有问题都会迎刃而解。也并不是说，到了成年以后，成人的智慧就足以面对一切难题。这里面其实有我们一生的暗示。"周晓枫怕噩梦。在《幻兽之吻》里，她这样写道："我小时候做噩梦，大了也做——噩梦变得更可怕了，就像长大的男孩承担起了更重的担子。"

面对广大的世界，成人可能像儿童一样渺小、谦卑，甚至恐惧。如同小翅膀一样，成人也会陷入同样的困境：做着一份自己未必喜欢的工作，或者是在某种情境中感到吃力。"我想通过这个故事，不仅告诉孩子，也希望成人有勇气突破困境，甚至是绝境。我希望有这种成长。"直播现场，周晓枫背出了编辑给《小翅膀》写的一句话：献给所有怕黑和曾经怕黑的童年。

一到夜幕降临，周晓枫就会对时间格外关注，因为她有一件顶重要的事——在电视机前看动画片。"生怕会错过动画片。"她笑着说。"走进电影院，你会发现很多成人去看动画片。"她再次肯定了自己的观点——成人也需要童话。

在周晓枫心里，"童话可以容纳我们对这个世界天真的想象和饱满的信赖。"它让人相信，这个世界有美妙的魔法，也有突然到来的魔鬼，可以包含很多东西。周晓枫说："好的童话像玫瑰一样，它可以非常缓慢地绽放出花瓣，它蕴藏的力量也可以像洋葱一样，让你慢慢地流下眼泪。"

周晓枫喜欢蝴蝶。有人说，蝴蝶是一种死去也美丽的动物。的确，蝴蝶看起来那么动人，又那么脆弱，能够飞越漫长的距离。"它身上有那种强韧，仿佛风能把它的翅膀撕碎，但它同时又能在狂风中飞舞。"蝴蝶的美来自多方面，周晓枫看到了一股张力：它有一个受轻视甚至被嫌弃的童年，而在化茧成蝶后，又释放出蓬勃的美。

每只蝴蝶都像自然界所有的动物一样，从出生开始就要经历一番苦难。"每个生命都是一场考验，我们来到这个世界上，每个人都是幸存者。"周晓枫用种庄稼来形容写作：也许一场暴雨会把收成倾覆，但无论如何都不能因为害怕暴雨就放弃劳作。"我们要接纳可能面临的危险，甚至是无常，然后在有限的空间里去绽放生命最大的美丽，这就可以了。"她说。

《小翅膀》是"海陆空三部曲"的最后一部，前两部《你的好心看起来像个坏主意》《星鱼》分别写了走兽和大鱼。虽然写了三部童书，周晓枫还是感到写童书的艰难。"比如我天天用右手拿筷子吃饭，不能因为右手很熟练，就说左手夹菜也顺手。"周晓枫写散文起家，写童书不啻于改成左手吃饭，要重新训练表达方式。"我没有切换好，会有一个别着的劲儿。"她认为自己还在新手期，要慢慢学。

周晓枫写书很慢，要隔很久才能出新作。她不认为这是精雕细琢，"效果好的话，可以叫精雕细琢。如果效果不好，那就叫磨洋工（笑）。"最近，她刚拟好一部童书的大纲，交稿日期是10月中下旬。面对主持人的提问，周晓枫没有透露关于新作的任何信息。她回应："因为还没写完就急于分享可能会早产，对孩子不利。"

等交完稿子以后，再也不需要喝咖啡、启动电脑，如果有可能，她想再去动物园当饲养员。"关起门来写作的世界，即便再有想象力，也饱含了傲慢。"在她看来，每个人、每个动物，都有自己丰富的表达，要远远超出个人经验。

人能被一杯咖啡唤醒

采访对象：周晓枫
采访时间：2021年8月12日

直到现在，同事偶尔还会提到专访《周晓枫：我是一个在文字里勇敢，在生活中胆怯的人》的开头——在进入"作家"身份之前，周晓枫需要一杯咖啡。写下这句话之后，我也确实获得了某种安全感。

周晓枫是"好书探"直播间的第一位嘉宾。专访安排在直播前的半小时。摄像机、补光灯启动，地上是密密麻麻的线。倒计时阶段，所有人为此人仰马翻，而她最迫切需要的是一杯热水——用来泡咖啡。

我们坐在同一张圆桌前，一抬肩膀就能碰到对方的手肘。她撕开速溶咖啡的包装袋——最常见的雀巢三合一，搅动咖啡的样子，仿佛纸杯里是拯救一切的灵药。当然我知道，那只是一杯咖啡。

这一刻带来了一种巨大的冲击——一位屡获文学大奖的作家，仍然存在着不自信的时刻，这种不自信产生了一种张力。这种真实感，极度迷人。

直播时，我在幕后工作，时常无意识地看向她手边的纸杯。你很难想象一件寻常的事物会带给人多大的安定感。或者说，人在某一刻是能够被唤醒的，哪怕只是用一杯咖啡，也能唤醒身体里属于作家的自信状态。

后来，那个本该进垃圾桶的包装袋被我揣进了衣兜，它跟着衣服回到家，躺在桌上很长一段时间。写稿时，我看着那个包装袋，就像回到了那一刻，那时周晓枫还在身边，刚接的水还滚烫。

写稿的时候，我一边打字，一边喝咖啡。我在试图想象一位在写稿时必须喝咖啡的作家如何开始一天的工作。直到白色的热气爬上屏幕，我也并不能全然抓住这种心境。但我相信，这件事本身具有令人安定的力量。

后　记

逝者如斯夫，不舍昼夜。我虽然才二十来岁，却还是觉得人生太短。周末，我看了一部电影，又追了几集古偶剧。无论从哪个角度看，这二者毫不相干，但在这南辕北辙之中却让我感受到了其中的共性——它们都在讲述苦难。

命运是苦难的"制造商"，主要经营3种产品：第一种属于"草蛇灰线型"，往往在无法察觉的情况下，在设置好的时间、地点精准爆破；第二种是"规模指向型"，就像撒开一张网，大鱼被兜住，小鱼得以逃脱；第三种是"随机掉落型"，好比"天上掉馅饼"，无法预料其将以何种形式、何种时间掉在哪个"幸运儿"头上。

在文艺作品里，这三种类型的"产品"都有出场概率，很有可能同时存在、互相缠绕、全线铺开。苦难不是烧麦，一个一个地摆在盘子里，食客吃完一个再吃下一个，要是噎得慌，还能喝口水缓一缓，再往下吃。苦难像一碗面条，一筷子夹起来是千头万绪的难，一口嚼在嘴里，是满口的烫，烫得人张不开嘴，烫得人直掉泪。

故事里，主人公始终在和变幻的苦难、无边的困境，无常的命运作斗争。如果主角胜了，就是"大团圆"结局，阖家欢乐。如果主角败了，悲剧收尾，将会赚足观众的眼泪。不论是电影、电视剧、小说，大抵都是如此的。

这或许不是文学的秘密，而是生活本身。生活中，苦难不会跟人打好招呼再登门，它往往突然出现、毫无征兆、出人意料地，打人一个措手不及。

采访中，我经常问作家，书中的某个角色为什么这样做？如果换一种处理方式，他的结局会好些吗？关心角色的命运就像关心自己的命运——但我的确是在关心自己的命运。

在阅读中，我止不住地想，如果我是他会怎样做？这一选择又会将角色的命运导向怎样的结局？

文学作品中的意外与苦难，角色们的挣扎与搏斗，使我在生活中有了选择的余地。读文学和读历史，能起到相同的效果。

作为一个唯物主义者，我不相信有来世，如何过好这一生便格外重要。文学像一面镜子，我们照见自己，知道了"我"要成为一个怎样的人，才能更坚定地去爱、去生活。

2024 年 9 月 4 日